Francesco Rago

Il compleanno di Eva

edizioni PARALLELO45

Collana Parallelo quarantacinque
Curata da Fabrizio Filios
I Edizione settembre 2013

Progetto grafico: Laura Calza
Stampa: Universal Book - settembre 2013 -
Foto dell'Autore

Parallelo 45 edizioni - www.parallelo45edizioni.it
Via XX Settembre, 12 - Piacenza

Collana Parallelo quarantacinque
www.parallelo45edizioni.it

A Pietro,
mio figlio

Sul palcoscenico c'è posto per un animale, uno solo.
Tutti gli altri sono destinati a una notte eterna e senza nome.
Uno dopo l'altro si immergeranno nel buio
davanti alle luci del palco.

Orsi che danzano, orsi che non danzano.

(Cormac McCarthy, *Meridiano di sangue*)

Prologo

La camera prendeva aria attraverso la finestra spalancata che dava su via Garibaldi, in pieno centro. Eva fumava seduta sul davanzale e soffiava nuvole dense di tabacco che si disperdevano nel cielo stagnante di una primavera di città. Nel frattempo parlava al cellulare e osservava distrattamente i passanti che le sfilavano sotto gli occhi.

«Non indovinerai mai» disse tutta eccitata.

«Riguarda la festa?» chiese Valentina, la sua compagna di banco.

Eva aspirò una profonda boccata di fumo.

«Proprio così. Sarà la più bella festa di compleanno che si sia mai vista da queste parti».

«Più bella ancora della festa di Giulia Baggi, dello scorso anno?».

«Di più» grugnì Eva. Non sopportava neppure di sentirla nominare quella Giulia Baggi, che una volta le aveva soffiato un ragazzo che le piaceva.

«Sul serio? Guarda che quella è stata una serata memorabile, i suoi genitori avevano speso una follia, c'era un sacco di bella gente. E poi c'era quel tipo fichissimo che faceva il pianobar, quello che ogni tanto si vede anche in televisione. Come si chiama?».

«Non lo so, non mi ricordo» mentì Eva.

«Ma dai, quello che ha fatto anche...».

«Ho detto che non mi ricordo, il che vuol dire che non è poi uno tanto importante. O no?».

Valentina ci pensò su alcuni istanti. «Be', in effetti».

Eva si lasciò scappare una risatina a metà tra l'isterico e il divertito, poi si schiarì la voce con un colpo di tosse. «Alla mia festa lo sai chi ci sarà?».

«Dai, spara».
«Indovina».
«Non lo so, non ne ho proprio idea».
«Be', allora tieniti forte, perché l'ospite d'onore sarà nientemeno che il mitico Johnny P.».
«Vuoi dire Johnny P. il deejay?» trillò Valentina. «Quel Johnny P.? No, non ci credo».
«Proprio lui, in carne e ossa».
«Giura».
«Giuro».
«Ma è fantastico! Come hai fatto?».
«In realtà è stato piuttosto facile» gongolò Eva. Sapeva che quella mossa l'avrebbe portata direttamente al primo posto nella graduatoria di popolarità della scuola e, forse, anche della città. «Devi sapere che mio padre è un suo ottimo amico, è lui che l'ha lanciato quando era ancora ragazzo. Così è successo che... Oh merda!».
Eva era impegnata a giocherellare con l'accendino, quando all'improvviso il cellulare, incastrato tra la spalla e l'orecchio, le scivolò nel vuoto. Mentre seguiva la traiettoria dell'apparecchio, che veloce come una freccia stava precipitando dritto sulla testa di un ragazzo, le scappò un urlo acuto e potente. Il ragazzo fece ancora un passo in avanti, poi d'istinto si bloccò e alzò gli occhi per aria.
Per una questione di centimetri il telefonino atterrò sullo zainetto, che ne frenò la caduta attutendone l'impatto con il suolo.
«Ehi, tutto okay?» chiese Eva tirando un sospiro di sollievo.
Quello non rispose, era fermo immobile come una statua di gesso e continuava a fissarla con uno sguardo vitreo.
«Tutto a posto?» insisté lei.
«Sì... a posto» balbettò lui con il naso all'insù.
«Aspetta che scendo!» esclamò Eva, e senza neppure attendere risposta si precipitò giù dabbasso.
Quando il ragazzo se la trovò di fronte, con quel viso di

porcellana che sembrava quasi finto e quella magliettina attillata che le evidenziava due seni piccoli ma graziosi, sentì una vampata di calore invadergli le guance, che a poco a poco cominciarono a tingersi di un rosso acceso, mentre il cuore gli galoppava nel petto.
«Sei sicuro di stare bene?» chiese Eva, mentre recuperava il cellulare dal marciapiede.
Senza attendere risposta provò subito a richiamare Valentina per vedere se funzionava ancora.
«Pronto Vale, sono io. Non ci crederai, mi è caduto il telefono dalla finestra e a momenti becco uno in testa» rise sguaiata, «però alla fine non è successo niente e il cellulare va ancora... meno male, con quello che l'ho pagato. Be', ora ti devo lasciare. Ti richiamo più tardi. Ciao bella».
«Scusami tanto, non ho fatto apposta, mi è scivolato di mano. Per fortuna che sotto c'eri tu, altrimenti sarebbe andato in pezzi».
Quello annuì e abbozzò un sorriso impacciato.
«Cioè, volevo dire, la cosa più importante è che tu non ti sia fatto niente», si corresse. «Comunque io sono Eva» e gli allungò la mano.
«Andrea, piacere» cinguettò lui stringendole la mano con la sua, che era tutta sudata.
Era bastato il contatto con la pelle setosa di lei per fargli bollire ulteriormente il sangue nelle vene.
Eva per una frazione di secondo fu sul punto di invitarlo alla sua festa, in fondo le sembrava un gesto carino, ma quel tipo aveva scritto in fronte *sfigato* e lei schifava quel genere di persone. Lo squadrò da capo a piedi e lui era lì, goffo e spaurito, che a sua volta la guardava e aveva gli occhi di plastica di un peluche. Decise che la buona azione era meglio conservarla per un'altra occasione, quel tipo alla sua festa non ce lo voleva.
«Be', allora ciao» disse liquidandolo con un sorriso.
Senza attendere risposta rientrò nel portone e si avviò su per le scale.

Parte Prima
(1990-1992)

Bruciano le stelle, la luna suona un vecchio blues

Vera sentiva il sussultare delle ruote che macinavano il terreno, a volte tortuoso a volte lineare. La coperta putrida nella quale era avvolta non era sufficiente, il freddo trapelava impietoso e le faceva battere i denti, oltrepassava la carne e le gelava l'anima. L'ossigeno arrivava scarso attraverso il legno forato. E proprio attraverso questi fori provava a guardare qualcosa, ma c'era solo oscurità intorno, a causa della tela cerata che avvolgeva il camion. In bocca aveva il sapore della sporcizia e della miseria della sua terra, una terra in grado di coltivare solo la povertà di un popolo in cerca di un riscatto impossibile da ottenere. Per un po' si mise a frugare dentro il suo cuore in cerca di una traccia di dolore o pentimento, ma non vi trovò nulla. Le forze la stavano abbandonando lentamente e mentre ormai era prossima a perdere i sensi, rivolse un ultimo pensiero alla madre. *Mamma, chissà se un giorno potrai mai perdonarmi... Di certo io non ti perdonerò mai.*

Era pomeriggio, nuvoloni scuri creavano una cappa opprimente e minacciosa nel cielo. Vera passeggiava in compagnia della sua amica Adrienn e nessuna delle due sembrava aver voglia di parlare. Camminavano e basta, ognuna stretta nel suo cappotto consunto.
«Vuoi sapere un segreto?» disse a un tratto Adrienn tranciando quel silenzio.
Vera rimase un attimo interdetta, i segreti, da sempre, le creavano un profondo turbamento. Istintivamente accelerò il passo, quasi a volersi lasciare l'amica alle spalle. L'umidità si stava piano piano trasformando in pioggia finissima che si posava sulle loro teste.
«Lo vuoi sapere?» ripeté Adrienn.

«Sì» rispose infine Vera.
«Ok. Sei la prima persona a cui lo rivelo, perciò mi devi promettere che non ne parlerai mai con nessuno, qualsiasi cosa succeda».
«Te lo prometto, lo sai che di me ti puoi fidare» disse Vera guardando l'amica negli occhi.
«Si tratta di mia cugina. È partita, se n'è andata a stare in Italia».
«E allora?».
Adrienn fece una pausa, indecisa se proseguire o meno. «Non ne sono proprio sicura, ma credo che sia in Italia per fare la prostituta. Purtroppo i miei zii sono molto poveri e hanno quattro figli da sfamare... Sono stati costretti a venderla, l'hanno dovuto fare per sopravvivere. E adesso ho il terrore che i miei genitori possano fare la stessa cosa con me, ogni volta che rientro a casa osservo i loro volti per cercare qualche traccia di cambiamento. Non so più che fare».
Vera era completamente immersa nel racconto. «Cosa vuol dire venduta?».
«Devi sapere che c'è un tipo, un brutto ceffo, che va in giro a offrire soldi in cambio di belle ragazze. Da quanto ho capito le compra per conto di un'organizzazione».
«Tu lo conosci?».
«Sì, so chi è» sbuffò Adrienn. «È uno che solo a vederlo mette i brividi. Non vorrei finire nelle sue mani per niente al mondo».
«Ti capisco. È meglio non pensarci troppo» sospirò Vera fissando un punto lontano nel vuoto. «E se un giorno dovesse accadere una cosa del genere, vieni da me e scappiamo insieme, lontano da tutto questo schifo».
Adrienn accennò un sorriso e spalancò gli occhi commossa. «Dici davvero?».
«Ma certo» la rassicurò Vera prendendole le mani.
Iniziò a piovere sempre più forte e le due amiche si salutarono scambiandosi un'ultima occhiata d'intesa, senza aggiungere altro.

Vera correva e si affannava per le vie di una Budapest incolore, nel tentativo di trovare riparo il prima possibile. I suoi passi echeggiavano sul selciato stretto tra le acque placide color madreperla del Danubio e una serie di edifici tutti diversi tra loro, capricci architettonici di un luogo attraversato nel tempo da una moltitudine di culture differenti. A un tratto cominciò a rallentare, fino a fermarsi del tutto per riprendere fiato. Le girava leggermente la testa e non capiva se era più triste o più stanca o entrambe le cose allo stesso modo. Per un istante sollevò gli occhi da terra e vide grandi creature spettrali sui cornicioni e sugli abbaini dei tetti dei grandi palazzi Liberty. Senza alcun motivo reale si sentì minacciata, deglutì la poca saliva che aveva in gola e riprese a correre.
Rincasò che ormai era calato il buio e l'acquazzone si era fatto sempre più intenso. La corsa le aveva messo sete e per prima cosa, con i capelli ancora inzuppati di pioggia, andò nel cucinotto a bere un sorso d'acqua. Sua madre non c'era, immaginò che fosse dalla zia e stesse aspettando che smettesse di diluviare per rincasare. Sciacquò per bene il mestolo nel piccolo lavello consumato dalla ruggine e dal calcare, poi pensò di andarsi a cambiare gli abiti fradici. Accennò un movimento e subito si bloccò. Le era sembrato di sentire qualcosa, come dei sospiri soffocati. Sospiri familiari, che conosceva fin troppo bene. La casa era grossa uno sputo, in un attimo si avvicinò alla stanza da letto attenta a non fare il minimo rumore. Posò l'occhio nella fessura e d'improvviso il cuore accelerò i battiti a dismisura, mentre la vista si annebbiò dietro a lacrime che rimanevano appese alle palpebre e non volevano saperne di staccarsi, quasi volessero preservarla da quell'immagine orrenda.
Fu sul punto di fare irruzione, quando un'idea precisa le squarciò la mente come un lampo in un temporale estivo. In punta di piedi tornò sui suoi passi e dal cassetto di un mobiletto estrasse un grosso coltello affilato, lo stesso che suo padre usava per affettare la carne nelle occasioni importanti.

Avanzò con il fuoco dentro le viscere, poi diede un'ultima sbirciata con gli occhi di un felino che aspetta il momento giusto per avventarsi sulla preda. Dentro di lei c'era solo vendetta, se la vendetta potesse assumere un'espressione, sarebbe stata la sua. Pochi istanti e scattò in avanti, sbattendo la porticina in legno con una tale veemenza che per poco non la staccò dalla parete.
Suo padre ebbe appena il tempo di voltarsi all'indietro, prima che la lama lo trafiggesse nel fianco destro, penetrandogli la carne molle fino in fondo. Sotto di lui c'era Sofia, la sorellina di Vera; aveva gli occhi colmi di terrore ma non piangeva.
Vera non aveva nessuna pietà, la sua mano era guidata da una ferocia incontenibile. Estrasse rapidamente il coltello dal fianco e cominciò a infliggere colpi da tutte le parti, con una sequenza rapida e precisa. L'uomo tentò di parare i colpi con le mani, alla disperata, provò a dire qualcosa ma dalla bocca gli uscì soltanto un fiotto di sangue scuro.
«Bastardo!» urlò Vera con tutta la rabbia che aveva in corpo. «Maledetto! Me lo avevi giurato... mi avevi giurato che non l'avresti mai toccata».
L'uomo si portò le mani al ventre, nel vano tentativo di tappare le falle da cui zampillava sangue. Dalle ferite usciva un odore cattivo e amaro, per lui ormai non c'era più niente da fare. Con gli occhi sbarrati si accasciò in ginocchio sul pavimento, come se volesse implorare un ultimo perdono. Poi cadde in avanti, a pancia in giù, mentre la macchia purpurea sotto di lui si allargava velocemente.
Vera guardò in terra nell'angolo, dove raggomitolata c'era sua sorella, che tremava e aveva il volto screziato di sangue. Respirava forte e a fatica, come se avesse compiuto uno sforzo sovrumano. Si avvicinò e le carezzò i capelli e le guance, poi la sollevò quasi di peso e la strinse forte a sé.
«Va tutto bene» disse con una dolcezza che faceva a pugni con tutto ciò che era accaduto un attimo prima. Si sciolse dall'abbraccio, la prese per mano e la condusse fuori da quella

stanza degli orrori, avendo cura di chiudere la porta per nascondere il mostro che giaceva senza vita al suo interno.

Vera, fin da ragazzina, era stata vittima dei soprusi e delle violenze di quel padre miserabile. Ed era proprio per preservare la sorellina dallo stesso destino e risparmiarle quel dolore tagliente, che aveva rinunciato a ribellarsi.
«Devi giurarmi che se io non racconto a nessuno quello che mi fai, non toccherai mai mia sorella» disse un giorno sputando grinta e rancore.
Il padre giurò e subito dopo chinò il capo, non riusciva a reggere quegli occhi accusatori e malinconici su di sé.
Vera rispettò il patto e non ne fece mai parola con nessuno. Viveva con il terrore che da un momento all'altro la porta potesse schiudersi lentamente, facendo emergere quell'ombra brutale. Tutto il resto erano gesti e movimenti meccanici, che avevano l'effetto di un detonatore nella sua anima. Più passava il tempo e più si sentiva svuotata di tutto quello che aveva dentro, in un processo di crescita all'incontrario, nel quale anziché arricchirsi finiva con il perdere tutto. Soltanto l'amore per la sorellina rimaneva intatto, ed era solo per lei che sacrificava la vita.
Era certa che la madre sapesse, o perlomeno avesse intuito. Tante volte la scrutava negli occhi alla ricerca di qualche segnale, ed erano occhi abulici, gonfi di paura e vergogna.

«Aspettami qui seduta» ordinò alla sorellina dopo averla accompagnata nel cucinotto. «Ci metto un minuto».
Andò a darsi una ripulita con un po' d'acqua fredda e a cambiarsi gli abiti intrisi di pioggia, sudore e sangue. Quando tornò, la sua sorellina era ancora lì nella stessa identica posizione in cui l'aveva lasciata. Con un pezzo di stoffa bagnato le asciugò il viso.
«Ora ti prego, ascoltami bene» disse. «Tu lo sai perché l'ho dovuto fare, non è vero?».

La sorellina annuì. «Perché il papà era cattivo» rispose con una cantilena stonata.
«Sì, era molto cattivo. Ma ora se n'è andato e non potrà più farti quelle brutte cose». Intanto che parlava non smetteva un secondo di lisciarle i capelli e le guance. «Fra poco la mamma ritorna a casa e tu le devi raccontare tutta la verità, per filo e per segno. Ne sarai capace?».
«Sì».
«Bene. Adesso devo andare prima che sia troppo tardi» e così dicendo le stampò un bacio affettuoso sulla bocca.
«Ti prego non andare via, non lasciarmi» piagnucolò la piccola, e quelle parole sembravano il belato di una pecora smarrita.
«Non posso».
Un ultimo bacio, poi scivolò svelta in strada, con i singhiozzi della sorellina conficcati nel cranio e una pioggia scrosciante che sembrava volerla ostacolare in tutti i modi.

Vera era ormai allo stremo ma poté contare su una scorza dura che nemmeno lei sapeva di avere e che le impedì di finire stecchita sul cemento. Trovò conforto fingendo di essere una qualsiasi di quelle migliaia di studenti che oltre trent'anni prima si erano ribellate al regime sovietico. Un pensiero un po' infantile che le tenne compagnia, mentre di nuovo scivolava lungo le strade dei quartieri ai margini del centro, luoghi fiabeschi stritolati nella morsa della Guerra Fredda.
Giunta a destinazione bussò alla porta con lo stesso impeto con il quale poco prima stava affondando la lama nel corpo del padre.
«Chi è?» chiese Adrienn da dietro l'uscio.
«Sono io, Vera».
Adrienn venne fuori dalla porticina di una baracca sommariamente adibita a dimora, le cui pareti verniciate di un verde sporco sulle quali si arrampicavano rami d'edera, trasmettevano un che di campestre. Di fronte a sé trovò lo spettro della sua amica e a stento riuscì a soffocare un urlo.

Vera aveva un aspetto orribile: il volto era sfatto e i capelli, a causa della pioggia, le si erano appiccicati alle tempie come se un pittore le avesse dato due pennellate di colore giallo.
«Che è successo?» domandò preoccupata Adrienn.
«Ho ammazzato mio padre» rispose Vera e nel suo tono non c'era traccia di nulla se non della semplice verità.
«Che cos'hai fatto?».
«Ho fatto solo quello che avrei dovuto fare parecchio tempo fa, prima che fosse troppo tardi. Mio padre era un porco stupratore, un verme schifoso... Ma adesso non ho tempo di spiegarti, fra non molto saranno sulle mie tracce. Devo assolutamente andarmene di qui, e di corsa... Ho bisogno che tu mi dica dove posso trovare l'uomo che fa capo all'organizzazione, quello di cui mi hai parlato poco fa».
Adrienn era sbigottita, fece alcuni passi in avanti richiudendosi la porta alle spalle, per paura che qualcuno dei suoi familiari potesse ascoltare quella delicata conversazione.
Adesso il temporale aveva smarrito tutta la sua pienezza, ormai scendevano poche gocce e il cielo a mano a mano si schiariva e irradiava riflessi iridescenti.
«Ma sei sicura? Dovrà esserci un modo per aggiustare le cose. Forse se racconti alla polizia la verità sul conto di tuo padre ti crederanno e magari...».
«No» la interruppe Vera.
Adrienn si rese conto che non c'era spazio per i ripensamenti, non c'era niente da aggiustare, solo dei minuscoli brandelli di vita sparsi qua e là. Con il cuore colmo di tristezza le indicò il posto dove avrebbe potuto incontrare l'uomo che stava cercando.
Vera la abbracciò forte e le chiese di non rivelare a nessuno di quel loro incontro. Tirò fuori una spilla dalla tasca e volontariamente si punse l'indice della mano destra, quindi passò la spilla all'amica che dopo un attimo di esitazione fece altrettanto. Alzarono le dita e le unirono l'una contro l'altra, scambiandosi una goccia di sangue.

«Ora siamo sorelle» disse Vera con un sorriso cupo.
«Sorelle» sussurrò Adrienn prima di rientrare in casa e chiudersi alle spalle quella brutta storia di cui non avrebbe mai parlato con anima viva.

Il luogo indicato da Adrienn era una laida bettola ubicata non lontano da lì, nella parte a nord-ovest del grande fiume che divide le colline di Buda dalla pianura di Pest e fa in modo che si possano ricongiungere solo grazie agli imponenti ponti che lo sovrastano.
Appena Vera varcò la soglia della bettola venne investita dal tanfo di alcol e da una serie di epiteti poco lusinghieri da parte dei buzzurri seduti ai tavoli. Uno di questi si alzò, le andò incontro e le cinse le spalle con il braccio, sghignazzando con i suoi compari che nel frattempo avevano alzato i boccali in segno d'incoraggiamento. Vera si divincolò dalla presa, fece finta di niente e continuò ad avanzare verso il bancone. Intorno a lei si stava scatenando il putiferio.
«Sto cercando l'uomo con il serpente sul braccio» disse rivolgendosi all'oste.
Questi le diede un'occhiata obliqua, si strofinò le mani nel grembiule e le si avvicinò. «Aspettami qui e non ti muovere» e detto questo sparì attraverso una porticina che dava sul retro.
Altri due tipi la avvicinarono allungando le mani per palparle il culo. Non se n'era accorta, ma il cappotto sbottonato lasciava intravedere una maglietta completamente bagnata che le aderiva con precisione ai seni, dai quali spuntavano due capezzoli induriti dal freddo. I clienti della stamberga l'avevano scambiata per una giovane prostituta e a turno si facevano sotto eccitati.
La situazione stava prendendo una china sempre più pericolosa, quando l'uomo con il serpente sul braccio spuntò dalla porticina sul retro insieme all'oste. Era un energumeno alto poco meno di due metri, con delle braccia enormi, e proprio su una di queste era tatuato un serpente con due teste.

La carnagione scura e i tratti somatici mediterranei erano indizi che lasciavano intendere che non era originario di quelle parti.
Fece un cenno con la mano e i loschi figuri attorno a Vera si ritirarono al proprio posto, come un branco di ubbidienti cagnolini messi a cuccia. Con calma serafica andò dietro al bancone, afferrò una bottiglia di vodka liscia e ne tracannò un sorso generoso. Si asciugò le labbra con l'avambraccio e grugnì: «Stai cercando me?».
Parlò muovendo la mascella pesante da belva assassina.
«Sì, forse tu mi puoi aiutare» rispose Vera fissando il tatuaggio.
L'uomo rimase un attimo in silenzio, sembrava stesse soppesando quelle parole. A un tratto un ghigno sottile gli si dipinse sul volto. «Avanti, seguimi!» esclamò prima di infilarsi di nuovo nel retro. Vera gli andò dietro mantenendosi a un paio di passi di distanza. Tutti gli altri presenti erano ridotti a comparse costrette a far parte di una rappresentazione teatrale della quale ormai conoscevano il finale a memoria. Per loro Vera era solo una di quelle puttanelle che di tanto in tanto transitavano da quelle parti, niente di più.

Il retrobottega conduceva a una stanza stipata di casse impolverate contenenti bottiglie di alcol. C'era un fastidioso odore di chiuso e faceva un freddo cane, peggio che essere per strada all'addiaccio. Più o meno al centro del pavimento c'era una botola di legno; l'uomo la sollevò, raccomandò a Vera di fare attenzione a non cadere, poi cominciò a scendere per una ripida scala a pioli.
Sotto c'era un locale appena più grande del retrobottega, il soffitto basso e la mancanza di finestre trasmettevano una sensazione di isolamento e claustrofobia. L'unica fonte di luce era una lampada a petrolio appoggiata a un cassone che fungeva da tavolinetto. Le pareti erano scrostate e piene di muffa, e attaccata a una di queste c'era una tenda semiaperta dalla quale si scorgeva una latrina. Gli effluvi di urina, sudore

e lerciume erano talmente disgustosi che Vera per poco non svenne. Non c'era riscaldamento e l'ambiente era spoglio e disadorno, tranne che per un materasso buttato in terra, il cassone con il lume e una sedia sbilenca sulla quale erano sistemati alcuni indumenti.
«Ora puoi parlare» disse l'uomo andandosi a sedere sul bordo del materasso.
Vera rimase in piedi a qualche metro da lui. «Voglio lasciare l'Ungheria e so che tu mi puoi aiutare».
«Mmh... mmh... mmh... Forse sì, ti posso aiutare» rispose l'uomo.
«Voglio andarmene stanotte».
«Stanotte? Scordatelo, è impossibile organizzare in così poco tempo».
«Se ci riesci rinuncio ai soldi. Ti puoi tenere la mia parte, mi vendo per niente».
L'uomo gettò all'indietro la testa e scoppiò a ridere come se la cosa lo divertisse parecchio. «Devi averla combinata davvero grossa per farmi una proposta del genere».
«Questi sono affari miei» ringhiò Vera.
«Con te non c'è bisogno di tante parole, mi sembri una tipa tosta. Credo che tu sappia quello che andrai a fare una volta fuori di qui, dico bene?».
«Sì, posso immaginarlo».
L'uomo la guardò con cupidigia. «Sei molto bella» disse.
Vera aveva poco più di diciotto anni e anche se in quel momento era distrutta, era comunque di una bellezza fuori dal comune: occhi azzurri e pieni di luce incastonati in un viso angelico, capelli lunghi color del grano, pelle bianca come la schiuma del mare, un fisico slanciato con gambe lunghe e forme morbide e proporzionate.
«Devi sapere che io sono abituato a tastare la qualità della merce, prima di consegnarla».
Vera prese un respiro, poi ne prese un altro. «Va bene» disse alla fine.

In un lampo l'uomo si sfilò i pantaloni, mostrando il membro in fase di erezione.
«Vediamo quello che sai fare».
Fece segno a Vera di avvicinarsi, la afferrò per i capelli e la costrinse a inginocchiarsi, tirandole la testa verso la sua zona inguinale. Era la prima volta che Vera aveva un rapporto con qualcuno all'infuori di suo padre, ma la situazione di costrizione era più o meno la stessa e la desolazione che ne scaturiva pure. Buttò giù un grumo di saliva della consistenza di una noce, quindi accarezzò l'uccello e lo prese in bocca, cercando di tenere alla larga quella sensazione di repulsione che sentiva invaderle il ventre. Il puzzo di quel coso che teneva stretto tra le labbra le dava il voltastomaco. A un certo punto si staccò per prendere fiato, ma l'uomo, con voce ansante, le intimò di proseguire. Lei ubbidì senza protestare e riprese a succhiarglielo per ancora un paio di minuti, finché un fiotto di sperma caldo le riempì il cavo orale. A quel punto provò di nuovo a scostarsi, ma le mani dell'uomo le premevano forte la nuca, tenendola lì fino a farla quasi soffocare.
Quando quello si riprese dal piacevole torpore, le carezzò il viso pallido, poi tossicchiò per schiarirsi la voce e disse: «Sei una bambina molto brava, meriti di essere accontentata. Aspettami qui, sarò di ritorno tra poco».
Si tirò su i pantaloni e si arrampicò per la scala, che sotto il peso dei suoi passi pesanti emetteva degli scricchiolii come se da un momento all'altro dovesse rompersi.
Non appena Vera rimase sola si precipitò in quella specie di pisciatoio, si ficcò due dita in gola e vomitò tutto lo schifo che aveva dovuto ingoiare, poi si sedette per terra con le gambe raggomitolate al petto e il mento appoggiato alle ginocchia.
Dopo un po' la scala riprese a scricchiolare, l'uomo con il serpente tatuato sul braccio era di ritorno.
«Sei fortunata!» esclamò. «Sono riuscito a trovarti un biglietto di sola andata per l'Italia. È già tutto concordato, domattina all'alba un camion passerà a prenderti».

Vera si lasciò scappare un sorriso fugace e chiese se poteva fermarsi lì ad aspettare.
«Fa' come credi. Io sono di sopra a bere» rispose l'uomo alzando gli occhi.
Vera aspettò di essere di nuovo sola, si lasciò cadere a peso morto sul materasso, sollevando una nuvola di polvere che la fece tossire. Strizzò gli occhi con una tale energia che le tempie le pulsarono di dolore. Li riaprì e poi li chiuse di nuovo, stavolta più dolcemente, lasciandosi cullare dall'oscurità, fino a cadere in un sonno pieno di labili sogni.

Dentro uno di questi sogni c'è un uccellino appoggiato sul davanzale di una finestra. Vera lo guarda e desidera sfiorarlo con le dita, ma è troppo lontano. L'uccellino sembra accorgersi della sua presenza e a un tratto spiega le piccole ali e spicca il volo, attraversa veloce i tetti e le strade, si libra nell'infinito cielo. È un puntino nero in mezzo a una distesa di azzurro; per lei è meraviglioso anche solo osservarlo e immaginare le traiettorie, pensare che potrebbe andare ovunque, stupirsi nel vederlo invece tornare indietro, planare in picchiata verso lo stesso punto da cui poco prima è partito.
Ora Vera si accorge che sopra al davanzale c'è una gabbia aperta, che prima non c'era. L'uccellino zampetta fino a imboccare l'ingresso della gabbia, mentre una mano si sporge a richiudere lo sportellino. L'uccellino rimane fermo al centro della gabbia, sembra smarrito, poteva essere libero ma non è stato in grado di esserlo, forse ha avuto paura. E qui il sogno si fa più confuso, fino a sformarsi e smarrirsi nei meandri del subconscio di Vera.

«Forza, è ora». Una voce dura come la pietra infranse il suo sonno. Di fronte a lei c'era l'uomo con il serpente tatuato sul braccio, lo stesso disgustoso uomo a cui qualche ora prima era stata costretta a succhiare il pene. La fissava con un'espressione ottusa e avida, gongolava al pensiero di chiudere l'affare.

Da quando era crollato il muro di Berlino, esportare belle ragazze destinate al fiorente mercato della prostituzione era piuttosto semplice e fruttava ottimi guadagni. La cortina di ferro si era sciolta, così, grazie anche all'appoggio di doganieri e poliziotti corrotti, con qualche piccolo accorgimento si riusciva tranquillamente a varcare la frontiera.
Vera fece più in fretta che poté, uscì di soppiatto dalla bettola ed emerse in superficie; respirò a pieni polmoni, dopo essersi abituata agli odori nauseabondi di quello scantinato marcescente, le pareva che quell'aria avesse un sapore prelibato. Quindi attraversò la strada per raggiungere il camion che era lì ad attenderla e salì sul retro.
«Sdraiati qui dentro» le ordinò l'uomo con il serpente tatuato sul braccio.
Vera seguì le istruzioni senza fiatare e si accomodò dentro un cassone di legno che aveva dei fori laterali per consentirle di respirare. Di fianco alla sua c'erano altre casse uguali e le venne naturale chiedersi se in ognuna di quelle casse ci fosse una ragazza con un destino simile al suo.
«Prendi questa coperta e avvolgitela bene intorno. Se ti scappa da pisciare fattela addosso. Non sarà una passeggiata, ma vedrai che ce la farai».
Il coperchio si chiuse e tutto intorno a lei diventò un'informe macchia scura.

Parecchie ore dopo la cassa si aprì e un fascio di luce bianca investì gli occhi di Vera, che dovette tenerli serrati per non provare fastidio. Aveva completamente smarrito la cognizione del tempo e dello spazio; la prima cosa cui pensò, seppur in maniera del tutto confusa, era che l'avessero trovata e che la stessero arrestando per l'omicidio del padre.
Braccia forti la sollevarono di peso per sistemarla in posizione verticale, ma i suoi muscoli erano talmente atrofizzati che non reagirono, e le gambe si accartocciarono come se stessero per sbriciolarsi. Le stesse braccia forti allora la sollevarono di peso

e se la caricarono in spalla. Attorno a lei ronzava uno sciame di voci e rumori impossibili da distinguere.
Con il passare dei minuti riprese a utilizzare i suoi sensi in maniera sempre più efficace, fino a rendersi conto di essere *seduta* su una sedia, all'interno di una cucina. Si guardò intorno e notò una pila di pentole sporche di grasso accatastate nel lavandino, mentre da un sacco nero fuoriusciva un forte odore d'immondizia.
Di fronte, una ragazza che la fissava con un'espressione del viso gentile.
«Avanti, prendine un po'. Ti sentirai meglio» disse la ragazza allungandole una tazza di latte nella quale galleggiavano dei pezzetti di pane secco.
Vera sbirciò dentro la tazza per esaminarne il contenuto e affamata com'era le venne l'acquolina in bocca. Non se lo fece ripetere una seconda volta, afferrò la tazza con le mani tremolanti e le sue mascelle sottili cominciarono a muoversi a pieno ritmo. Avvertì subito una straordinaria sensazione di ristoro e sollievo.
«Dove mi trovo?» domandò con tono pacato.
«Italia. Milano» rispose la ragazza.
Vera rimase stranita. «Ma tu parli la mia lingua!» esclamò.
«Sì, anch'io provengo dall'Ungheria ed è per questo che lui mi ha ordinato di prendermi cura di te».
«Lui chi?».
«Il nostro padrone, quello che ci protegge e ci dà gli ordini. Ora è giù che sta parlando con l'autista, tra poco lo conoscerai. E ora sbrighiamoci, ti preparo un bel bagno caldo, così poi ti cambi i vestiti».
Vera non ci aveva fatto caso, ma in mezzo alle gambe aveva una macchia secca di urina.

Immersa nell'acqua schiumosa di una comoda vasca da bagno, chiuse gli occhi e per alcuni istanti le sembrò che non fosse successo niente e che suo padre fosse ancora vivo e non

l'avesse mai violentata. Quando li riaprì, studiò con attenzione i particolari di quel piccolo bagno con le piastrelle in ceramica, che non era certo quel granché, ma a lei pareva una reggia in confronto all'antro claustrofobico nel quale era abituata a lavarsi. Lì non c'era una vasca collegata a un rubinetto dal quale scendeva acqua calda; lì c'era soltanto una tinozza angusta, riempita a secchiate che se scaldate sul fuoco potevano essere al massimo tiepide e in ogni caso non erano proprio cristalline. Vera si massaggiava con dolcezza il corpo e le contratture muscolari si andavano via via sciogliendo, mentre il sangue aveva ripreso a fluire in maniera regolare. Sarebbe voluta rimanere a mollo per un giorno intero, quando d'un tratto la porta si aprì e da dietro l'uscio apparve la ragazza di prima.
«Dice che è meglio se ti dai una mossa» mormorò muovendo appena le labbra. Con una mano le porse un asciugamano fresco e rimase in attesa.
Vera lo afferrò e le chiese di voltarsi.
La ragazza si mise a ridere. «Che fai? Ti vergogni?».
Vera arrossì e disse «Un po'».
La ragazza si fece di colpo seria. «Be', forse è meglio che te la fai passare finché sei in tempo. Fra poco iniziamo a lavorare e per il lavoro che facciamo noi non c'è spazio per la timidezza».
Un brivido freddo percorse la schiena di Vera. «Lavorare? Ma sono appena arrivata, sono ancora stanca per il viaggio, non ce la faccio».
«Ti do un consiglio» sussurrò a bassa voce la ragazza. «Questa cosa che hai detto, è meglio se la tieni per te, dammi retta. Ti risparmierai un sacco di botte. E adesso andiamo a prepararci, non c'è molto tempo» e così dicendo le allungò la mano e la aiutò a tirarsi su dalla vasca.
Si guardarono intensamente negli occhi ed entrambe pensarono la stessa cosa: per quanto erano simili, sarebbero potute essere sorelle.
«Io sono Regina» disse la ragazza.
Vera si presentò a sua volta, le chiese se anche lei venisse

da Budapest e avesse fatto lo stesso viaggio. Regina annuì distrattamente e si capiva che non aveva voglia di parlarne. Vera pensò che potesse trattarsi della cugina della sua amica Adrienn, avrebbe tanto voluto domandarglielo ma si trattenne.
In quel frangente entrò in bagno un uomo, un tipo non tanto alto e piuttosto corpulento, con occhi scuri e scavati, capelli radi sulle tempie e tirati all'indietro, e un paio di baffi untuosi sotto un naso aquilino. Vera si strinse forte nell'asciugamano. L'uomo le si parò di fronte e con un sorrisetto sprezzante prese un lembo dell'asciugamano e cominciò a tirare fino a impossessarsene. Vera rimase immobile, tutta nuda a mostrare la sua pelle vellutata e diafana, quasi trasparente, con quelle forme regolari e ancora acerbe, che la facevano apparire come un petalo di rosa appena sbocciato.
Le dita nodose dell'uomo si protesero in avanti fino a sfiorarle il pube.
«Bene» sussurrò compiaciuto in una lingua che Vera non poteva comprendere. Poi rivolgendosi a Regina le ordinò di tradurre il messaggio di benvenuto alla sua nuova protetta. Parole semplici e dirette per far capire che quello non era certo un posto di villeggiatura e che, anzi, avrebbe dovuto fare tutto quello che lui le avesse ordinato, perché lui era il padrone ed era lui che comandava.
Regina eseguì il compito assegnatole, ammorbidendo un po' i contenuti.
Infine il protettore puntò i suoi piccoli occhietti in quelli di Vera e con una mano le afferrò il mento. «Tu non esisti, non hai documenti, non sei nessuno. Se decidessi di ammazzarti qui, ora, nessuno verrebbe mai a reclamare il tuo corpo. Quindi, vedi di fare la brava e di portare a casa tanti bei soldini, altrimenti...». Fece un ghigno malvagio e si passò rapidamente il pollice sotto la gola, da sinistra a destra, come la lama di un coltello. Almeno questo gesto era sicuro che non sarebbe stato male interpretato.
«Ti do qualcosa di appropriato da metterti addosso» disse

Regina quando furono di nuovo sole.
Entrarono in una piccola camera da letto, all'interno della quale vi erano un armadio, una cassettiera e due letti a castello. Il pavimento era ricoperto da una moquette di un azzurro spento, insozzata da chiazze di unto sparse qua e là; alle pareti c'era una tappezzeria a losanghe strappata in alcuni punti, impregnata dell'afrore di chissà quante sigarette. Lì c'erano altre due ragazze che si stavano agghindando per cominciare il lavoro. Regina fece una presentazione veloce, disse che venivano entrambe dalla Cecoslovacchia e che quando lei era arrivata, loro c'erano già. Le ragazze lanciarono un'occhiata in direzione di Vera e si limitarono a salutare con un cenno del capo. Non sembravano né contente né dispiaciute nel vedere la nuova arrivata, erano semplicemente indifferenti e distanti, come se avessero pensieri troppo ingombranti per curarsi di lei.
Dopo una decina di minuti dedicati alla vestizione, un urlo riecheggiò nell'illusoria quiete di quell'appartamento uguale a tanti altri appartamenti della città.
«Andiamo!». Era la voce sbilenca del protettore che richiamava le sue pecorelle per portarle a un pascolo fatto di asfalto e calcestruzzo.

E così il marciapiede ai bordi della periferia milanese divenne per Vera il territorio nel quale mettersi in mostra, neanche fosse una fettina di manzo sul bancone del macellaio; i sedili di un'automobile o il materasso di un motel a ore, il luogo in cui soddisfare le voglie dei numerosi clienti.
«Bocca trenta. Fica ottanta» erano le prime parole in italiano che aveva dovuto imparare. Un ritornello ripetuto all'infinito, nei confronti di chiunque la avvicinasse.
Faceva quello che doveva fare e lo faceva in maniera meccanica, senza nessun tipo di coinvolgimento né di calore. Era sempre più convinta che il suo corpo non le appartenesse, non le era mai appartenuto; era solo un'appendice staccata e distante

dall'anima, un qualcosa che era messo lì a disposizione di chiunque avesse voluto prenderselo.
Ripensava spesso a casa, a sua mamma e a sua sorella; le vedeva galleggiare in un mare di disperazione e non poteva fare niente, nemmeno mandare loro quei miseri soldi che a fine mese il protettore le passava. Si sentiva talmente infelice che certe notti, al rientro dal lavoro, si affondava i denti nella carne del braccio fino a sentire il sapore aspro del sangue, fino a punirsi per la sua sofferenza.
Gli uomini le facevano schifo, specialmente quelli che in qualche modo le ricordavano il padre. A volte bastava un movimento, l'odore dell'alito, una carezza data in un certo modo, che il volto del cliente di turno assumeva le sembianze del mostro sconfitto e accoltellato, che crepava e implorava un perdono chimerico. Una scena così vivida che in certi frangenti aveva ancora l'impressione di sentire il calore del sangue scivolargli tra le dita, fino a sciogliere la sua pelle di ghiaccio.
Ogni volta che ripensava a tutto questo, le veniva spontaneo domandarsi se la polizia le stesse dando la caccia. Era sicura che un giorno o l'altro sarebbe incappata in una retata o in un semplice controllo di routine e si sarebbero accorti che era una clandestina fuggita dal suo paese. A quel punto l'avrebbero consegnata alle autorità ungheresi, che la attendevano con ansia per sbatterla a marcire in una squallida prigione di stato. Andava avanti con questa consapevolezza, come chi avanza passo dopo passo verso l'ineluttabilità del proprio destino e sa che una volta esploso non c'è più nulla da fare. E quando vedeva una volante della polizia passarle vicino e rallentare, chiudeva gli occhi, tratteneva il respiro e contava fino a dieci.
Adesso mi prendono e mi portano via, pensava e a volte un po' lo sperava nella sua foga di autolesionismo. Ma non succedeva.
Così, ogni sera, era lì a occupare il suo appezzamento di terreno sopra al marciapiede, a fianco di molte altre puttane dell'est, in una via crucis del sesso a pagamento percorsa quotidianamente da uomini di ogni età ed estrazione sociale. E

sebbene proponesse un rapporto senza neppure l'ombra della passione, era talmente giovane e bella da costituire lo stesso un'esca molto appetitosa. Soddisfaceva le voglie dei clienti in maniera indotta, come un distributore automatico che una volta infilate le monete mette in azione i propri ingranaggi. Una macchina da soldi perfetta, inarrestabile, sempre in funzione, compresi quei giorni in cui il ciclo mestruale le avrebbe imposto una pausa e nei quali, invece, era costretta a tamponarsi l'emorragia e ad andare avanti come se nulla fosse, per non inceppare il meccanismo.

Il protettore era molto esoso e tutte le notti pretendeva di riscuotere l'incasso, che guai se non era buono, perché allora andava su tutte le furie e menava schiaffi sonori.
Una volta aveva beccato una delle due cecoslovacche che si era infilata alcune banconote arrotolate su per il buco del culo. Lei lo faceva perché suo papà stava male, aveva bisogno di soldi per le cure mediche e quella miseria che gli spediva ogni mese non era più sufficiente. Così aveva iniziato a intascarsi di straforo una piccola parte dei ricavi, che accumulava e teneva nascosta nel pacchetto di assorbenti, convinta che il magnaccia non se ne sarebbe nemmeno accorto. Invece quello era un diavolo e quando le ragazze non erano in casa, frugava dappertutto per essere sicuro che non lo stessero fregando.
Quando trovò quel gruzzoletto imboscato andò su tutte le furie, ma inizialmente fece finta di niente e come di consueto, alle soglie del nuovo giorno, si recò puntualmente a raccattare le sue protette dal marciapiede per riportarle all'appartamento. Appena rientrati radunò le ragazze nel tinello attiguo alla cucina e siccome non aveva ancora dedotto chi fosse la responsabile di un simile azzardo, le fece spogliare tutte e quattro, dando il via a un'accurata ispezione corporale. Vera e le altre non capivano e si guardavano con sconcerto, mentre la cecoslovacca colpevole si rese rapidamente conto e divenne cadaverica. I soldi le spuntavano appena tra le chiappe strette,

il *pappa* li sfilò e li annusò. Sapevano di merda. Incominciò a ruggire come un leone inferocito e dalla bocca gli uscivano lapilli di saliva, mentre il viso era sempre più ardente e una vena vistosa gli pulsava sul collo. La cecoslovacca scoppiò a piangere a dirotto e s'inginocchiò, supplicandolo di non farle del male. L'uomo biascicò qualcosa di incomprensibile, fece uno scatto in avanti e la afferrò per la gola sollevandola da terra e scaraventandola con la schiena contro il muro. Con le dita della mano fece un gesto come se volesse cavarle gli occhi. La ragazza tossicchiò e divenne livida in volto, era quasi sul punto di finire strozzata.
Ed è solo allora che Vera e le altre si lanciarono contro il protettore, nel tentativo di fermare quella brutale follia. L'uomo se le sentì arrivare addosso contemporaneamente e fu costretto a mollare la presa, quindi con tutta la forza che aveva in corpo le scaraventò una a una per terra. Vera era ormai certa che non avrebbero avuto scampo, le avrebbe schiacciate sotto i piedi come formiche, torturate senza nessuna pietà. Invece, contro ogni logica, l'uomo si tranquillizzò e si ricompose, aiutandole a una a una a rialzarsi.
La cecoslovacca gli corse incontro e gli baciò la mano, giurando che non avrebbe più fatto una cosa del genere e che se lo aveva fatto era stato solo per amore di suo padre. L'uomo sollevò la mano con un gesto assolutorio e ieratico, e con tono pacato disse: «Lo so, lo so. Ora andate a letto a riposare».
Vera si arrampicò sul piano superiore del letto a castello che condivideva con Regina. Si sdraiò senza prendere sonno e si mise a pensare a come sia impossibile fuggire dalla propria disperazione, ti si appiccica addosso e non c'è modo di scrollarsela via. La testa le scoppiava ed era costretta ad ascoltare i singhiozzi ritmati della *collega* cecoslovacca, mentre con gli occhi fissava gli arabeschi verdi sul muro, prodotti dall'insegna della farmacia di fronte, che sembravano voler trasmettere un segnale, come se stesse per accadere qualche cosa.

La sera dopo le ragazze vennero portate come di consueto al lavoro. Quando rientrarono in macchina si accorsero di essere solo in tre, una delle due cecoslovacche, quella che aveva trasgredito, non c'era più. Si guardarono attonite e chiesero spiegazioni al protettore.
«È partita. L'abbiamo rimandata a casa», fu la risposta per niente convincente.
Le tre sciagurate si agitarono e provarono a indagare ulteriormente, ma alla fine vennero zittite a suon di minacce e non poterono fare altro che soccombere alla consapevolezza di quanto fragile e appesa a un filo fosse la loro esistenza.

Il padrone della notte

Paride Brigati era fermo al semaforo di Corso Sempione, a bordo della sua Toyota Celica T18. Il piede destro si alzava e si abbassava dall'acceleratore in maniera ritmata, per dare sfogo alla potente melodia del motore.
Insieme a lui file di altri mezzi meccanici, pronti a ripartire per raggiungere qualche locale in cui consumare quel sabato notte di una Milano ingorda.
In un lampo il semaforo divenne verde e Paride Brigati, con grande prontezza di riflessi, innestò la prima e scattò in avanti, seminando gli altri automobilisti e lasciando dietro di sé una scia compatta di fumo nero.
«Bastardiiii...» gridò in preda a una strana euforia.
«Bastardiiiiii...».

L'occasione era di quelle importanti e per festeggiarla al meglio Paride Brigati aveva deciso di fare le cose in grande. Aveva radunato un gruppetto di persone nel privè dell'*Aladdin*, una delle discoteche di sua proprietà, e stavano brindando all'imminente matrimonio di Danilo Ferri, il suo migliore amico.
Le bottiglie di champagne andavano via come fossero lattine di Coca Cola, invece erano delle pregiatissime *Cristal Loius Roederer*, provenienti da una delle migliori cantine situate nel nord-est della Francia.
«E tu?» chiese Danilo Ferri dopo l'ennesimo brindisi. «Quand'è che ti deciderai a fare il grande passo e metterai finalmente quella testaccia bacata a posto?».
«Be', per noi è ancora un po' presto» rispose Paride Brigati strizzando l'occhio. «Vero amore?».
Elisa, la sua dolce metà, non lo degnò neppure di uno sguardo.

«Presto un paio di palle!» esclamò Danilo Ferri. «Hai trentasette anni e stai con Elisa da quando ne avevi trenta. Me lo ricordo bene, c'ero anch'io la sera in cui vi siete conosciuti. Sei stato talmente insistente che alla fine, per sfinimento, ti ha lasciato il suo numero di telefono».
Tutti i presenti scoppiarono a ridere.
In realtà era già da qualche tempo che Paride Brigati stava prendendo in seria considerazione l'ipotesi di sposarsi, aspettava solo l'ispirazione per fare la proposta a Elisa. Magari gliel'avrebbe chiesto durante il loro viaggio a New York, programmato per la prossima estate.
La conversazione, tra un bicchiere e l'altro, andò avanti in un clima ilare e gioviale, finché a un tratto Paride Brigati si girò per scambiare due parole con la compagna e si accorse che non c'era. Era stato talmente impegnato a ridere e scherzare con i suoi amici che non si era nemmeno reso conto che Elisa, già da parecchi minuti, si era alzata e se n'era andata.
«Dov'è?» domandò indicando con un cenno del capo la porzione di divanetto vuota.
«Ha detto che andava in bagno a darsi una sistemata» rispose Jessica, la futura moglie di Danilo Ferri.
«Okay» ammiccò Paride Brigati. «Che ne dite di dare un'accelerata a questa magnifica serata? Ho giusto in serbo un paio di sorpresine per voi».
Un coro entusiasta si levò dai divanetti in pelle bianca laccata.
«Lo sapevo che avreste apprezzato. Vado e torno».
«Non farci aspettare troppo, mi raccomando» disse Lorenzo Ferri, fratello di Danilo, impaziente come un bambino cui è stato promesso un cono gelato.
Paride Brigati si era procurato una scatola di *Cohiba Behike*, in assoluto i sigari più costosi del mondo, roba da palati fini. La seconda sorpresa era nascosta all'interno del suo ufficio, ed era un panetto di coca colombiana purissima.
«Da far rizzare i peli sulle palle», a detta del suo pusher di fiducia.

A conti fatti quella serata gli era costata un bel po' di milioni; quando si metteva in testa di fare lo splendido non c'era niente che lo potesse trattenere, e del resto poteva permetterselo.

Il padre, imprenditore rampante, fin dalla prima metà degli anni settanta aveva fiutato il business delle discoteche e dei locali notturni e ci si era buttato a capofitto. La prima discoteca l'aveva aperta in provincia di Piacenza, città d'origine dei Brigati. Quando poi iniziò a capire che il divertimento è una di quelle cose che funzionano sempre, si espanse a Milano e sulla riviera romagnola, aprendo una serie di locali che fruttarono alla famiglia Brigati un mucchio di soldi nonché la fama di imprenditori di successo nel settore.
Paride Brigati era dunque cresciuto sapendo che tutto ciò che aveva costruito il suo vecchio, un giorno sarebbe stato nelle sue mani. Dopo aver finito stentatamente e con due anni di ritardo gli studi da ragioniere, s'introdusse subito negli affari del padre, fino ad arrivare col tempo a gestire tutto quanto, in collaborazione con alcuni soci fidati.
La sua vita si svolgeva perlopiù di notte, la discoteca era il suo habitat naturale nel quale si muoveva con la dimestichezza di un lupo in un bosco di montagna. Il lavoro per lui consisteva nell'aprire il portafoglio, prendere le decisioni giuste e verificare che queste venissero messe in pratica dai suoi collaboratori.
Da suo padre aveva ereditato la fortuna e l'intuito per gli affari, e così era riuscito non solo a mantenere in salute l'azienda, ma addirittura ad ampliarla. Ormai, a furia di aprirne di nuovi, aveva perso il conto di quali e quanti locali gestisse attraverso la sua società. Per non perdere il senso della realtà se li era annotati tutti quanti su un quaderno di scuola che teneva chiuso in cassaforte e che consultava di tanto in tanto, quando aveva bisogno di tirarsi su il morale.

Alzandosi dal divanetto nel quale era sprofondato, Paride Brigati mosse alcuni passi incerti e poi avvertì il bisogno di

appoggiarsi a una colonna. Lo stomaco gorgogliò e spinse su per la gola una poltiglia acida, che per poco non lo fece vomitare lì davanti ai suoi amici. Respirò profondamente e intanto pensò di avere esagerato con lo champagne. Questo era uno di quei momenti che odiava, perché si rendeva conto di essere ormai a pochi passi dai quaranta, consapevole di non avere più il fisico di una volta, quando ne avrebbe bevuto il doppio senza fare una piega.
«Ehi, tutto a posto?» chiese Danilo Ferri vedendolo boccheggiare sorretto dalla colonna.
Paride Brigati spostò appena la testa e alzò il pollice della mano destra, dopodiché riprese a camminare.
Lungo il corridoio la folla si apriva al suo passaggio, alcuni gli battevano un'amichevole pacca sulla spalla, altri lo salutavano cordialmente, altri ancora lo guardavano con ammirazione e devozione. Tranne i clienti novizi e quelli occasionali, tutti quanti sapevano chi era Paride Brigati, e sapevano anche che se riuscivi in qualche modo a entrare nelle sue grazie, ti poteva capitare che in un rigurgito di generosità ti offrisse *roba buona* o ti presentasse *bella gente*.
Lui camminava in avanti mantenendo un sorriso di circostanza cucito in faccia, sforzandosi di seguire una linea immaginaria che con la mente aveva disegnato per terra.

La stanza con il cartello rosso e la scritta bianca PRIVATO era vicino all'ingresso, di fianco al guardaroba. Si appropinquò per infilare la chiave nella serratura, quando si accorse che la porta era solo socchiusa. Il cervello fece un impercettibile scatto, come se si fosse azionato un ingranaggio.
Se becco lo stronzo che l'ha lasciata aperta...
Solo poche persone avevano accesso a quella zona: lui, un paio di soci ed Elisa. Il cervello fece un ulteriore scatto.
Già, Elisa. Dove minchia si sarà cacciata...
Il pensiero gli si spezzò sul nascere quando entrando vide la scena davanti ai suoi occhi. Per alcuni secondi restò fermo

immobile, senza fiato, spettatore attonito di uno spettacolo che mai avrebbe immaginato. E non era uno spettacolo qualsiasi, poiché lì al centro della scena c'era Elisa, la sua fidanzata, inginocchiata per terra, con la testa affondata tra le gambe di uno sconosciuto. Stava inequivocabilmente facendo un lavoretto di bocca. Come se non bastasse c'erano resti di polvere bianca, la sua polvere bianca, sulla scrivania dove lo sconosciuto stava appoggiando le chiappe.
Ora, nemmeno Paride Brigati avrebbe potuto dire con certezza se la cosa che gli dava più fastidio fosse aver trovato Elisa intenta a succhiare un uccello che non era il suo, oppure il fatto che avesse osato aprire il suo panetto di coca purissima senza chiedergli il permesso. Fatto sta che sentì montare una collera insopportabile, che gli attraversava la materia grigia per scendere rapida in tutte le parti del corpo, diffondendosi fulminea e implacabile come una metastasi.
Con le mani fece un piccolo applauso, mentre un sorrisetto da psicotico gli si dipinse sul volto.
«Bene, bene» disse schiarendosi la voce. «Bene, bene. Bene, bene» ripeté come un disco rotto.
L'uomo di fronte a lui fece un balzello in avanti staccando il culo dalla scrivania, si tirò su i calzoni e farfugliò qualcosa di incomprensibile, tipo una specie di miagolio da gatta in calore.
«Comodo, comodo» disse Paride Brigati. «Non volevo certo interrompervi».
Elisa strizzò la bocca in una smorfia di disgusto. «Be', sai che ti dico amoruccio mio? Vaffanculoooooo!» ringhiò furiosa come un cane idrofobo. «Ti credi furbo, non è vero? E credi che invece io sia una povera cretina, che non sappia quello che hai fatto...».
Per alcuni istanti la rabbia che aveva ottenebrato la mente di Paride Brigati, lasciò il posto allo sbigottimento e un grosso punto interrogativo lo costrinse a chiedersi a cosa si stesse riferendo.
Oh, merda! Avrà scoperto che il mese scorso non ero a Roma

per affari. Oppure avrà trovato la lettera che mi ha scritto Alice. O forse si riferisce a quella stronza di Anna, che magari le avrà spifferato tutto quanto, come aveva minacciato di fare.
Si rese conto che erano troppi gli scheletri sepolti nell'armadio e non c'era abbastanza tempo per un accurato esame di coscienza. Così passò al contrattacco e disse la cosa più facile che poteva dire in quel frangente. «Taci puttana».
Il solo sentire quelle parole perentorie uscire dalla sua bocca con quel tono di voce drammatico, lo fece sentire orgoglioso di sé. Anche se l'orgoglio era stato ferito in maniera grave e ora bisognava medicarlo per bene.
«E vai fuori dai coglioni, che voglio fare due chiacchiere a tu per tu con questo signore».
Elisa non si mosse di un millimetro.
«Hai sentito quello che ho detto?».
«Fottiti».
La risposta secca e precisa andò a conficcarsi nel petto di Paride Brigati come una freccia scoccata da un abile arciere, provocando in lui un ulteriore moto di rabbia. Con un gesto inconsulto tirò uno schiaffo alla sua fidanzata, talmente forte da farle perdere l'equilibrio e costringerla ad accasciarsi per terra. Solo un attimo, però, perché Elisa si rialzò di slancio, gli si avvicinò a brutto muso e in segno di spregio gli sputò in bocca.
«Mi fai schifo» aggiunse carica di odio. «Non voglio vederti mai più», detto questo afferrò la borsetta e a passi veloci si diresse verso l'uscita.
Paride Brigati si asciugò la bocca con il dorso della mano e rimase in attesa, completamente concentrato nel rumore dei tacchi sul pavimento, che battevano come dei colpi di martello alla parete.
Non sopportava quel modo rumoroso che aveva Elisa di camminare su quei trampoli da dodici centimetri, che era solita indossare per figurare più slanciata di quanto in realtà

non fosse. Erano anni che la rimproverava e le chiedeva di essere più aggraziata e meno rumorosa, ma lei se n'era sempre fregata altamente.
In quell'uscita così plateale pareva che avesse calcato i piedi per terra il più possibile, come se avesse voluto fargli un ultimo e definitivo sgarbo.

Paride Brigati puntò lo sguardo sul tizio che era lì insieme a lui e che poco prima aveva infilato il pene nella cavità orale della sua donna.
«E tu chi cazzo saresti?».
«Senti amico, io non sono nessuno. Voglio solo uscire di qui senza altri problemi».
«Ah! Dici senza altri problemi... Be', avresti potuto pensarci prima di farti fare un succhiello dalla mia fidanzata e di pipparti a sbafo la mia roba. Non credi?».
«Non lo sapevo, ti giuro che non lo sapevo» piagnucolò il tizio. «È stata lei a rimorchiarmi. Io stavo solo bevendo un Gin tonic appoggiato al bancone, lei si è avvicinata e mi ha chiesto da accendere. Mi ha guardato maliziosa e ha detto che era il mio giorno fortunato, poi mi ha fatto segno di seguirla. Che ne potevo sapere che era la tua fidanzata?».
«Non potevi saperlo».
«Infatti. Ti chiedo scusa, davvero. Posso andare adesso? Ci siamo chiariti?».
«Ci siamo chiariti. Un'ultima cosa però: voglio sapere chi cazzo sei. Vieni qui nel mio locale, te la spassi con la mia ragazza, ti fai la mia coca, e ora te ne vorresti andare via così, senza neanche dirmi il tuo nome. Eh no, mio caro... Dimmi chi sei, così la prossima volta che passi di qua ti faccio riservare un tavolo con una magnum nel ghiaccio. Mi pare il minimo, visto che mi hai salvato dal matrimonio con quella stronza. O no?».
Il tizio era sempre più nervoso, sudava come un maiale e non sapeva come fare per uscire da quella pessima situazione nella quale si era cacciato. Indugiò alcuni secondi, poi si rese conto

di non potersi sottrarre alla richiesta del suo interlocutore.
«Mi chiamo Gianluca Cavadenti».
«Cavadenti? Mi stai pigliando per il culo?».
«No, sul serio. È il mio cognome».
«Bello, complimenti. Ora però dammi la carta d'identità. Voglio essere sicuro che tu non stia mentendo».
Il tipo estrasse controvoglia il documento dal portafoglio e glielo porse. Ne avrebbe fatto volentieri a meno di tutta quella pantomima e se fosse stato capace di fare a botte avrebbe cercato di regolare la faccenda a suon di cazzotti. Ma Gianluca Cavadenti era un soggetto innocuo, non aveva mai tirato un pugno a nessuno in tutta la sua vita e qualcosa gli diceva che non era il caso di cominciare proprio quella sera.
Paride Brigati lesse scrupolosamente il documento, con lo stesso atteggiamento di un carabiniere durante un controllo stradale.
«Così sei un commerciante?».
«Sì».
«E di cosa ti occupi di preciso?».
«Fiori... e piante».
Paride Brigati esplose in una risata fragorosa. «Un fioraio del cazzo. Questa è propria bella».
Sistemò accuratamente una striscia di coca sulla scrivania, poi strappò in due la carta d'identità.
«Noooo» mugolò Gianluca Cavadenti, che ormai aveva intuito che la situazione stava precipitando ed era entrato nel panico.
«Silenzio» intimò Paride Brigati.
Nel frattempo arrotolò una delle due metà della carta d'identità, se la appoggiò alla narice e tirò su tutta la striscia di polvere. Quando sollevò la testa dalla scrivania, aveva le pupille completamente lucide e dilatate, e la faccia di uno che aveva appena fatto un giro a testa in giù su un tornado. Lanciò un ghigno velenoso verso Gianluca Cavadenti, poi si spinse barcollando fino a un armadietto dal quale estrasse una mazza da golf in argento.

La osservò con l'intensità con cui si osserva un'opera d'arte, poi disse: «Ti piace il golf, amico mio?».
La bocca impastata caricava la voce di uno strano effetto e la rendeva gutturale.
Gianluca Cavadenti fiutò il pericolo imminente e indietreggiò fino a trovarsi con la schiena al muro. Gelide goccioline di sudore gli colavano dalle tempie e dal naso, mentre gli occhi si muovevano febbrilmente in tutte le direzioni, alla ricerca di una via di fuga.
«Ti ho chiesto se ti piace il golf» lo incalzò Paride Brigati. «Pensaci, non è una domanda difficile, non ci sono milioni di possibili risposte. O ti piace o non ti piace. Tutto qui».
«Sì, mi piace. Però ti prego, adesso calmati e metti giù quella mazza. Ragioniamo da persone mature e cerchiamo di sistemare le cose senza farci del male».
«Ragionare da persone mature. Mi piace» disse Paride Brigati senza distogliere gli occhi dal manico della mazza che rifletteva la luce al neon del soffitto.
Un'idea improvvisa si materializzò nella mente di Gianluca Cavadenti. «Ti risarcirò per l'accaduto».
Paride Brigati aggrottò le sopracciglia. «In che senso?».
«Soldi».
«Ah! Sono curioso, sentiamo... a quanto ammonterebbe il risarcimento per una fellatio dalla mia donna con annessa pippata di ottima qualità?».
«Nel portafoglio ho quasi seicentomila lire in contanti. Ma se mi dici che non ti bastano te ne farò avere degli altri, non c'è problema».
Paride Brigati fece un lungo sospiro, il tono della voce continuava a essere cordiale. «Vediamo un po'... comincia col tirare fuori questi soldi».
Gianluca Cavadenti intravide finalmente uno spiraglio di luce, si frugò nelle tasche ed estrasse una mazzetta di banconote spiegazzate. «Prendi, sono tuoi».
Paride Brigati esitò alcuni istanti, poi anziché afferrare il

denaro che gli veniva offerto, mollò un ceffone sulla mano protesa di Gianluca Cavadenti, facendo cadere a terra tutte le banconote. Quindi impugnò la mazza con entrambe le mani, ruotò il bacino di novanta gradi e lasciò partire una bastonata indirizzata al ginocchio del malcapitato, come se stesse colpendo la pallina alla prima buca, per mandarla il più lontano possibile. La rotula di Gianluca Cavadenti si spaccò emettendo un rumore sordo e cupo, e lui andò giù cacciando un urlo disumano, rotolandosi sul pavimento col ginocchio tra le mani. Anche la sua ombra si rotolava insieme a lui. Se la stanza non fosse stata insonorizzata e se la musica all'interno del locale non fosse stata così assordante, chiunque nel raggio di un chilometro avrebbe udito quelle grida.
La vendetta era compiuta e ora non rimaneva che un'ultima piccola cosa da fare. Un corollario assolutamente evitabile, ma che Paride Brigati in quel momento considerava come la ciliegina sulla sua personalissima torta. Si tirò giù la lampo, si prese il membro tra le dita e si mise a urinare sulle banconote per terra, stando ben attento a non far finire gli schizzi sulle sue scarpe di vernice. Cosa che non sopportava.
«E ora ascoltami bene, testa di cazzo», il tono non era più cordiale. «Io sui tuoi soldi ci piscio sopra e se solo volessi ti ci potrei pure annegare dentro a questo piscio. Non lo faccio perché in fondo non è tutta colpa tua se mi sono scelto una fidanzata un po' troia. Fra poco ti lascio andare, per quanto mi riguarda io e te abbiamo finito, ci siamo chiariti. A titolo informativo sappi che ho parecchi amici tra le forze dell'ordine, quindi se per caso venissi a sapere che hai sporto denuncia, ti faccio cercare e quando ti trovo ti soffoco con la mia merda. Intesi?».
Gianluca Cavadenti continuava a contorcersi e a gemere in preda a un dolore lancinante.
«Ti ho chiesto se ci siamo capiti» lo incalzò Paride Brigati senza alcuna pietà.
Tra un singhiozzo e un gemito, il poveraccio riuscì a bofonchiare

qualcosa di vagamente somigliante a un sì.
A quel punto Paride Brigati lasciò la stanza, richiudendo la porta a chiave. Prima di uscire, però, un'ultima sniffata e una sistematina ai capelli.
Che gran figlio di puttana, venire a prendermi per il culo a casa mia.
Sogghignò. Si era comportato da duro, proprio come uno di quegli attori di film americani di cui andava pazzo. Tipo Bruce Willis.
Raggiunse il gruppo di buttafuori all'ingresso e affidò le chiavi a uno di loro. «C'è uno stronzo da portare via chiuso nel mio ufficio» disse.
Non aveva voglia di tornare dai suoi amici, così si diresse verso un'uscita di sicurezza per recuperare la sua Celica e sgommare lontano da lì. Mentre camminava verso il parcheggio, rimirava compiaciuto la punta lucida delle scarpe.
Nemmeno una goccia.

«Bastardiiiiiii!».
Il rumore della città era un soffio di vento che s'infrangeva conto il parabrezza della sua Celica, mentre lui era impegnato a zigzagare a folle velocità tra le altre automobili. Girava a vuoto senza saper dove andare. La testa era piena di suoni e immagini e frasi lasciate a metà, mentre nel sangue cominciavano a circolare la coca e l'alcol, che si mischiavano tra loro come fluidi di una pozione magica. L'autoradio pompava una techno-pop talmente violenta, che per poco i finestrini non andarono in frantumi sotto i colpi di tutti quei decibel.
«Vi odio tutti» ripeteva a voce alta.
Ogni volta che era confuso, triste o arrabbiato aveva l'abitudine di prendere la macchina e macinare chilometri di asfalto, immerso nella vita ma al riparo dal mondo esterno.
A un tratto si frugò nel taschino della giacca. «Merda» disse. «Dove cazzo sono finite?».
Non trovava più il pacchetto di sigarette, poi ebbe un lampo

di lucidità e si ricordò di averlo lasciato sul tavolino del privè. Più ci pensava e più il bisogno di fumare si faceva impellente.
Devo assolutamente trovare un cazzo di distributore.
Si guardò intorno per cercare qualche punto di riferimento, ma non aveva la più pallida idea di dove fosse finito. Provò a concentrarsi ma era come se il suo cervello fosse diventato un inestricabile groviglio di paglia. L'unico impulso che continuava a trasmettergli era quell'urgenza famelica di nicotina da soddisfare a tutti i costi.

Fu allora che la vide e fu come un segmento di luce che in un minuscolo frammento di tempo rischiarò la sua mente obnubilata. Frenò di colpo, spense l'autoradio e fece una breve retromarcia.
Vera era lì sul marciapiede che camminava nervosamente in un metro e mezzo di spazio. Era stata appena scaricata da un cliente, ormai non vedeva l'ora che si palesasse il protettore e che la riaccompagnasse a casa. Ma prima c'era un altro uomo da accontentare.
Si avvicinò all'automobile e si sporse all'interno attraverso il finestrino abbassato. «Vuoi scopare» disse con il suo solito tono neutrale.
Quella era una delle poche cose in italiano che era in grado di pronunciare correttamente, per il resto cercava di arrangiarsi come poteva.
«Ce l'hai una sigaretta?» chiese Paride Brigati che dovette sforzarsi non poco per mettere insieme quella piccola frase. La saliva era così spessa e corposa che gli sembrava di avere in bocca del catrame.
Vera rimase spiazzata dall'insolita richiesta, non era sicura di aver capito bene.
«Una sigaretta» ribadì lui portandosi l'indice e il medio alla bocca per rafforzare il concetto.
Vera indugiò alcuni istanti per valutare il da farsi. Di fronte a lei c'era un tipo elegante e curato, seduto al volante di

una lussuosa automobile, che la abbordava per chiederle da fumare. Pensò che quella fosse una situazione alquanto strana e a lei non piacevano le situazioni strane.
Una delle prime lezioni che aveva imparato era che la vita in mezzo a una strada poteva essere molto pericolosa. Bastava salire sulla macchina sbagliata e Dio solo sapeva cosa le sarebbe potuto accadere. Era molto giovane ma ne aveva già viste abbastanza, per questo stava sempre sul chi va là e in pochi secondi era in grado di valutare se accettare il cliente o aspettare quello successivo. Si fidava del suo intuito e fino a quel momento le era andata bene, nel senso che, a parte qualche richiesta strana, di grosse seccature non ne aveva ancora avute. Alcune colleghe di marciapiede, invece, avevano una sfilza di disavventure da raccontare e a lei piaceva pensare di essere più brava di loro nel fiutare il pericolo.
Senza aprire bocca infilò la mano nella borsetta per tirare fuori un pacchetto morbido di Marlboro light, una delle poche cose che riusciva a comprarsi con gli spiccioli che le passava il protettore.
Paride Brigati allungò la mano, ne estrasse una e prima di accenderla se la annusò per gustarsi quell'aroma di tabacco che tanto gli era mancato. Per alcuni secondi si sentì leggero come se stesse lievitando, poi la carica di adrenalina che aveva in corpo lo riportò a terra. A pochi centimetri da lui c'era una creatura celestiale che lo fissava dietro a due occhi sottili e taglienti. Mentre allargava le narici per buttare fuori una nuvola di fumo, riuscì ad attivare un paio di neuroni e arrivò a formulare il pensiero che Elisa, paragonata a una tipa di quel calibro, era uno scarafaggio al cospetto di una libellula. Un sorrisetto ebete gli si stampò sulla faccia.
Vera scrollò le spalle spazientita e si girò per andarsene.
«Dai, sali» disse Paride Brigati rompendo gli indugi.

Un attimo dopo Vera era seduta al suo fianco. Lui la osservava come se dovesse dipingerla su una tela, e intanto, forse a

causa dell'effetto della cocaina sulle sinapsi, sentiva montare un'erezione clamorosa dentro i pantaloni.
Era una vita che non caricava una prostituta dalla strada. Lo aveva fatto qualche volta con i vecchi amici di un tempo, quando era ancora un ragazzino di provincia in guerra con i suoi ormoni. Poi aveva avuto la fortuna di essere travolto dai soldi e con essi erano arrivate una marea di femmine di ogni tipo, e ognuna era una lustratina al suo ego. Tra queste c'erano anche accompagnatrici di lusso, prostitute d'alto bordo, ma donne da marciapiede no, non gli era più capitato.
E così, questa situazione intrigante nella quale era finito per caso, lo stava facendo fremere dal desiderio.
«Dove andiamo?» chiese senza staccare gli occhi dalle cosce nude di Vera che erano color latte e creavano un contrasto cromatico con la pelle nera dei sedili della Celica.
Si diressero in una zona industriale poco distante e parcheggiarono ai bordi di quella lingua d'asfalto che di giorno era un crocevia di camion e furgoni, mentre di notte diventava il luogo ideale per incontri clandestini. L'illuminazione, infatti, era quasi totalmente appannaggio della luna, eccezion fatta per un paio di lampioni che non bastavano a coprire l'intera area. I capannoni intorno erano enormi costruzioni di cemento e acciaio, e avevano un aspetto lugubre, come se dentro si nascondessero dei mostri metropolitani.
Paride Brigati spense il reboante motore e si mise a trafficare con le manopole dei sedili anteriori in modo da reclinarli e trasformarli in un quasi letto matrimoniale. Era emozionato come un ragazzino alle prime armi e bramava dalla voglia di possedere quel corpo meraviglioso e invitante. Fece per slacciarsi la cintura ma Vera lo fermò con un gesto secco della mano.
«Prima pagare» disse.
Paride Brigati le allungò un pezzo da cento. «Tieni il resto». Una delle frasi che ripeteva più spesso durante il giorno e che lo facevano sentire fiero di quello che era.

Vera si spogliò lentamente e nel buio dell'abitacolo la sua pelle era luminosa. Ogni centimetro scoperto era una scossa lungo le pareti pelviche di Paride Brigati, che non ce la faceva più a trattenersi e si tuffò dentro di lei, possedendola con tutta l'esaltazione di cui era imbevuto. Durò poco, briciole di tempo, sufficienti, però, a trasportarlo verso un piacere sublime.
Vera non aveva fatto niente, si era limitata a tenere le gambe aperte e a emettere qualche verso finto ed esagerato. Era una pessima attrice ma gli uomini ci cascavano lo stesso. Ormai aveva affinato una tecnica di concentrazione che le consentiva di estraniarsi dal corpo, come se il suo spirito andasse a fare quattro passi e tornasse quando tutto era terminato, quasi non si volesse sporcare con quell'immondizia. Chiudeva gli occhi e svuotava la mente di colpo, e l'unica cosa che alla fine le rimaneva era l'immagine di una barchetta sul mare. Un disegno infantile che aveva fatto la sua sorellina con un pennarello rosso e che sua mamma aveva attaccato alla parete scrostata del cucinotto. Un'immagine che a furia di guardarla le si era conficcata in testa e non se ne andava. Lei che il mare non l'aveva mai visto in vita sua, se qualcuno le avesse chiesto di descriverlo avrebbe risposto che di sicuro era rosso. A volte pensava che sarebbe stato bello restare per sempre sospesa in quell'isolamento, a fissare qualcosa che non c'era e che tuttavia era di gran lunga preferibile a quello che invece era reale e sembrava volerla trascinare sempre più verso l'abisso.
Quando riaprì gli occhi intravide l'orologio sul cruscotto che segnava quasi le cinque. Un orario antelucano che la faceva sentire lieta che anche quella notte fosse trascorsa senza lasciarle il benché minimo ricordo degli uomini con cui era stata. Pupazzi di ghiaccio destinati a sciogliersi sotto i colpi implacabili del sole.
Nel frattempo il motore tornò a frustare l'asfalto.
«Mi daresti un'altra sigaretta?» chiese Paride Brigati appena prima di scaricarla sul ciglio della strada, nel punto esatto in cui l'aveva trovata.

Paride Brigati si svegliò che erano ormai le dodici e trenta. Istintivamente allungò una mano verso il comodino e lo tastò in lungo e in largo alla ricerca del suo pacchetto di Merit. Era intorpidito e appannato e la testa gli pesava come se qualcuno gliel'avesse riempita con dei pallini di piombo. Di colpo si ricordò che era rimasto senza sigarette già dalla notte scorsa e questo gli provocò il primo attacco d'ansia della giornata.
Calmati, cerca di rilassarti altrimenti la situazione non può che peggiorare.
Con estrema fatica si tirò su dal letto e si trascinò fino alla finestra. Aprì le persiane per prendere una boccata d'aria e intorno a sé non c'era nient'altro che nebbia e ancora nebbia. Si mise addosso la sua vestaglia di seta pura e si diresse a passi incerti verso il bagno. Per prima cosa svuotò la vescica, poi fece quello che faceva tutte le mattine: si sciacquò abbondantemente la faccia con acqua gelata e si strofinò per bene nel morbido asciugamano. Si guardò allo specchio e non era per niente soddisfatto.
Ho una faccia che fa schifo, cazzo. Ho il fisico a pera e una pancetta orripilante. E quei ciuffetti di peli sulle spalle fanno proprio cagare.
Decise che avrebbe dovuto intensificare gli allenamenti in palestra.
Nevrotico e pieno di complessi aprì l'armadietto sotto il lavandino, prese una scatola di antinfiammatori e ne inghiottì una pastiglia con un sorso d'acqua del rubinetto. Strisciò come un verme lungo il corridoio e arrivò fino in cucina. Da una credenza tirò fuori una scatola di biscotti dalla quale a sua volta estrasse una bustina trasparente, che a prima vista poteva sembrare una di quelle bustine di zucchero a velo che si trovano nelle confezioni del pandoro, ma che invece era cocaina. Si fece una piccola striscia, quello che gli serviva per tirarsi un po' su. Poi prese la moka e si preparò mezzo litro di caffè, perché senza il sapore della caffeina non riusciva neppure a concepire di cominciare una giornata. Inoltre doveva coprire

quegli effluvi di rigurgiti alcolici e succhi gastrici che aveva in bocca.
Le immagini della notte appena trascorsa gli giravano nel cranio come diapositive proiettate in ordine sparso, senza alcun filo logico. Pensò a Danilo Ferri e agli altri amici che aveva lasciato di punto in bianco senza nessuna spiegazione.
Chissà quante me ne avranno dette dietro. Ma sì, fanculo, andassero a cagare pure loro...
Pensò a quel poveretto a cui aveva fracassato una rotula con una mazza da golf.
Come si chiamava? Come cazzo si chiamava?
Per una decina di minuti abbondanti si concentrò allo stremo per riuscire a ricordare quel nome, come se da quel nome dipendesse tutto il resto della sua vita. Niente da fare, nonostante la spremuta di meningi quel nome non saltava fuori.
Pensò a Elisa, *quella troia ingrata*, e non si capacitava di come avesse potuto fargli un simile affronto. Di sicuro era venuta a conoscenza di qualche sua scappatella; in passato si erano più volte lasciati per questo motivo, ma poi alla fine lei era sempre tornata da lui. Stavolta però era diverso ed Elisa si era vendicata nella maniera più crudele possibile. Non solo lo aveva tradito, ma lo aveva pure umiliato e per giunta lo aveva fatto proprio sotto i suoi occhi e nel suo territorio. Una scena impossibile da cancellare per l'ego smisurato di Paride Brigati.
Maledetta. Chissà dove avrà dormito e con chi.
Un pensiero generato dal fatto di essersi svegliato tutto solo nel letto futon che condividevano da circa un paio d'anni.
Proprio mentre la rabbia nei confronti dell'ormai ex compagna stava raggiungendo il livello massimo di allerta, irruppe nella sua mente Vera, che all'incirca con la stessa forza d'urto che può avere un meteorite, impattò contro i suoi pensieri riducendoli in cenere.
Riavvolse il nastro di quei freschi ricordi fino a rivivere l'incontro in ogni particolare, fino ad assaporarne perfino

l'odore. Gli sembrava di averla lì di fronte, bella di una bellezza eterea, così delicata e accogliente in quel suo corpo voluttuoso. Di secondo in secondo sentiva crescere l'eccitamento e quando fu sul punto di accarezzarsi l'uccello, il telefono di casa prese a squillare e l'immagine di Vera si dissolse in un batter d'occhio.

«Pronto» disse Paride Brigati sforzandosi di celare il suo stato psicofisico pietoso.
«Brutto porco che non sei altro» sbraitò una voce impetuosa dall'altro capo della linea.
Istintivamente, a protezione del suo timpano, Paride Brigati staccò un attimo la cornetta, poi la riavvicinò con molta cautela.
«Elisa?».
«No, sono la fata turchina del cazzo».
«Be', a quanto pare di cazzi te ne intendi».
«Sì, ma solo di quelli che superano i dodici centimetri, e a quanto mi risulta il tuo non è compreso in questa categoria».
L'offesa scagliata come un fulmine dal cielo non lasciò scampo a Paride Brigati, che in uno strettissimo lasso di tempo doveva organizzare uno straccio di controffensiva.
«Elisa, ascoltami bene, altrimenti io...».
«No», il ruggito di un leone. «Ascoltami tu. Oggi pomeriggio passo a prendere le mie cose. Vedi di non farti trovare se no giuro su Dio che ti taglio le palle con la tronchesina per le unghie».
«Ma si può sapere che ti è preso? Dove hai intenzione di andare?».
«Vado a cercarmi un altro uomo. Sono stufa di stare insieme a un pervertito, narcisista, cocainomane, con la sindrome di Peter Pan».
«E chi sarebbe quest'altro uomo che ti vai a cercare? Non sarà mica per caso...». Ancora una volta non riusciva a ricordare quel nome. Temporeggiò fino a che i due neuroni non andarono in corto circuito, poi si arrese e chiese un aiutino. «Ma sì, quello

di ieri sera, il fioraio un po' checca... Come si chiama?».
«Fottiti».
Il *tu-tu* monocorde del telefono significava la fine del match. I pugili tornarono ai rispettivi angoli, ma ai punti aveva stravinto Elisa.
Paride Brigati si sdraiò sul divano a guardare il soffitto. Avrebbe voluto provare dolore per la fine di una storia importante, ma l'unica cosa sulla quale riusciva a concentrarsi era la spasmodica ricerca di quel nome. Avrebbe dato la sua Celica in cambio.
Sorrise, constatando che c'era una parte di lui, quella preponderante, che rifiutava di affrontare le cose serie e definitive della vita, per cercare rifugio in quelle vuote e prive di profondità, che lo facevano stare in pace con se stesso.
Non sarò un uomo profondo, ma sono autentico. E rimango incredibilmente fedele a me stesso.

Nei giorni successivi Paride Brigati si tuffò a capofitto nel lavoro, diviso tra i locali della riviera e quelli del milanese e dintorni. In un certo senso era uno stakanovista e un accentratore, ci teneva a gestire tutto quello che poteva in prima persona.
«Un bravo cocchiere deve tenere le briglie ben salde, altrimenti i cavalli scappano e la carrozza si ferma». Era stato uno dei principali insegnamenti che gli aveva trasmesso il padre.
Elisa non gli mancava per niente, anzi, ora che se ne era andata la vita gli pareva essersi alleggerita; e anche l'appartamento, svuotato di tutte le cianfrusaglie e gli ammennicoli di lei, gli piaceva di più. Riusciva a scorgervi un senso di non stabilità, che lo faceva stare in armonia con il mondo. Si era accorto che poteva fare a meno della sua ex compagna, che in fondo era una cosa superflua, come uno di quegli accessori che fino a ieri ritenevi necessario e che invece alla fine scopri che non lo era poi tanto.
Tutto ciò era in qualche modo alimentato dall'impronta che Vera aveva lasciato dentro di lui. Un qualcosa di vivido e

talmente ricco di suggestioni, che una volta soltanto non gli poteva bastare. Ne voleva di più. Voleva riassaporare il gusto di spingersi in quelle periferie urbane alla ricerca di un frutto proibito e misericordioso. Non un frutto qualsiasi, altrimenti avrebbe potuto caricare una delle tante ragazze di strada che ogni notte gli sfilavano sotto gli occhi. Lui cercava Vera, la donna che lo aveva ammaliato e che lui aveva idealizzato e reso un'icona graffiante.

La trovò sempre lì nello stesso posto, in quello spicchio di marciapiede che le faceva da recinto. Rallentò, abbassò il finestrino e, senza dire una parola, con un cenno del capo le fece segno di montare. Andarono nello stesso posto della volta precedente e fecero le cose all'incirca nella stessa maniera.
Lui non si era ancora calato i pantaloni e già avvertiva delle acute vibrazioni passargli attraverso le dita dei piedi e salire su, fino a raggiungere ogni cellula del sistema nervoso. Vera lo assecondava come avrebbe fatto con qualsiasi altro cliente e mentre lo sentiva muoversi dentro, la sua essenza era rivolta verso il mare disegnato con gli occhi dell'innocenza, che la teneva distante da quello che per lei era soltanto il simulacro di un rapporto carnale.
Paride Brigati era assolutamente esaltato nel riscoprire il piacere di quei rapporti consumati senza pretese, in modo scomodo e sbrigativo, senza la necessità di carezze o romanticherie che per quanto lo riguardava erano buone solo ad allungare il brodo. Gli piaceva pensare che Vera fosse un jukebox nel quale inseriva le monete e sceglieva il pezzo.
E dopo il secondo incontro quella sorta di capriccio era già sfociato in vizio, un altro che si aggiungeva a una lista piuttosto ampia. Le donne "normali" che frequentava durante la giornata e che cercavano di concupirlo, attratte dal suo sconfinato conto in banca, non le degnava di uno sguardo. Gli sembravano tutte quante brutte e squallide, così tremendamente normali, nulla se messe a confronto con quello che poteva trovare lungo i

marciapiedi di periferia.
Spinto da questa sete di avventura, aveva provato a caricare anche altre prostitute, per il gusto di sperimentare cose nuove, ma alla fine era tornato da Vera. Quella ragazza lo faceva letteralmente diventare matto, perché intuiva – lui che non era certo un mostro di sensibilità – che sotto quella superficie fredda e distaccata si celava un universo misterioso e sconosciuto. Gli era entrata nella carne come una spada, con quegli occhi impossibili da decifrare, a volte ghiaccio altre volte brace.
Sta di fatto che al termine di ogni rapporto era sempre più attratto e senza rendersene conto stava lentamente scivolando in un crepaccio dal quale sarebbe poi stato difficile risalire. L'assuefazione che cominciava a provare era più travolgente di quella che lo costringeva a fare uso di cocaina da oltre dieci anni. D'altronde la bellezza della giovane ungherese era un qualcosa di raro, di molto pregiato. Un fiore cresciuto su un pelo d'erba, sopra una roccia in alta montagna; una di quelle specie protette che non si potrebbe e non si dovrebbe cogliere.
Paride Brigati non era certo l'unico uomo a nutrire una certa passione nei confronti di Vera. La differenza, però, era che lui, rispetto alla maggior parte della clientela abituale, faceva soldi a palate e poteva permettersi il lusso di vederla tutte le volte che gli andava. Tanto che a un certo punto i loro incontri si fecero così frequenti, da divenire quasi esclusivi, anche se non c'era mai l' idea del rapporto a due. In certe occasioni, quando era particolarmente in vena, la portava in hotel – Vera aveva istruzione di non andare a casa dei clienti – e le pagava la notte intera; altre volte, invece, preferiva una cosa veloce. Era questo che lo faceva stare bene, il fatto di essere lui a gestire la situazione a seconda del suo umore.
Questa perseveranza era stata accolta in maniera positiva da Vera, che trovava in quel tipo ostinato un che di gradevole, o comunque di meno sgradevole rispetto ad altri uomini che bazzicavano i marciapiedi. Quantomeno era una persona

pulita e curata, che la trattava bene e le lasciava quasi sempre la mancia. E quando la prenotava per tutta la notte, per lei, era proprio il massimo: un letto comodo, una camera confortevole e un unico uomo da soddisfare. Il che voleva dire che potevano essere due o tre scopate, sicuramente molto meno faticoso del solito va e vieni di clienti. E poi, anche se si trattava di un'intimità forzata, era pur sempre una situazione più umana e fra un rapporto e l'altro c'era il tempo di fare una doccia, fumare una sigaretta o fare quattro chiacchiere.
Era sempre Paride Brigati a parlare, lei si limitava ad ascoltarlo, distesa con i capelli sciolti sul cuscino che sapeva di quei detersivi dozzinali che si usano nelle lavanderie degli alberghi. Lo ascoltava con la massima attenzione e se non capiva qualcosa lo interrompeva e gli chiedeva di spiegarle il significato. Così, durante quei lunghi incontri, riusciva persino a migliorare il suo italiano, come se Paride Brigati fosse un professore d'italiano e lei una giovane studentessa venuta da un altro paese per imparare la lingua. Lui era paziente e le ripeteva le cose all'infinito. Si divertiva come un pazzo quando Vera sbagliava a mettere gli accenti e storpiava anche le parole più semplici. Momenti, questi, che persino per lei erano spensierati e non privi di un certo tepore.

Dopo un lungo periodo trascorso ad andare avanti sugli stessi binari, accadde un qualcosa che ebbe l'effetto di sparigliare le carte del mazzo.
Era notte fonda, a Milano faceva un gran freddo e c'era una nebbiolina sottile che avvolgeva l'automobile nella quale Paride Brigati e Vera avevano appena terminato l'amplesso.
Lui era da poco uscito dalla discoteca, aveva bevuto e si era fatto una striscia, ma aveva conservato le energie per concludere la serata nel modo che più gli procurava soddisfazione. Lei aveva invece passato il tempo a battere i denti nel gelo infernale della strada, a chiedersi quanto ancora sarebbe potuta andare avanti così, maledicendo se stessa per non avere il coraggio di

porre fine alle sue sofferenze.
Paride Brigati aveva ormai placato quella voglia di clandestino e già da qualche settimana stava ipotizzando di dare una svolta ed entrare in una nuova fase della sua esistenza. Così, all'improvviso e guidato dal suo istinto, pensò che quello potesse essere il momento buono per fare certi discorsi.
«C'è una cosa di cui vorrei parlarti» le disse sforzandosi di guardarla negli occhi.
«Che cosa?» chiese Vera senza alcuna curiosità.
Paride Brigati fece due lunghi tiri di sigaretta prima di decidersi a proseguire.
«Volevo chiederti se ti piace fare quello che fai... come lavoro, intendo».
Lo disse cercando di essere il più delicato possibile.
Vera rispose con la consueta freddezza con la quale rispondeva ogni volta che le veniva rivolta una domanda personale. «Non mi va di parlare di questo».
«Sì, lo so, però ho bisogno che tu mi risponda, altrimenti non posso andare avanti».
Ne scaturì un silenzio spesso e impenetrabile, e quando ormai Paride Brigati, arresosi, stava per rimettere in moto la Celica, Vera si decise ad aprire bocca. «Tu cosa pensi?» disse.
«Non saprei, davvero, ci ho riflettuto abbastanza ma non sono arrivato a formulare nessuna ipotesi certa. Tu non racconti mai niente di te e hai sempre lo stesso tipo di atteggiamento controllato. È piuttosto difficile riuscire a decifrarti».
«Cosa vuol dire decifrarti?».
«Significa capirti, leggerti dentro».
Vera sorrise di un sorriso amaro e mordace. «Tu non devi capirmi, non è per questo che sei qui».
«Lo sai perché sono qui con te?».
«Sì».
«Sarebbe a dire?».
«Per scopare».
«Be', sì, sicuramente sì. Però non hai mai pensato, in

tutto questo tempo, che se fosse solo il sesso l'unica cosa a interessarmi, avrei potuto cambiare una prostituta a sera?».
«Sì, qualche volta ci ho pensato».
«E?».
«Non so, forse ti piaccio io».
«Esatto, mi piaci tu. Ed è per questo che siamo qui a parlarne. Non credi?».
Una gocciolina di sudore gelido si staccò dall'ascella di Paride Brigati e gli colò lungo il braccio sinistro. Non amava fare discorsi seri ed era nervoso perché sentiva che in qualche modo la matassa si stava facendo sempre più ingarbugliata. Inoltre l'effetto delle sostanze che aveva in corpo stava cominciando a calare e lui si sentiva meno invincibile e sempre più stanco.
Vera dal canto suo non ne poteva più di quella farsa e non vedeva l'ora di essere scaricata nella sua palude di tristezza. Era stata una notte estenuante e l'ultima cosa di cui aveva bisogno era l'inutile predica di un cliente. Del suo migliore cliente. Ed era proprio perché Paride Brigati era il migliore se stavano ancora lì a parlarne, altrimenti gli avrebbe già chiesto di essere riaccompagnata al suo marciapiede.
Fece un respiro profondo. «Sì, credo di sì». Disse mordendosi il labbro inferiore.
«Molto bene. Ora che abbiamo chiarito questo, ho davvero bisogno che tu mi dica se ti piace fare quello che fai».
Vera sputò fuori un cumulo di stizza contro quell'uomo stupido e ingenuo che si ostinava a non capire.
«Lo odio» strillò.
Odio era una delle prime parole che aveva imparato. Le era rimasta impressa perché le sembrava che esprimesse in maniera perfetta quello che era il suo mondo.
Paride Brigati la scrutò tranquillo. «Allora perché lo fai?» domandò fingendosi più ingenuo di quanto in realtà non fosse.
«Perché non posso fare altro. Non ho documenti, non ho una vita, non ho nessuno, nemmeno me stessa». Lo disse a bruciapelo, senza collegare la bocca al cervello, e se ne pentì

immediatamente. «Sei un poliziotto?».
Paride Brigati si produsse in una risata memorabile e incontrollata, tanto che gli venne a mancare perfino il respiro, divenne paonazzo e per un paio di secondi credette di morire soffocato.
«Questa è bella. Secondo te, se ero un poliziotto, mi mandavano qui a bordo di una Toyota Celica e mi pagavano scopate per oltre un anno?».
Riprese a ridere ma in maniera più contenuta, poi a un tratto si fece serio. «Io posso aiutarti. Posso tirarti fuori da tutto questo». Mentre lo diceva gli occhi gli luccicavano come due monete d'oro.
Stavolta fu Vera a scoppiare a ridere, ma di una risata cupa e intrisa di dolore. «No, non puoi fare niente. Nessuno può fare niente», fece un lungo sospiro. «Sono stanca, voglio andare a dormire».
Paride Brigati non si diede per vinto. «Ti devi fidare di me. Ho già in mente un piano».
«Cos'è un piano?».
«È un'idea precisa» disse schiarendosi la voce e spegnendo l'ennesimo mozzicone nel portacenere ormai colmo.
Vera guardava fuori dal finestrino ma non c'era niente da vedere. Solo nebbia e buio.
«Ti fidi di me?».
Paride Brigati le accarezzò la mano e lei sentì un brivido caldo e si accorse che quello era il primo gesto di intimità reale e non forzata, che si erano scambiati in tutto quel tempo.
«Allora? Ti fidi di me?».
«Cosa vuol dire *fidi*?».
Paride Brigati glielo spiegò a modo suo, cercando le parole più semplici. Vera comprese il concetto e proprio perché lo comprese le sembrava troppo grande e troppo difficile da mettere in pratica, anche se lo avrebbe voluto con tutta se stessa. Esitò a lungo, poi decise che non aveva niente da perdere e disse: «Sì», facendo crollare quel muro invisibile

che la teneva lontana da qualsiasi cosa.

L'appuntamento tra Paride Brigati e il protettore si svolse in campo neutro, dentro un bar del centro, in pieno giorno. Era stata la stessa Vera, seguendo pedissequamente le istruzioni di Paride Brigati, a comunicare al suo sfruttatore che c'era un cliente che voleva incontrarlo per proporgli un affare. Quello non si scompose più di tanto perché già s'immaginava chi fosse questo fantomatico cliente.
Aveva sempre saputo delle attenzioni particolari che il ricco imprenditore nutriva nei confronti di una delle sue ragazze. Lo aveva tenuto d'occhio, aveva preso informazioni sul suo conto e alla fine, per quanto la cosa potesse apparirgli un tantino morbosa, a lui stava bene e la tollerava. L'importante era che al termine della nottata di lavoro, i soldi che entravano nelle tasche di Vera ci fossero tutti fino all'ultima lira; cosa che era sempre avvenuta senza bisogno di ricorrere alla violenza.
Sapeva bene quale tipo d'affare volesse proporgli quel cliente speciale, e pensò che tutto sommato ci aveva visto giusto a non intromettersi: quel Paride Brigati si stava dimostrando uno che aveva la testa per rendersi conto che Vera era una sua proprietà, e prima di fare una mossa azzardata avrebbe dovuto vedersela con lui.
Gli era capitato di aver avuto a che fare con uomini avventati e stolti, che s'innamoravano di una prostituta e allora denunciavano lo sfruttatore alla polizia, oppure se la portavano via e basta. Tutta gente contro cui, in un modo o nell'altro, si abbatteva inesorabilmente la scure della vendetta. Mentre Paride Brigati era un tipo sveglio, uno abituato agli affari, e questo era già un ottimo punto di partenza.

Il protettore entrò nel bar con un lieve ritardo. Indugiò qualche secondo sull'uscio, diede un'occhiata a destra e a sinistra, e scorse Paride Brigati seduto a un tavolo, intento a sorseggiare quello che aveva tutta l'aria di essere un cocktail, di quelli con

l'ombrellino.
Roba da froci, pensò.
Ordinò una birra scura al bancone e con il boccale in mano si diresse al tavolo.
Paride Brigati sentì una presenza incombere su di sé e finalmente sollevò gli occhi dalla Gazzetta dello Sport.
«Tu devi essere...», non gli veniva la parola per definirlo e non conosceva il nome, così cercò nel suo scarno dizionario qualche termine edulcorato per definirlo. «Il pappone di Vera» disse infine.
Mortificato per non essere riuscito a trovare un'espressione più felice di quella, gli tese amichevolmente la mano. Il protettore non disse nulla, afferrò la mano e gliela strinse con vigore. Paride Brigati avvertì una fitta leggera di dolore ma rimase impassibile senza lasciare trapelare nulla.
Squadrò il suo interlocutore e sorrise pensando che si avvicinava molto all'idea che si era fatto. I baffi, poi, corrispondevano alla perfezione, e anche il profumo pregnante di acqua di colonia era ciò che il suo olfatto si aspettava di sentire.
Entrambi, con un gesto sincrono, si accesero una sigaretta.
«E così sei qui per propormi un affare» esordì il protettore strofinandosi le mani.
«Sì, credo che tu abbia una cosa alla quale sono interessato» replicò schietto Paride Brigati.
«Forse. Però le cose preziose costano molto. Lo sai, sì?».
«Mi rendo conto».
Rimasero sospesi su quelle parole, ognuno a sorseggiare il proprio drink, ognuno a preparare la prossima mossa.
«Sarebbe a dire?» fece a un tratto Paride Brigati.
«Cosa?».
«Vera. Quanto può venire a costare?».
Il protettore fece una specie di grugnito che somigliava vagamente a una risata. «Devi esserti proprio preso una cotta micidiale per essere qui con me, ora, a parlare di questo».
Paride Brigati alzò le spalle e ricominciò a bere dalla cannuccia.

«L'amore è una cosa davvero stupida» proseguì il protettore. «Fa compiere gesti stupidi».
«Diciamo che per me è uno sfizio».
In parte stava bluffando, nella sua vita aveva condotto centinaia di trattative e aveva imparato che far capire a un venditore di essere troppo interessati a un articolo, voleva dire assumere una posizione debole e lasciargli il coltello dalla parte del manico. In parte diceva la verità, in quanto non era proprio l'amore, quello vero, il motore delle sue azioni. Si trattava più che altro di un amore mistificato e corrotto, legato più che altro a una questione di possesso.
Era subentrata quella fase nella quale voleva che Vera fosse sua, soltanto sua e di nessun altro. Niente più papponi né clienti; niente più marciapiedi né periferie; niente più scomodi sedili di un'automobile né anonime stanze d'albergo; niente più pagamento anticipato né lauta mancia. L'avrebbe posseduta in esclusiva, in maniera egoistica e capricciosa. Sarebbe stato l'unico a godere di quella bellezza rara e acerba, che non avrebbe più condiviso con nessun altro uomo al mondo. Con una donna di quel livello al fianco, era certo che il desiderio e la libido non gli sarebbero mai venuti a mancare, nemmeno a ottant'anni.
L'idea gli era venuta nella sala d'aspetto di un dentista, sfogliando una rivista di automobili. L'occhio gli era cascato sul nuovo modello di Celica, presto in commercio. Lui aveva posseduto tutti i nuovi modelli di Celica fin dal giorno in cui aveva preso la patente. Con molta attenzione si mise a leggere le caratteristiche tecniche, quindi si concentrò sugli interni, e qui, di colpo, la mente gli scivolò su Vera e gli venne spontaneo fantasticare su loro due che facevano l'amore sopra quegli splendidi sedili. A quel punto ebbe una specie di folgorazione e pensò che forse, più che un'auto nuova, sarebbe stato bello comprare una donna come Vera e renderla sua a tutti gli effetti.

«Guarda che ti capisco» disse il protettore con i baffi sporchi

della schiuma della birra. «È molto bella Vera, forse la ragazza più bella e affascinante che mi sia capitata per le mani. Un cavallo di razza, una di quelle cose cui è difficile dare un valore o un prezzo... Non so se intendi quello che voglio dire».
Paride Brigati stava incominciando a innervosirsi. Avrebbe voluto sniffare un po' di polvere per tenersi su, ma prima voleva risolvere quella faccenda dalla quale aveva la netta sensazione che sarebbe dipeso il resto della sua vita.
«Tutto ha un prezzo e tutto è in vendita, altrimenti non avresti accettato di incontrarmi. Quindi dimmi quanto vuoi e facciamola finita, che non ho molto tempo da perdere».
«Okay, amico» il protettore sorrise mostrando i suoi denti storti e color ruggine. «Allora facciamo che se cachi fuori una cucuzza tonda, la ragazza te la puoi pure prendere».
«Una cucuzza?».
«Un miliardo».
«Stai scherzando, spero. Con chi credi di avere a che fare? Pensavo che sarebbe stata una trattativa tra persone ragionevoli e di buon senso, ma evidentemente mi sbagliavo».
Fece per alzarsi dalla sedia, ma il pappone lo afferrò per un braccio e lo trattenne. «Siediti. Non mi sembra carino che tu te ne vada, mentre io sto ancora finendo di bere la mia birra. E sto ancora aspettando che tu mi dica quanto sei disposto a spendere».
«Ehi, non c'è bisogno che ti scaldi tanto. Stavo solo andando al cesso a fare due gocce di pipì», così dicendo Paride Brigati si divincolò dalla presa e si diresse verso il bagno. Si chiuse dentro e si sparò nel naso una spruzzata della sua polverina magica, dopodiché tornò al tavolo di nuovo carico.
«Bene. Mentre me lo scrollavo ho riflettuto sulla tua richiesta e per quanto mi riguarda posso arrivare a offrire circa un terzo di quello che hai sparato. Subito e in contanti».
Quell'altro non si scompose, finì l'ultimo goccio di birra e con il dorso della mano si ripulì i baffi. «Ok, ne parlerò con chi di dovere. Non sono soltanto io a dover decidere».

Si congedarono con l'intesa che si sarebbero rivisti presto per una risposta definitiva.

Nel giro di una settimana fissarono un nuovo appuntamento e al termine di un estenuante quanto stucchevole tira e molla, si accordarono per una cifra di poco inferiore al mezzo miliardo di lire.
Il pappone si lisciava i baffi soddisfatto: con quella cifra avrebbe potuto farsi arrivare un carico di dieci ragazzi dell'Est, e allargare così il giro d'affari.
Paride Brigati si era alleggerito di un bel po' di denaro, quasi l'equivalente di quello che aveva speso per il suo appartamento a Milano, ma era contento di poter disporre della cosa che più di ogni altra desiderava, e mentre usciva dal bar per tornare alla macchina, questo dolce pensiero lo faceva camminare sollevato da terra.
Per il rotto della cuffia era sfuggito al matrimonio con Elisa e allo squallore che inesorabilmente lo avrebbe attanagliato. I suoi amici si arrendevano e si sposavano donne mediocri e del tutto ordinarie, mentre lui aveva lo spirito dell'esploratore e dell'avventuriero; per questo era riuscito a procurarsi il concetto stesso, l'essenza, della femminilità. Una giovane donna che proveniva da un paese lontano e sconosciuto, con un passato circondato da un alone di mistero, in grado di farlo ardere di passione al punto di offuscare il ricordo di tutte le altre donne che aveva avuto o che aveva soltanto sognato. Una donna per cui valeva la pena fare quel sacrificio.

Mentre Vera era affaccendata a sistemare le sue quattro cose dentro un borsone di tela, Regina usciva dal bagno truccata per andare a lavorare.
«Promettimi che non ti dimenticherai di me» disse nella loro lingua madre.
Vera alzò gli occhi, che in un lampo si bagnarono per la commozione.

«Lo sai che non potrei mai farlo».
Regina annuì. «E tu lo sai che sei una ragazza fortunata?».
Vera scrollò il capo. «No, non la sono».
«Perché dici così? Non è giusto... proprio ora che te ne vai...».
«Non lo so. Sono confusa».
In realtà avrebbe voluto gridare e sfogare tutta la disperazione che aveva accumulato e che le si era incollata addosso come la resina sugli alberi. Forse, liberandola e lasciandola venire fuori, si sarebbe dissolta come cenere nel vento, e lei avrebbe potuto dimenticare una volta per tutte il suo passato. Ma non era possibile, perché una parte di lei era come se stringesse ancora quel coltello sporco del sangue di suo padre, che non era più suo padre, bensì un animale senza l'anima.
«Be', io vorrei essere al posto tuo» disse Regina con un sorriso tenue.
«Vedrai che presto anche tu troverai il modo di andartene da questo posto».
Si strinsero l'una nelle braccia dell'altra e restarono sospese così per lungo tempo.
«Adesso sbrigati, il tuo angelo custode è giù che ti aspetta. Non vorrai che ci ripensi e ti lasci qui».
«No, non credo che lo farebbe. Con quello che gli sono costata...».
Regina si mise a ridere, ma nel profondo del cuore si sentiva morire e dovette concentrarsi fino allo spasimo per non fare uscire le lacrime che le premevano con insistenza per venire fuori, sospinte dal pensiero che d'ora in poi sarebbe rimasta sola, senza il conforto di un'amica. Un ultimo abbraccio, un bacio pregno d'affetto, e poi Vera se ne andò per la sua strada.

Giù in macchina, sotto il portone, c'era Paride Brigati che aspettava impaziente con il motore acceso e il finestrino leggermente abbassato per fare uscire il fumo della sigaretta. Con le dita della mano destra tamburellava sul volante e all'incirca ogni cinque secondi buttava un occhio all'orologio.

Era nervoso perché aveva alcuni affari da sbrigare in una discoteca nel piacentino ed era piuttosto in ritardo. Vera non accennava a scendere, e lui bestemmiava e malediceva se stesso per aver gettato alle ortiche una camionata di soldi per una zoccola. A un tratto la vide sbucare dalla semioscurità dell'atrio ed era di una bellezza radiosa e vibrante. Paride Brigati avvertì un'ondata di endorfina entrargli in circolo e la negatività che aveva accumulato evaporò in una frazione di secondo.
Vera aprì la portiera e si sedette sullo stesso sedile sul quale si era già seduta decine di altre volte. Ma stavolta era diverso, ne fu consapevole non appena si accorse che il viso di Paride Brigati aveva assunto un'espressione zelante che si ha di solito nei confronti di una persona cui si vuole bene. A conferma di questo si sporse verso di lei, le poggiò una mano dietro la nuca e le diede un bacio frettoloso con la lingua. Era il loro primo bacio, ma Paride Brigati non era uno che badava a queste cose e finì per svuotarlo di qualsiasi significato. Lei cercò invece di fare la sua parte, sforzandosi di imprimere un briciolo di sentimento.
La Toyota Celica partì come un razzo, lanciata a tutta birra lungo viale Certosa. Solo una volta giunti in prossimità di un incrocio molto trafficato, Paride Brigati dovette prima rallentare e poi fermarsi, perché c'era un semaforo e in quel punto la strada era ingombra di macchine. Adagiò la testa contro lo schienale e cominciò a sbuffare insofferente e irrequieto.
«Ti accompagno a casa, così puoi iniziare a sistemare le tue cose e metterti comoda. Io invece devo andare di corsa a un locale e farò un po' tardi. Se quando torno sei ancora sveglia, magari...», non terminò la frase ma le lanciò un'occhiata languida che diceva tutto.
Aveva riflettuto a lungo se prenderle un monolocale in affitto, in modo da continuare a vederla mantenendo però intatta la sua libertà, oppure se portarla subito con sé nell'appartamento che aveva già condiviso per un po' di tempo con Elisa. Alla

fine aveva optato per l'ipotesi di un'immediata convivenza. Lui andava e veniva in continuazione, conduceva una vita frenetica, sempre in giro, e l'idea di tornare a casa e trovare un corpo caldo nel letto, a sua disposizione, non gli dispiaceva affatto.

Arrivò il verde e siccome le macchine intorno non si schiodavano, premette il clacson con decisione, producendo la reazione di altri clacson, che tutti insieme creavano un grande strillo univoco che si levava nel cielo argentato.

«Sai, ho anche pensato che, giusto per non stare sempre a casa ad annoiarti, ogni tanto potresti venire a ballare in discoteca. Credo che ti divertiresti».

Questa era la parte migliore del film mentale di Paride Brigati, che nel giro di poco tempo avrebbe inaugurato una nuova discoteca e avrebbe piazzato Vera come cubista. Lo esaltava il pensiero di metterla in vetrina, di esporla all'attenzione di tutti gli altri uomini, che avrebbero provato frustrazione e invidia, alimentando ancora di più il suo iperbolico ego.

«Ah, quasi dimenticavo! Ho già trovato anche il modo di metterti in regola».

Siccome di problemi con la legge non ne voleva avere, tramite un vecchio amico che aveva contatti con un clan malavitoso che gestiva traffici di droga in Lombardia, si era attivato per riuscire a ottenere documenti e permessi falsi.

«Tieni, dai un'occhiata», estrasse dalla tasca del giaccone un documento d'identità e glielo porse.

Vera osservò con cura la sua immagine immortalata nella fototessera scattata alcuni giorni prima in una macchinetta; lesse il nome e sorrise nel rilevare che gli era stato modificato in Veronika. Da quel preciso istante cessò di essere uno spettro in fuga da tutto e assunse un contorno più definito, meno fluttuante. Ciò nonostante non è che questo bastasse a farla sentire felice, si rendeva conto che anche questa volta la sua vita non le apparteneva fino in fondo, sarebbe dipesa ancora una volta da un uomo, anche se comunque le si schiudevano

orizzonti più facili e rassicuranti. Finalmente qualcosa di consistente e solido cui appigliarsi.
Non ci sarebbero più state occhiate bovine da dietro il vetro di un finestrino, e nemmeno più il contatto con quei corpi rozzi e indelicati che emanavano odori bruschi e sgradevoli. Nessun inverno cinico a irrigidire i vasi sanguigni e a mordere la gola. Nessuna estate inclemente a inzuppare la pelle sciupata, beccata dalle zanzare. Niente più paura di incontrare la persona sbagliata, paura di morire.

Parte Seconda
(1992-1994)

Giovanni alzò il bavero della giacca per ripararsi dal vento gelido. Con un calcio fece rotolare un sampietrino contro lo spigolo del marciapiede. Una signora anziana gli gettò addosso uno sguardo di profonda disapprovazione.
Lui se ne accorse ed esclamò con sprezzo: «Questa città mi ha proprio rotto i coglioni!».
Matteo strinse leggermente le spalle e ci rifletté sopra per un po', ma com'era prevedibile non espresse alcuna opinione.
«È noiosa e grama come 'sto tempo di merda» continuò Giovanni accompagnando la frase con un gesto delle mani, come se stesse sostenendo un oggetto invisibile.
Matteo osservò quel gesto con grande attenzione, cercando d'immaginare cosa potesse essere quell'oggetto misterioso.
Giovanni sembrò intuire i pensieri dell'amico.
«Sai, c'è qualcosa di speciale nella tua immaginazione. Qualcosa di speciale e inarrestabile».

La campanella suonò puntuale e implacabile, come al solito. Giovanni Pompini era in ritardo, ma a giudicare dall'incedere lento e strascicato con il quale saliva le scale, si sarebbe detto che non gliene importava un granché. Era il replay del suo ultimo anno di scuola e l'idea di essere costretto a ripetere le stesse cose lo rendeva carico di rabbia e frustrazione.
Tutta colpa della maledetta gita a Madrid durante la quale, nell'ordine, prima si era ubriacato di sangria, poi aveva mandato *a fare in culo* le due professoresse che accompagnavano la classe, e infine era scappato in piena notte dall'albergo. Lo avevano ritrovato il mattino seguente che vagava per i vicoli della città in stato confusionale. Della notte appena trascorsa non ricordava nulla di preciso, solo ombre e suoni che gli

riecheggiavano nel cervello senza assumere contorni definiti. Una cosa però era chiara ed evidente a tutti, compagni e professoresse: il lobo dell'orecchio sinistro era rosso e gonfio e al centro c'era incastonato un brillantino azzurrognolo che prima non c'era.
Le professoresse erano fuori dalla grazia di Dio al pensiero che avrebbero dovuto giustificare ai genitori una cosa del genere. Pretesero a gran voce uno straccio di spiegazione, ma Giovanni Pompini aveva dentro di sé un banco di nebbia e non era in grado di produrre altro a parte una serie reiterata di «Non ricordo».
E più diceva così più quelle arpie si accanivano fameliche su di lui, per farlo a pezzi e sbranarlo. Una delle due, la professoressa di matematica, a un certo punto si dovette sorreggere alla collega, aveva il viso stravolto dal rancore. Lo fissava con le pupille tremolanti e dilatate.
«Qualsiasi cosa possa accadere da qui alla fine dell'anno, giuro solennemente che tu verrai bocciato» disse con la bocca che schiumava e l'alito che puzzava di bile.
E così fu, nonostante Giovanni Pompini si fosse dichiarato profondamente pentito e si fosse impegnato con tutte le forze a interpretare la parte dell'alunno modello per i restanti due mesi di scuola. Un tempo troppo ristretto per recuperare ed evitare un castigo per il quale le professoresse si batterono accanitamente in sede di scrutinio finale.
NON AMMESSO ALL'ESAME, vergato con la biro rossa.
Rimase più di un'ora fuori dalla segreteria, a fissare il tabellone degli scrutini sul quale campeggiava quella scritta; alla fine gli parve che non fosse inchiostro rosso, ma il sangue delle professoresse.
Quello che gli scocciava di più era il dover rinunciare all'interrail Spagna, Portogallo e Marocco, che i suoi genitori gli avevano promesso come regalo di maturità e che ora se ne volava via con un colpo di vento gelido. Così, finì che i suoi amici se ne andarono a spassarsela in giro per il mondo, mentre a lui toccò

andare a lavorare nei campi, sotto il sole cocente d'agosto, a raccogliere chili e chili di pomodori.
Come non bastasse, suo padre gli avvelenò il sangue con una quantità innumerevole di pistolotti sulla scuola, le responsabilità, il dover maturare. Lui ascoltava senza convinzione, in realtà era solo un atto dovuto nei confronti di un uomo che si dava da fare nell'esercizio delle proprie funzioni genitoriali, ma che nonostante l'impegno finiva con il pronunciare frasi fatte, senza nerbo.
E ora che ricominciava la scuola non aveva alcuna voglia di riprendere posto in uno squallido banchetto consumato dal tempo, per ascoltare le solite lezioni gonfie di monotonia, così lontane da tutto ciò che c'era al di fuori di quelle quattro mura che sembravano reggersi in piedi per miracolo. Concetti e informazioni da masticare per bene e mandare giù a forza, per poi espellerli immediatamente dopo l'interrogazione o il compito in classe. Rivedere gli stessi professori che avevano votato la sua non ammissione, o quantomeno non avevano fatto nulla di concreto per opporvisi. Uomini e donne che provavano gusto nell'esercitare un potere assoluto nei confronti di ragazzi più giovani e più liberi. Persone che una volta entrate in classe, preso possesso della cattedra, emanavano le vibrazioni di quel piacere fisico dettato dal controllo, che raggiungeva la sua fase parossistica negli sguardi di disapprovazione con i quali fissavano contemporaneamente tutti e venti gli studenti. A quel punto non importava nulla del mondo esterno, di quanto potesse essere piatta o insoddisfacente la loro vita, scandita perlopiù dagli stessi ritmi che si ripetevano giorno dopo giorno, anno dopo anno, fino alla pensione; tutto veniva compensato dall'utilizzo di quel loro potere fittizio.
Giovanni aveva dedicato qualche minuto al giorno, per tutta l'estate, ad arrovellarsi su questi pensieri, che avevano sortito l'effetto di far aumentare in modo esponenziale la sua voglia di liberarsi da quelle zavorre invisibili. Prima, però, c'era quel maledettissimo diploma da prendere, un po' perché non era

tipo da arrendersi a un passo dal traguardo e un po' perché per nulla al mondo l'avrebbe data vinta alla vecchia megera di matematica, il cui unico scopo della sua logora esistenza sembrava quello di battersi per stroncarlo.
Ogni tanto se la sognava pure di notte, sbucare all'improvviso e prendere forma attraverso un sorrisetto malefico che la deformava e la faceva apparire ancora più perfida di quanto non fosse nella realtà.

Sotto il peso di questo fardello, Giovanni si apprestava a varcare la soglia dell'aula. Neanche a farlo apposta, ad accoglierlo c'era proprio la prof di matematica.
«Oh, Pompini, la stavamo aspettando. Ora che finalmente ci ha fatto la cortesia di arrivare, possiamo dare ufficialmente il via al nuovo anno scolastico».
Pronunciò questa frase in maniera enfatica, scandendo bene le parole e calcando appositamente sul cognome, ben sapendo che avrebbe suscitato l'ilarità di tutta la classe. Quel cognome era da sempre il suo punto debole, attraverso il quale chiunque, anche l'ultimo degli imbranati, poteva trovare terreno fertile per prenderlo in giro.
Per via di questo, da ragazzino, aveva fatto a botte un sacco di volte, era come un sistema di difesa, la reazione naturale di un marchingegno che scattava ogniqualvolta si sentiva apostrofare come *pompinaro*, *ciucciacazzi*, *frocetto*, o roba di questo tipo. Durante le scuole medie e nel primo biennio delle superiori, questa dinamica veniva messa in moto all'incirca ogni cinque minuti, mentre negli ultimi tempi tutta questa attenzione verso il suo cognome si era progressivamente affievolita, suscitando qualche sorrisetto ironico e nulla più.
In questo caso specifico avrebbe voluto saltare al collo della prof, prenderla per la gola e scaricarle una raffica di cazzotti in pieno volto, per poi afferrarla per i capelli e tenerle alta la testa, in maniera che tutti quanti avessero potuto ammirare l'opera d'arte di quei colpi. Sarebbe stato sicuramente un ottimo

biglietto da visita con cui presentarsi ai nuovi compagni.
Invece non disse niente, scrutò tra i banchi alla ricerca di un posto per sedersi, e l'unico libero lo trovò in penultima fila, accanto a un ragazzo che aveva tutta l'aria di essere stato schivato dal resto della classe. Giovanni gli lanciò un'occhiata obliqua e non poté fare a meno di constatare che il suo nuovo compagno di banco era lo stesso *sfigato* che per anni aveva incrociato lungo i corridoi o nei bagni, e che aveva sempre trattato con brutale noncuranza, trapassandolo con lo sguardo come se non fosse una persona in carne e ossa, bensì una lastra di vetro in movimento. Ora ce l'aveva lì a pochi centimetri e a osservarlo bene era ancora più gracile e mingherlino. In faccia portava i segni di una guerra non ancora vinta con l'acne, gli occhi erano deformati e ingigantiti da un paio di lenti molto simili a due fondi di bottiglia. I capelli appiattiti e unti, pettinati con la riga laterale perfettamente simmetrica, e i vestiti totalmente fuori moda, completavano quel quadro desolante.
«Piacere» mormorò con voce da ranocchio. «Io sono Matteo Carli» e gli allungò la mano da sotto il banco.
Giovanni la strinse solo per educazione, e subito la ritrasse disgustato dall'aver toccato una cosa viscida, tipo un serpente di mare. Ogni tanto, durante le cinque ore di lezione, buttava qualche occhiata neutrale verso quell'essere, il quale gli sorrideva di continuo muovendo la testa avanti e indietro. Giovanni si sentiva a disagio e non faceva che ripetersi che in fondo nove mesi passano in fretta, tutto quello che doveva fare era stare calmo e mantenere una buona condotta.
Non possono bocciarmi due volte di fila. Non possono.

Cominciarono le lezioni, i professori spiegavano in maniera enciclopedica, tracciavano linee sulla lavagna, snocciolavano teorie e principi, ripetevano concetti. Giovanni cercava di stare attento e di rimanere concentrato, tentando di trovare nuovi spunti d'interesse, ma era impossibile, un po' perché non ce

n'erano e un po' perché il fatto di dover rifare il programma pari pari a quello dell'anno precedente era una violenza, come se qualcuno lo costringesse a guardare due volte di seguito un film che gli aveva fatto schifo.
L'insofferenza verso quella situazione obbligata era almeno in parte attutita dalla facilità con la quale si era inserito nel tessuto sociale della nuova classe. Per via di quell'aria irregolare e tosta, ma anche perché rappresentava la novità del momento, i suoi nuovi compagni lo trattavano in modo cordiale e amichevole e facevano a gara per avvicinarlo. Anche le ragazze gli ronzavano intorno e facevano di tutto per cogliere ogni minimo pretesto e catturare la sua attenzione. Lui stava al gioco ma in maniera sempre distaccata e poco partecipe, così tutti quanti si fecero l'idea che i suoi interessi non appartenessero al microcosmo scolastico, e questo lo rendeva ancora più intrigante.
Tutto ciò avveniva però in maniera molto superficiale, senza alcun fondamento vero e proprio, e così tutto questo interesse verso la sua persona cominciò ad affievolirsi gradualmente, a mano a mano che si esauriva l'effetto novità. Un po' come se Giovanni Pompini fosse una grande candela accesa che bruciava poco alla volta, finché di lui non sarebbe rimasta che cera sparsa sul pavimento, attorno alla cattedra.
Chi non sembrava mai perdere l'interesse per il nuovo compagno di banco era Matteo Carli, che nonostante Giovanni non facesse nulla per incoraggiarlo, si mostrava sempre gentile e con un bagliore d'entusiasmo dentro gli occhi. Come se per qualche ignota ragione lo percepisse intimamente vicino a sé.
«Vuoi vedere una cosa?» gli disse durante una lezione, sottovoce per non farsi beccare dalla prof.
Giovanni non rispose, nel tentativo di mantenere quell'atteggiamento di non partecipazione, che a suo modo di vedere gli avrebbe reso meno pesante il fatto di essere lì a scuola e non da un'altra parte. Matteo non ci fece caso e gli passò di nascosto un quaderno sul quale sembrava prendesse appunti, ma che invece conteneva pagine e pagine di fumetti

disegnati da lui.
Giovanni rimase allibito, a bocca aperta; era incredibile la meticolosità e la bravura che Matteo Carli riusciva a sprigionare in quei disegni, utilizzando semplicemente una matita. E anche le storie erano originali e ben fatte, ricche di fantasia e di particolari. Sfogliò una a una tutte le pagine e più andava avanti più era sorpreso, non capiva come un talento del genere potesse sprecare il suo tempo a infliggersi lezioni e materie asfissianti, invece di dare libero sfogo alla sua creatività.
«Perché hai fatto ragioneria? Non era meglio il liceo artistico?» chiese con una punta di fastidio.
«I miei genitori volevano che facessi qualcosa di più pratico. Mio papà dice sempre che l'unica cosa che potrei andare a fare con i disegni, sarebbe quella di andare in giro per le strade a disegnare Madonne», lo disse in maniera controllata, come se non stesse parlando di sé.
Giovanni era basito, gonfio di rabbia al pensiero che la gente potesse rivelarsi così ottusa e impantanata in asfittiche convenzioni, mostrando una totale incapacità a captare le sfumature, per ricalcare sempre i soliti schemi facili e ortodossi. Si domandò che concetto di intelletto avessero certe persone. A stento riuscì a placare l'impulso di prendere a pugni il banco, non capiva come Matteo Carli avesse potuto accettare di essere addomesticato a quel modo.

Quella scoperta cambiò le cose. Giovanni diventò sempre più incurante delle lezioni, tutta la sua attenzione era ora rivolta al suo compagno di banco, che seduto al suo fianco costruiva personaggi, inventava storie. La matita scivolava avanti e indietro per il foglio, plasmava piccoli segni fino a renderli figure vere e proprie, creava contorni a volte definiti e altre volte sfumati. Si compiaceva nel vedere il bianco del quaderno prendere forma attraverso la mente di Matteo, che prima di allora gli era sembrata così ordinaria e poco interessante, e che ora invece gli trasmetteva un senso di pienezza e originalità.

I professori cominciarono a notare qualcosa di poco chiaro attorno a quei due ragazzi, così presero a tenerli d'occhio con scatti d'ira e sguardi intrisi di cattiveria, che inducevano Matteo a sospendere l'attività; solo per una manciata di minuti, però, perché poi ripartiva a disegnare con maggior intensità, come se dovesse per forza arrivare da qualche parte.
Per un po' andarono avanti su quella falsa riga, nella quale Matteo era l'attore che saliva sul palco e metteva in scena lo spettacolo, mentre Giovanni era lo spettatore seduto in prima fila. Si parlavano pochissimo, solo lo stretto necessario, e per certi versi il loro rapporto era piuttosto simile a quello che possono avere due viaggiatori che s'incontrano casualmente nello stesso scompartimento.
Una volta, durante l'intervallo, Matteo Carli azzardò qualcosa che andava oltre quel canovaccio. «Oggi pomeriggio ti va di venire a studiare da me?».
«Non posso, ho da fare» rispose secco Giovanni, come se ci tenesse a delineare la scuola come l'unico territorio all'interno del quale consumare il loro strano rapporto.
Poi una mattina cambiò idea e decise di punto in bianco di allargare i confini. «Hai altri disegni a casa?» chiese sottovoce.
«Sì, certo. Ne ho un armadio pieno zeppo».
«Bene. Posso venire a dare un'occhiata?».
«A casa mia?».
«Be', sì. A meno che tu non intenda caricarti l'armadio sulle spalle».
Matteo ci pensò su come se per un attimo stesse valutando l'ipotesi concreta di caricarsi per davvero l'armadio in spalla.
«Allora okay» disse infine, e dalla voce s'intuiva lo slancio di entusiasmo.

Arrivato a casa del compagno, Giovanni si guardò intorno, preso nel suo tentativo di registrare ogni minimo dettaglio che potesse rivelargli qualcosa in più della mente geniale di Matteo Carli. Nel frattempo si scansò a fatica dai salamelecchi

vischiosi della madre di Matteo, che si vedeva chiaramente che non era abituata a ricevere amici del figlio, e questo la rendeva troppo melensa e carica di attenzioni.
La stanza di Matteo era più o meno come Giovanni se l'era immaginata, cioè arredata in maniera infantile come se fosse la cameretta di un bambino delle elementari. Quello che lo colpì fu la quantità enorme di fumetti, molti dei quali erano accatastati in un angolo, dal momento che la libreria e le mensole erano state riempite fino a scoppiare.
«Ma quanti ne hai?».
«Non saprei, non li ho mai contati. C'è un po' di tutto lì in mezzo: Tex Willer, Zagor, Topolino, Sturmtruppen, Spiderman, I fantastici quattro, Diabolik, Silver Surfer...».
«Ho capito» lo interruppe Giovanni. «Non c'è bisogno che me li elenchi uno a uno, tanto non li conosco».
Matteo lo guardò negli occhi con un'espressione sdegnata. «Come non li conosci?».
«Preferisco di gran lunga leggere i libri».
Matteo scosse la testa senza replicare, aprì le ante dell'armadio e cominciò a tirare fuori un quaderno dopo l'altro. Giovanni li sfogliò in un silenzio carico di concentrazione, seduto sul bordo del letto. Dentro quei fogli erano immortalati un'infinità di cose: mondi immaginari e personaggi che s'intrecciavano tra loro in tante possibili combinazioni nevrotiche, che soltanto nella testa di Matteo Carli sembravano assumere un filo logico. Giovanni riusciva a cogliere l'urgenza febbrile con cui erano stati concepiti. Era come se per tanto tempo fossero rimasti ammassati all'interno di Matteo, per poi esplodere all'improvviso e lui si fosse trovato costretto a riversarli su pezzi di carta in modo che non venissero dispersi.
«Incredibile» commentò Giovanni.
«Che cosa?» chiese Matteo con la sua consueta dose di ingenuità.
Senza rendersene conto parlavano entrambi a bassa voce, con lo stesso tono collaudato che erano soliti utilizzare tra i banchi

di scuola, nel tentativo di non farsi beccare dagli insegnanti.
«Come sarebbe a dire che cosa? Tutto quello che sei riuscito a creare... è una figata. Roba da non credere».
«Davvero? Sei la prima persona a cui li faccio vedere».
Giovanni rimase colpito e si vergognò per tutti i pregiudizi con i quali aveva approcciato Matteo, e per quel senso di lontananza che aveva cercato in tutti i modi di frapporre fra loro.
Andarono avanti a parlottare per tutto il pomeriggio, dicendosi molto di più di quanto non si fossero detti fino a quel momento.
Giovanni aveva ufficialmente tolto i filtri e le riserve e stava a mano a mano scoprendo che Matteo Carli, lo *sfigato* della scuola, era in realtà un tipo bizzarro e a suo modo interessante, diverso dai soliti ragazzi con i quali si era confrontato in quegli anni. Uno che per crescere non aveva avuto bisogno di conformarsi ai classici standard di accettazione e che proprio per questo era stato rifiutato dal gregge dei coetanei.
«Se ti va» disse a un tratto Giovanni quasi tra sé, «domani pomeriggio puoi venire a casa mia. Ho anch'io qualcosa che mi piacerebbe mostrarti».
Matteo fece di sì con la testa, aveva un sorriso radioso molto più accentuato di quello solito.

Il campanello suonò e Giovanni aprì la porta senza nemmeno chiedere chi fosse. «Vieni, entra».
Fece strada fino alla sua camera da letto e si affrettò a chiudere l'uscio nonostante non ce ne fosse bisogno: né suo padre né sua madre sarebbero rientrati prima di sera, entrambi affaccendati nei rispettivi impieghi che ineluttabilmente scandivano le loro giornate. Erano due brave persone, oneste, ma alle volte Giovanni si domandava quale fosse il momento esatto in cui si erano lasciati sopraffare dalla quotidianità, e lo raggelava il pensiero che prima o poi sarebbe potuto finire così anche lui.
Si erano invertite le parti, adesso era Matteo Carli che annusava l'aria e si guardava in giro con l'attenzione e la curiosità con cui si esplora un continente sconosciuto.

Nella stanza di Giovanni c'era un disordine non casuale, fatto di dischi e libri sparpagliati, videocassette sistemate un po' qua e un po' là. Le pareti tappezzate da una serie di poster che raffiguravano gruppi musicali e film d'azione.
Matteo strinse gli occhi e aguzzò la vista in modo da riuscire a leggere le scritte sui poster. Poi spostò l'attenzione sul mega impianto stereo che troneggiava sopra un mobiletto sistemato a fianco della scrivania. Era davvero impossibile non notarlo.
Giovanni stava fumando una sigaretta senza filtro appoggiato con la schiena al davanzale della finestra, dalla quale filtrava un blando raggio di sole che lasciava intravedere una striscia di pulviscolo. L'aria era impregnata di un odore intenso ma non fastidioso; un miscuglio di tabacco, incenso e polvere, che si distingueva nitidamente dalla rassicurante fragranza di biscotti al forno che si sentiva nel corridoio.
«Ti piace?» chiese Giovanni indicando con gli occhi lo stereo.
Matteo, che fino a quell'istante aveva puntato lo sguardo un po' dappertutto in una maniera urgente di reperire informazioni, si rese conto che quella era la cosa che il suo compagno voleva fargli vedere.
«Sì» rispose senza neppure pensarci.
Avrebbe detto così anche se gli avesse mostrato una collezione di ragni pelosi, e lui aveva una tremenda fobia dei ragni.
Giovanni fece ancora un paio di tiri veloci, poi spense la cicca e la lanciò per strada. Si avvicinò al suo impianto stereo e gli passò sopra una mano molto delicatamente, come se volesse accarezzarlo. Poi si accovacciò in terra e da sotto il letto estrasse un cassettone contenente decine e decine di dischi.
«Wow!» esclamò Matteo che non aveva mai visto una quantità simile di vinili.
«Sono più di duecento dischi a trentatré, quarantacinque e settantotto giri, tutti rigorosamente sistemati in ordine alfabetico. Ne ho altri anche giù in cantina, roba che un tempo mi piaceva e che ora non ascolto praticamente più. Qua dentro c'è tutta la migliore dance anni '70 e '80, tipo Trammps, Bee

Gees, Earth Wind & Fire, Amii Stewart, Frankie Goes to Hollywood. Mai sentiti?».
Matteo scosse la testa, per lui era arabo.
«Fa niente, immaginavo, del resto io non conosco i tuoi fumetti. Ti faccio sentire una cosa».
Tirò fuori un paio di album a caso e li sistemò ciascuno su uno dei due piatti di cui era costituito lo stereo. Quindi accese l'impianto, schiacciò alcuni tasti e i dischi cominciarono a girare sui piatti, mentre la puntina d'incisione si appoggiava leggera su di essi. Giovanni nel frattempo indossò un paio di cuffie stereo e quando la musica partì, con le mani prese a lavorare sui vinili manipolandoli, come una specie di artigiano che lavora la creta. Li modellava, li plasmava, li deformava a seconda dell'effetto e della distorsione che voleva ottenere.
Matteo rimase concentrato a osservarlo e anche se non ci capiva molto, aveva comunque l'impressione che fosse bravo e sapesse controllare con precisione i suoni. All'improvviso Giovanni alzò il volume e le casse si misero a pompare sempre più forte, fino a far vibrare i mobili della stanza.
Matteo Carli si sentì travolgere dall'onda d'urto di quelle migliaia di watt, ebbe l'impulso di chiudere gli occhi e tapparsi le orecchie con le mani, ma si sforzò allo stremo per restare impassibile senza muovere un muscolo. Dopo anni trascorsi nella solitudine, essere lì ad ascoltare la musica a casa di Giovanni era qualcosa di prezioso e inaspettato, e lui non voleva fare o dire nulla che potesse risultare deludente agli occhi del suo nuovo amico. Anche a costo di perdere l'udito.
«Allora, che te ne pare?» urlò Giovanni cercando di sovrastare il volume.
Matteo gli lesse il labiale. «Forte» rispose senza udire il suono della sua voce.
«Come?».
«Forte» ripeté con molta più energia.
Subito dopo Giovanni spense l'impianto e la camera sprofondò di colpo in un silenzio quasi irreale.

«Non è facile lo *scratch*, se non sei bravo rischi di rovinare il disco».
«Lo *scratch*» bofonchiò Matteo poco convinto.
«Ma sì, è quello che ho appena fatto. Si tratta di una tecnica usata per ottenere delle variazioni sonore. L'impianto stereo che vedi qui al mio fianco è la cosa che più mi dà soddisfazione. Con questa belva ci posso fare un sacco di cosette interessanti, e visto che tu mi hai mostrato i tuoi fumetti ho pensato che forse ti sarebbe piaciuto vedere quello che faccio io, che non è esattamente la stessa cosa... però anche la musica dance è pur sempre una forma di espressione».
Ci pensò un attimo, poi scoppiò a ridere per soffocare quella realtà dei fatti così priva di logica, e che mai come in quel momento gli appariva evidente in tutta la sua ferocia. Perché mentre lui si esibiva come deejay alle feste degli altri ragazzi, Matteo Carli era costretto a rinchiudere il suo talento in un armadio per l'assoluta mancanza d'interesse che la gente nutriva nei suoi confronti.
Dopo che Matteo se ne fu andato, continuò a meditarci sopra. Non poteva fare a meno di provare un'infinita tristezza per la società in cui viveva, una società grigia e pallida che puntava solo a produrre omologazione e modelli ripetitivi, neutralizzando tutte le idee nuove e originali fino a ucciderle. E la scuola era per lui il simbolo, il riflesso condizionato di tutta questa deriva.
Incominciò a osservare nei minimi dettagli la fisicità e i comportamenti dei professori e dei compagni, passando con frenesia da un soggetto all'altro, nel tentativo di isolare e rimettere insieme i particolari che riusciva a cogliere. E più li osservava più li vedeva come dei burattini mossi da fili invisibili all'interno di uno spettacolo variegato. Poi pensava che in fondo anche lui era parte di tutto questo e la sola idea che qualcuno potesse percepirlo in quella maniera lo riempiva di angoscia e terrore.
Arrivò a concludere che anche se il principio di fondo era

sbagliato, era proprio questa forma di esclusione sociale la salvezza di Matteo Carli. Il suo non c'entrare niente con gli altri ragazzi, il suo vivere ai margini di ogni cosa, il suo essere al di fuori delle mode, erano tutti elementi che avevano fatto sì che lui rimanesse incontaminato e riuscisse a esprimere la sua fantasia e la sua creatività in maniera libera e priva di condizionamenti esterni. Diversamente, con tutta probabilità avrebbe represso la sua vena artistica per dedicarsi ad attività relazionali all'interno del microcosmo degli altri coetanei.
«Io lo so, l'ho capito» gli disse un giorno durante un'ora buca di lezione. «Ti senti come se fossi intrappolato dentro una bolla e tutto il mondo è fuori e non riesce a sentirti. Vorresti spaccarla con tutte le tue forze e non ti rendi conto che invece la soluzione è proprio quella di stare chiuso là dentro il più possibile. Sei fortunato, vorrei avere anch'io una bolla nella quale rinchiudermi. Ci sto provando ma non ci riesco fino in fondo, perché per me ormai è troppo tardi. Capisci quello che voglio dire?».
«Credo di sì» assentì Matteo, anche se in cuor suo non si era mai sentito un tipo fortunato. Aggrottò la fronte e per alcuni istanti provò a valutare la sua situazione da questo nuovo punto di vista.

Ormai si frequentavano regolarmente anche al di fuori dell'orario scolastico, se ne andavano in giro come una specie di coppia male assortita che se ne frega del giudizio degli altri. Matteo era completamente assorbito da Giovanni, dai suoi discorsi, dal suo modo di fare, dai suoi atteggiamenti. Voleva essere un po' come lui e per farlo decise di dare una svecchiata al suo aspetto esteriore.
Per prima cosa aprì il salvadanaio, dove da anni accumulava le mance dei nonni, e andò a comprarsi dei vestiti nuovi, diversi da quelli che era solito portare. Uscì dal negozio con un paio di jeans, due felpe alla moda e delle scarpe da tennis tali e quali a quelle che aveva visto ai piedi della maggior parte

dei compagni di scuola. Mentre camminava con le borse degli acquisti ben strette, si sentiva incredibilmente diverso, con un orizzonte infinito di possibilità che gli si schiudeva dinanzi. Passò un attimo da casa a cambiarsi. Si specchiò ed era piuttosto soddisfatto del risultato, ma mancava ancora il tocco finale. Affondò le dita nel barattolo di brillantina del padre e pettinò i capelli tutti all'indietro, incollandoli quasi alla cute. Quando si presentò al cospetto di Giovanni era un'altra persona.

«No!» esclamò quest'ultimo con un tono solenne di disapprovazione. «Che hai fatto? Ed è tutta colpa mia che ti ho influenzato con il mio modo vigliacco di stare al mondo».

Lo guardava sconvolto, come se avesse compiuto un gesto irrimediabile e definitivo.

«Ricordi quando abbiamo parlato della bolla?».

Matteo annuì perplesso.

«Ecco, se fossi rimasto chiuso nella tua bolla avresti mandato tutto il mondo a farsi fottere e saresti potuto diventare uno di quei cazzo di geni...».

«Incompresi e soli» sorrise sottile Matteo.

Giovanni fece una pausa, si grattò il mento pensieroso come se stesse cercando di soppesare le parole dell'amico.

«Be', sì. Forse. Ma se anche fosse? Bisogna essere disposti a pagare un prezzo alto per difendere il proprio talento dagli attacchi dei soldatini del vivere quotidiano. Quelli non hanno alcuna pietà. Ti puntano addosso i loro cannoni di mediocrità e fanno fuoco».

Matteo Carli era sempre colpito e affascinato dalle argomentazioni di Giovanni Pompini, il cui eloquio fluiva in modo lineare e dava forma precisa al flusso di pensieri che gli fluttuavano nella testa.

«Ho solo comprato dei vestiti nuovi, non è una cosa tanto grave» ribatté Matteo scrollando le spalle.

E anche la voce sembrava cambiata, come se si fosse sintonizzata su una frequenza più regolare e definita, quasi

stesse seguendo l'evoluzione dell'aspetto esteriore.
Giovanni neanche lo ascoltava. «Colpa mia, colpa mia», non faceva che ripetere colto da una strana forma di disperazione.
Matteo era divertito dalla reazione esagerata dell'amico, sorrideva e si rimirava la punta delle sue nuove scarpe, contento di essere finalmente riuscito a venir fuori dalla bolla o da qualunque cosa lo tenesse imprigionato e distante da tutti gli altri ragazzi della sua età.

Durante le lezioni cercavano di alternare momenti di distrazione da dedicare alle loro attività nascoste, a momenti nei quali dovevano sforzarsi di assorbire quelle nozioni minime, sufficienti a non farsi bocciare.
Una mattina s'incontrarono per caso a un incrocio a pochi passi da scuola. Erano entrambi in ritardo e alla prima ora avrebbero dovuto avere il compito in classe di matematica. Giovanni gli si avvicinò, lo guardò di sbieco, e fu folgorato da un'improvvisa illuminazione. «E se lasciassimo stare e ce ne andassimo a fare un giro da qualche parte?».
Matteo alzò le spalle e disse che per lui andava bene, e mentre lo diceva avvertiva una scarica elettrica attraversargli il corpo, trasmettergli un senso di eccitamento per quella cosa inaspettata e al di fuori delle regole. Una cosa che non aveva mai fatto durante quei cinque anni di scuola e che non gli sarebbe mai passata per l'anticamera del cervello se non ci fosse stato Giovanni Pompini a proporglielo.
Si avviarono verso un bar conosciuto in città per essere il ricettacolo degli studenti in fuga. Allungarono di proposito la strada passando per un reticolo di stradine laterali, nelle quali avrebbero corso minori rischi di essere beccati dai genitori o da qualche professore.
Scrutavano ogni passante con sospetto e senso di sfida, ne osservavano scrupolosamente l'andatura, il modo di camminare, la faccia, e ogni altro indizio che potesse risultare utile a capire qualcosa in più di una vita che si limitavano a

sfiorare. Dopodiché tiravano a indovinare la professione, il titolo di studio, i possibili hobby. Il tutto con una straordinaria dose di fantasia, che rendeva ogni storia divertente e ricca di sfaccettature.
«È così, sai, che ho cominciato a disegnare i miei fumetti» disse Matteo. «Osservando le persone che mi circondavano e costruendoci sopra dei castelli fatti d'immagine e proiezioni mentali».
Arrivarono al bar e dentro c'era già qualche studente con la faccia assonnata che faceva colazione con un cappuccino.
Ordinarono due succhi di frutta e Giovanni nel frattempo si accese una sigaretta.
Matteo lo guardò con la sua aria da cerbiatto spaventato. «Forse dovrei provare pure io».
«Che cosa?».
«Fumare».
«Perché dovresti?».
«Boh, così, per provare. Cioè, magari può essere anche che mi piaccia».
«Vuoi fare un tiro?».
Matteo assentì, prese la sigaretta dalle dita di Giovanni, se la portò alle labbra e cominciò ad aspirare. Il fumo gli grattò la gola provocandogli un attacco di tosse secca.
Giovanni sghignazzò. «Dai qua... e dammi retta una buona volta... se non senti il bisogno non farlo. Non è detto che se lo faccio io debba per forza essere una cosa giusta. O no?».
Matteo era rosso un po' per la tosse e un po' per la vergogna. «Be', però mi pare che lo facciano un po' tutti», e con gli occhi indicò gli altri tavolini dai quali si levavano nuvole di tabacco.
«Ancora con questa storia del cazzo? Ne abbiamo già discusso diverse volte e ormai dovresti aver capito come la penso. Seguire la massa e cercare a tutti i costi l'approvazione degli altri, equivale a prendere a calci la propria esistenza e buttarla nel cesso».
Ci fu un momento di pausa nel quale arrivarono le ordinazioni.

«Tu perché hai iniziato a fumare?» pigolò Matteo con la consueta dose si ingenuità e candore che lo faceva assomigliare a un bambino curioso di assaporare la vita.
Giovanni rimase per un po' a fissare il bicchiere, poi fece un tiro dalla sigaretta soffiando il fumo verso l'alto. Spesso, tra un discorso e l'altro, aveva questo modo di temporeggiare come se stesse mettendo ordine tra il groviglio dei suoi pensieri.
«La prima sigaretta l'ho fumata che ero ancora alle medie, avrò avuto dodici anni o giù di lì. Ricordo che mi trovavo a casa di un amico, ci stavamo annoiando e non sapevamo cosa fare, così abbiamo rubato un paio di *Nazionali* dalla borsetta di sua madre e ce le siamo accese giù in cortile, nascosti dietro a un muretto. A pensarci ora riesco quasi a sentire l'eccitazione e l'adrenalina che provai all'epoca. In realtà eravamo disgustati dalla nicotina che inspiravamo e che a ogni boccata ci dava un senso di nausea e di malessere. Nonostante questo, però, ci sforzavamo con tutte le nostre energie di andare avanti come se niente fosse. Era una specie di prova di resistenza e se uno dei due avesse manifestato apertamente il proprio disagio, è molto probabile che l'altro sarebbe andato a spifferarlo ai quattro venti. Ora posso dire che quella è stata un'età davvero difficile: non eravamo ancora entrati nell'adolescenza, ma non eravamo più nemmeno bambini. Non eravamo niente, cazzo. E come se non bastasse c'erano i primi brufoli che spuntavano di punto in bianco insieme a un po' di peluria sotto al mento, il corpo che incominciava a svilupparsi, gli ormoni che bussavano alla porta minacciosi. Se a tutto questo ci aggiungi che di cognome mi chiamo Pompini, puoi ben immaginare che in quel frangente mi sarei giocato la vita pur di non fare la figura del *boccia*».
Giovanni s'interruppe, sorrise, con lo sguardo provò a cercare la complicità dell'amico, ma trovò i soliti occhi inespressivi che lo fissavano e non lasciavano trapelare alcuno stato d'animo. Matteo Carli era fatto così: non aveva uno spiccato senso dell'umorismo e tendeva a prendere ogni cosa maledettamente

sul serio, nella sua ansia di percepire e assimilare i dettagli.
«E poi?» disse.
«Niente, quando sono arrivato a casa sono corso in bagno a lavarmi i denti e le mani, e a buttare i vestiti nella cesta dei panni sporchi. Avevo il terrore che i miei mi potessero scoprire, mi sembrava che ogni poro della pelle emanasse puzza di fumo. Avevo un senso di colpa talmente diffuso che giurai a me stesso che non lo avrei più fatto. E difatti per circa tre anni mi sono mantenuto alla larga dalle sigarette, anche se ogni tanto ci ripensavo. Poi è successo che a scuola lo facevano tutti e allora mi è venuta una voglia incontenibile di riprovare. Ci chiudevamo nel cesso in piccoli gruppi e fumavamo come turchi, così, giorno dopo giorno, ho preso il vizio e non mi è più andato via».
«Hmm...».
«E questo è quanto» concluse Giovanni.
Matteo era assorto ad ascoltare come un discepolo devoto. Fino a pochi mesi prima la sua vita era stata un tale accumulo di solitudine, monotonia e piattume, che non gli sembrava vero che un tipo come Giovanni Pompini fosse di colpo balzato sulla scena per diventare suo amico.
«Che farai dopo la maturità?» chiese a un tratto Matteo.
Giovanni sbuffò e cominciò a roteare l'accendino tra le mani. Era evidente che c'era qualcosa in quella domanda che lo infastidiva.
«Boh! Di preciso non lo so, ma credo proprio che mi cercherò un lavoro. Non ho alcuna voglia di proseguire gli studi. E tu?».
«Penso che mi iscriverò all'università».
«L'accademia delle Belle Arti?».
Matteo abbassò il capo. «Economia» disse. «I miei sostengono che è una laurea sicura, che offre tanti sbocchi».
«Cazzate» ruggì Giovanni senza fare nulla per celare il suo disappunto.
Matteo lo guardò con occhi acquosi, come a implorare perdono. «Perché non ti iscrivi pure tu? Insieme sarebbe più facile»

disse piano, quasi sommessamente.
«Molto semplice: non mi va di trascorrere altri anni a perdere tempo dietro quei libri. Con la voglia di studiare che ho io, per prendere una laurea ci impiegherei un'eternità... e forse non basterebbe. No, non fa per me. Preferisco guadagnarmi da vivere ed essere subito indipendente».
Matteo Carli si sentì paralizzare da un'improvvisa ondata di gelo e in quel frangente realizzò che se le loro strade si fossero divise, di sicuro anche la loro amicizia si sarebbe spezzata in due. In fondo si frequentavano da poco, il loro rapporto era in fase di costruzione e non poggiava su solide fondamenta, era normale poter pensare che il primo colpo di vento lo avrebbe spazzato via. Il malessere che lo colse era talmente presente e reale da assumere una consistenza solida, e se avesse allungato la mano sarebbe riuscito addirittura a sfiorarlo.
Giovanni invece stava cominciando ad annoiarsi. Aveva un umore irrequieto, era frustrato dal non essere in grado di afferrare niente di meglio di un bar, tra le tante cose che si potevano fare.

A un tratto la sua attenzione venne catturata da due ragazze che si sedettero proprio al tavolo di fianco al loro. Non le aveva viste entrare e ai suoi occhi era come se si fossero materializzate direttamente sul posto. Rivolse loro uno sguardo rapido ma accurato e le trovò entrambe molto belle, sebbene fossero completamente differenti. Una era bionda, i lunghi capelli raccolti in una coda di cavallo, gli occhi verdi e il viso roseo cosparso di efelidi. L'altra invece aveva una fluente chioma color corvino, gli occhi grandi e scurissimi, le labbra cremisi che risaltavano sulla carnagione olivastra. Da quel contrasto di colori ne usciva ancora più accentuata la bellezza di ciascuna.
Giovanni ipotizzò che suppergiù dovessero avere la sua età, e questo lo portò a ragionare su come fossero anni luce più attraenti delle sue compagne di classe, che al confronto somigliavano a dei rami rinsecchiti, totalmente prive di forme

e sensualità.
Le tipe ordinarono due cioccolate con la panna e poi attaccarono a parlare in maniera fitta e sottile, senza staccarsi gli occhi di dosso, come se l'ambiente circostante non destasse in loro alcuna forma d'interesse. Ogni mezza frase ci infilavano dentro, a turno, una risata accesa, poi riprendevano a confabulare.
Giovanni e Matteo non avevano più aperto bocca: Matteo aspettava in silenzio e contemplava Giovanni, il quale aveva rivolto al cento per cento l'attenzione verso le ragazze, nel tentativo di captare qualcosa di quei loro discorsi all'apparenza così intensi e fondamentali. Si sentiva irrimediabilmente attratto, pensò che forse quella mattinata avrebbe assunto un sapore diverso se ora lui fosse riuscito a inserirsi e a rompere per qualche istante la loro perfetta sintonia.
Fino a qualche tempo prima una cosa di questo genere non gli sarebbe mai venuta in mente, avrebbe temporeggiato all'infinito; crescendo era invece arrivato a considerare ogni occasione come unica e irripetibile, e non come un qualcosa che si sarebbe potuto riproporre a intervalli regolari, sempre nello stesso modo.
Fece un cenno a Matteo con la mano, come a dire stai a vedere, poi prese un respiro profondo quasi stesse per entrare in apnea, e alla fine si alzò di scatto per coprire i due passi che separavano il loro tavolo da quello delle ragazze.
«Ciao» disse.
Le tipe alzarono la testa e risposero educatamente al saluto.
Giovanni sorrise e chiese se lui e il suo amico potevano sedersi a chiacchierare con loro e a bere qualcosa tutti insieme.
Le due amiche lanciarono un'occhiata fugace a Matteo, che se ne stava in disparte con l'atteggiamento di uno a cui non gliene importava niente, quindi si guardarono dritte negli occhi e davano l'impressione che in qualche modo si stessero comunicando qualcosa di preciso. Alla fine accettarono e tolsero gli zaini dalle sedie libere per fare spazio.

Giovanni si voltò verso il suo compare, gli strizzò l'occhio e gli fece cenno col capo di seguirlo. Matteo non fece una piega, era impassibile, sembrava che stesse osservando la scena da dietro una parete di cristallo. Giovanni dovette andarlo a prendere per un braccio per far sì che si destasse dall'immobilismo nel quale era piombato. Pensò che Matteo avesse tante bolle a disposizione nelle quali rinchiudersi, ne aveva rotta una e subito se n'era riformata un'altra, rotta quest'altra ce ne sarebbe stata un'altra ancora, e così via all'infinito. E tutto sommato era un'immagine che gli trasmetteva un certo conforto.

Una volta che furono tutti e quattro seduti ci fu un rapido giro di presentazioni: la bionda si chiamava Marina, mentre la mora Antonella. Nel frattempo il cameriere tornò con le ordinazioni delle ragazze, lasciando sul tavolo lo scontrino. Prima che loro potessero mettere mano al portafoglio, Giovanni estrasse dalla tasca un gruzzolo di banconote stropicciate e le porse al cameriere che le contò una a una restituendogliene un paio.
«Tenga il resto» disse Giovanni con un tono che non si capiva se stesse facendo sul serio. Poi si sforzò di far nascere e tenere viva la conversazione, così cominciò a parlare e a fare domande. Era sicuro di sé e spontaneo, anche se a volte emergeva un fondo di imbarazzo che s'intuiva nel suo sguardo, nel suo modo di tenere le mani impegnate con l'accendino e il pacchetto di sigarette.
Le ragazze sembravano divertirsi, ridevano in continuazione. A vederle da vicino Antonella era più bella di Marina, aveva i lineamenti del viso che si sposavano alla perfezione con le sue forme leggermente tondeggianti e con il colore della sua pelle. Anche Marina, però, era piuttosto attraente, entrambe appartenevano allo stesso tipo di donna in grado di far perdere la testa a qualsiasi uomo.
Giovanni era completamente assorbito nella parte e si dava da fare per coprire anche i silenzi di Matteo, che invece se

ne stava a cuocere nel suo brodo e aveva tutta l'aria di non trovarsi a proprio agio.
«Tu non parli tanto, vero?» chiese a un tratto Antonella.
Il volto di Matteo Carli s'incendiò. Avrebbe desiderato più di ogni altra cosa al mondo che le due ragazze non avessero mai varcato la soglia del bar e che Giovanni non si fosse fatto prendere in quel modo. Il fatto che qualcuno si inserisse tra loro lo rendeva particolarmente nervoso e insicuro.
«Be', no. Non tanto» farfugliò con un filo di voce.
Giovanni arrivò prontamente in suo soccorso.
«È un tipo timido Matteo. Sensibile e introverso» ci infilò dentro una pausa di alcuni secondi e poi calò un asso. «D'altra parte è un artista».
Matteo si sentì soffocare, se avesse potuto si sarebbe disintegrato seduta stante.
«Un artista?» strillò Marina e tutti quanti all'interno del bar si voltarono verso il quartetto.
«Già, un artista» confermò fiero Giovanni.
«Wow!» esclamò di nuovo Marina. «E cioè? Di cosa ti occupi precisamente?».
Matteo Carli tossicchiò, poi provò a biascicare qualcosa, ma le parole gli uscivano sconnesse e incomprensibili, era come se in bocca avesse della stoppa.
«Disegna e scrive fumetti» intervenne di nuovo Giovanni. «Fa delle illustrazioni fantastiche. Sul serio, dovreste vedere i suoi lavori, sono una cannonata».
«NO!» un urletto stridulo e fastidioso uscì dalla bocca di Matteo. «No» ripeté una seconda volta quasi sottovoce.
Giovanni lo guardò di sbieco cercando di trasmettergli segnali chiari; fu sul punto di prevaricarlo di nuovo, ma si trattenne.
Le ragazze, invece, scrutarono Matteo con maggiore interesse di prima, quasi morissero dalla curiosità di decifrare quegli strani comportamenti ai quali non erano abituate.
Marina raccontò della volta in cui un pittore del panorama emergente italiano l'aveva avvicinata a una festa. Disse che era

un tipo giovane e affascinante e quindi, lì per lì, il fatto che si fosse presentato e avesse iniziato a discutere animatamente della sua arte, non le aveva dato per nulla fastidio, anzi. Poi, però, tra una chiacchiera e l'altra, le aveva chiesto di fare l'amore, e lo aveva fatto con un certo distacco, come se la cosa lo avesse riguardato ma non più di tanto. Lei per tutta risposta gli aveva assestato un calcio nelle parti basse con la punta della scarpetta, e quello si era messo a strillare e a saltellare come un gallinaccio.
Marina aveva questo modo colorito di parlare, fatto di acuti improvvisi e movimenti repentini delle mani, che rendevano più vivido il racconto.
«Eh, questi artisti...» fece un lungo sospiro e lanciò un'occhiata carica d'ironia a Matteo, che non sembrò cogliere e continuò a fissarla con la stessa identica espressione di prima.
Marina allora andò avanti a raccontare, aggiungendo alla scena dettagli sempre più minuziosi e grotteschi.
Giovanni la osservava e aveva come l'impressione che non fosse una ragazza particolarmente intelligente, gli dava più che altro l'idea di essere una di quelle persone che hanno bisogno di stare sempre al centro dell'attenzione.
A un tratto Antonella si voltò verso l'orologio appeso dietro al bancone. «Mari, dobbiamo andare o rischiamo di perdere il pullman» disse rivolgendosi all'amica.
Marina s'interruppe lì dove era arrivata, tipo un jukebox al quale viene staccata la spina nel bel mezzo di una canzone. Entrambe si alzarono di scatto, s'infilarono il giubbotto e la sciarpa. Giovanni chiese se lui e Matteo potevano accompagnarle, ma loro risposero di no, ché avrebbero preso l'autobus alla fermata a pochi passi da lì.
Il tempo di un breve saluto e di Antonella e Marina non rimase che una deliziosa scia di profumo. Giovanni le guardò scivolare via, scomparire dietro le vetrate del bar, poi si accese una sigaretta e si rivolse al suo amico. «Ma si può sapere che ti è preso?».

Matteo Carli si strinse nelle spalle. «Boh, non saprei. Non mi sentivo tanto a mio agio».
Si trattenne, anche se in realtà avrebbe voluto dirgli che non gli andava affatto di coinvolgere altre persone, che lui stava bene quando erano loro due e basta, senza bisogno di rompere gli equilibri.
«Be', avresti potuto almeno fare uno sforzo. Mica mordono le ragazze».
Matteo increspò lievemente le labbra. «Fino a poco fa non facevi che ripetermi quanto fosse necessaria la bolla nella quale stavo rinchiuso, mentre ora dici che dovrei essere più aperto. Non capisco, davvero».
«Sì, ma che c'entra. Va be', dai, lasciamo perdere» tagliò corto Giovanni.
Rimasero ancora un po' seduti al bar, fino a quando arrivò l'ora dell'ultima virtuale campanella e a quel punto ognuno si avviò verso casa propria. Fuori era una giornata nuvolosa, faceva freddo e scendeva una specie di pioggerellina condensata. I due amici si salutarono e le loro voci si dispersero nell'aspro rumore del traffico all'ora di punta.

Nei giorni seguenti Giovanni non fece altro che smontare e rimettere insieme i momenti dell'incontro con Marina e Antonella. Ed era quest'ultima, che con la sua bellezza selvaggia ma al tempo stesso metropolitana, lo aveva colpito e affondato.
Trascorreva le ore di scuola a osservare le sue compagne e a trovarle ancora più brutte e insignificanti di quanto in realtà non fossero, messe a confronto con l'immagine idealizzata di Antonella.
Matteo si rese conto che c'era qualcosa di diverso, di irrisolto, nel modo di comportarsi di Giovanni. Anche l'espressione del viso sembrava esprimere una sorta di distacco verso tutto ciò che lo circondava.
«Sei arrabbiato con me?» gli chiese.

Giovanni inarcò le sopracciglia. «Perché dovrei?».
«Per come mi sono comportato l'altro giorno al bar, con le due tipe».
«Ma no, non importa».
«E allora, che c'è che non va? Mi sembri tornato quello dei primi giorni di scuola, quando mi guardavi con sospetto senza rivolgermi la parola».
«Mi dispiace, è solo che sono sovrappensiero. Non riesco a togliermi dalla testa Antonella. Continuo a vederla in una sequenza di immagini montate: lei che cammina, lei che si siede, lei che sorseggia la cioccolata, lei che discute, lei che sorride. Mi sforzo di ricordare altre ragazze che ho conosciuto in passato e per le quali ho provato attrazione, ma non credo di aver mai sentito niente di paragonabile a questo. Non so se mi spiego».
Matteo corrucciò la fronte e fece sì con la testa.
«Vorrei poterla rivedere, ma non so come fare, non ho neppure il numero di telefono, non so niente di lei».
Matteo fissava un punto imprecisato nel vuoto e dava l'impressione di stare lentamente masticando e mandando giù le parole di Giovanni. «Forse posso aiutarti».
Un cono di luce rischiarò il volto di Giovanni. «E come?».
«Credo che Antonella frequenti la V B del liceo scientifico. Se proprio ci tieni è là che dovresti andare a cercarla».
«E tu come lo sai?».
«Be', mi pareva di averti detto che sono un acuto osservatore» rispose Matteo strofinando l'indice sotto il naso. «In pratica non ho fatto nient'altro per tutta la vita, sono il campione degli osservatori. Se ci fosse una medaglia olimpica in questa disciplina probabilmente prenderei l'oro».
«Su questo non ho alcun dubbio».
«In realtà è stato piuttosto semplice. Antonella aveva lo zainetto aperto appoggiato alla sedia. Ho sbirciato dentro e in cima a una pila di libri spuntava la *Smemo*. Sono riuscito a leggere la classe e la scuola, c'era anche il cognome ma era

coperto, però mi pare che incominci con la S».
In un secondo l'umore di Giovanni si trasformò. «Sei un grande» disse alzando un po' la voce e l'energia che sprizzava era impossibile da contenere.
Quella carica positiva gli restò in corpo solo per un breve intervallo, dopodiché cominciarono a subentrare una serie di preoccupazioni che a poco a poco finirono con il ribaltargli nuovamente l'umore, riempiendolo di insicurezze.
Gli sembrava di vedersi attraverso gli occhi di Antonella: goffo, imbranato, incapace di suscitare interesse. E più ci pensava più i difetti aumentavano a dismisura e con essi aumentava anche la voglia di lasciar perdere.
Trascorse il resto della giornata in un'alternarsi di fasi che lo portavano nel giro di pochi minuti da uno stato d'animo a un altro, poi a un altro e a un altro ancora.

Il mattino dopo si svegliò e il pensiero di Antonella era ancora lì sul cuscino accanto a lui. In un lampo riacquistò tutta la sua disinvoltura e la sua voglia di buttarsi nelle cose senza lasciare spazio ai rimpianti. Uscì di casa alla solita ora, ma invece di andare a scuola prese un'altra direzione e cominciò a camminare per la città senza una meta precisa, incurante della gente e del traffico, come se tutto il mondo intorno a lui non fosse altro che un qualcosa di superfluo. Ogni tanto si specchiava nei finestrini delle macchine parcheggiate una dietro l'altra, in una lunga fila di ferraglia policroma; trovava confortante il fatto che nonostante un vento fastidioso i capelli rimanessero al proprio posto.
Camminò un paio d'ore e quando fu stanco s'infilò in un bar a giocare a *Double Dragon 3*, e lì rimase fino a quando arrivò l'ora giusta per andarsi ad appostare nella piazzetta antistante il liceo scientifico, dal quale con ogni probabilità sarebbe sbucata Antonella.
Di minuto in minuto l'attesa si faceva sempre più snervante e Giovanni, per ingannarla, si accendeva una sigaretta e un'altra

ancora, intanto faceva avanti e indietro in un perimetro di due metri per due. Continuava a rivivere una specie di flashback del loro incontro al bar, i sorrisi, la voce e la gestualità di Antonella, tratti che ogni secondo che passava assumevano contorni sempre più incerti e sbiaditi.
Aspettò per quasi un'ora, con il freddo che a poco a poco gli penetrava nelle ossa, provocandogli una vaga sensazione di torpore. Poi arrivò il suono della campanella a dargli la scossa e a quel punto si rese conto di essere circondato da uno stuolo di parenti, amici e fidanzati, che come lui erano lì in attesa.
E se ci fosse anche il ragazzo di Antonella?
Fino a quel momento non ci aveva pensato, ma ora gli sembrava che in mezzo a quelle persone dovesse esserci per forza. Scrutò i volti, gli atteggiamenti, alla ricerca di qualche improbabile indizio. In un lampo cominciarono a uscire i primi studenti vocianti, che a mano a mano erano sempre di più e formavano uno sciame caotico e confuso.
Ben presto Giovanni si trovò in mezzo a decine e decine di ragazzi, e dovette sforzarsi di rimanere ben piantato a terra per non farsi portare via da quella corrente. Era come uno scoglio e in quanto tale rimaneva piantato lì, mentre un mare di persone lo avvolgeva e gli sfilava accanto, senza tuttavia distoglierlo dal suo obiettivo.
A un certo punto, dall'uscio in cima alle scale, spuntarono Marina e Antonella, che allegre e raggianti camminavano a ritmo di danza, tenendosi sottobraccio.
Giovanni avvertì una fitta dolorosa allo stomaco, ma non si lasciò scoraggiare e continuò a tenere gli occhi puntati sulle due ragazze, stando attento a non perderle di vista. Lasciò che le due amiche prendessero una direzione, si assicurò che non ci fossero fidanzati nei paraggi, quindi si mise a seguirle a passo veloce, fino ad avvicinarle al punto che se avesse allungato un braccio le avrebbe potute sfiorare.
«Ehi» disse.
Marina e Antonella si voltarono con perfetto sincronismo

e sembravano davvero colpite di trovarsi di fronte, tra le innumerevoli possibilità, un ragazzo conosciuto appena e del quale a stento ricordavano il nome. Però sorrisero e sul loro viso non c'era traccia di delusione o di alcunché di negativo.
«Cos'è? Un'imboscata?» chiese Marina divertita. «Perché se è così, guarda che noi ci arrendiamo».
Giovanni si stupì che quella battuta efficace e sottile fosse uscita dalla bocca di Marina, che l'altra volta le era parsa una ragazza tutt'altro che acuta.
Risero tutti e tre di gusto e questo fece sì che si creasse un certo clima di leggerezza.
«Be', ma se siete già pronte alla resa non c'è divertimento» disse Giovanni mantenendo un tono ilare.
«A parte gli scherzi, come facevi a sapere che ci avresti trovate qui?» chiese Antonella con la curiosità dipinta negli occhi.
«Non so se ve ne siete accorte ma il mio amico Matteo ha dei superpoteri. Ti spiegherò tutto nel dettaglio se ti lasci accompagnare a casa. Tu ed io da soli».
La frase rimase sospesa alcuni secondi nell'aria, prima che Marina la raccogliesse. «Oh oh oh! A questo punto mi sa che qualcuno qui è di troppo... Va be', vorrà dire che vado a prendere l'autobus e vi lascio soli. Anto, ti chiamo più tardi», strizzò l'occhio all'amica e con la mano fece un cenno di saluto a Giovanni.
«Ma no, Mari, aspetta» fece Antonella.
«Ci sentiamo dopo, tranquilla» insisté Marina il cui tono della voce era sempre brillante, ma con una lieve venatura di risentimento che le derivava dal fatto di non essere stata capace di suscitare in quel ragazzo lo stesso tipo di reazione che aveva invece suscitato la sua amica.

«Di solito prendo anch'io l'autobus, non abito vicino» puntualizzò Antonella rivolgendosi a Giovanni.
«Oggi però potresti fare un'eccezione...».
«E andare a piedi? Ma fa un freddo cane!».

«Ma no, non fa così tanto freddo. Anzi, vedrai che camminando ci scaldiamo».
Antonella sbuffò, poi abbassò la guardia. «Se io ora ti dicessi di no, tu molleresti?».
Giovanni scrollò la testa e la guardò negli occhi. «No. Farei un altro tentativo e poi un altro. Quando mi ci metto sono un tipo piuttosto tenace, stamattina ho saltato scuola soltanto per essere sicuro di venirti a prendere in tempo».
Antonella si mise a ridere. «Va bene, dunque, cominciamo a muoverci che i miei mi aspettano per pranzo. A proposito, dove l'hai lasciato il tuo amico?».
«A scuola, credo».
«Sembra un po', non so come dire, schizzato».
«Non sai quanto» ghignò Giovanni. «In realtà lui non è proprio di queste parti».
«Ah no? E di dov'è?».
«Viene dalla luna e devi sapere che dietro quell'apparenza da imbranato nasconde dei superpoteri».
«Come Clark Kent?».
«Più o meno. Pensa che è stato lui a dirmi come trovarti».
«E come ha fatto?».
«Ha usato la supervista».
«No dai, sul serio, sono curiosa...».
«Non so se posso rivelarti i segreti di Matteo Carli».
«Guarda che faccio ancora in tempo a prendere l'autobus».
«Be', se la metti così non mi resta che svelare il mistero... L'altro giorno al bar hai lasciato la cartella aperta, Matteo c'ha sbirciato dentro e ha letto l'etichetta sulla *Smemo*. Ora tu dimmi se venire in soccorso di un amico in questo modo non è da supereroe».
Antonella sorrise con gli occhi e a quel punto Giovanni fu pervaso da un'infinità di impulsi di pura energia che scorrevano sottopelle e per poco non lievitò da terra. Ora che si era creato l'occasione doveva giocarsi bene le sue carte, così si concentrò per trovare una frase interessante e divertente per proseguire

su quella falsariga, ma non gli venne in mente niente di meglio che un generico: «Parlami un po' di te».
Lei lo scrutò con distacco. «Devo proprio?» gli chiese in modo tagliente.
Lui per la prima volta da quando era uscito di casa avvertì un freddo reale e pungente, ma non si perse d'animo. «Cioè non è che sei obbligata a farlo, però voglio che tu sappia che da quando ci siamo incontrati l'altro giorno in quel bar, non ho fatto altro che pensare a come sarebbe stato bello avere avuto più tempo per stare insieme, per conoscerci. E ti posso assicurare che non è una cosa che mi capita spesso».
«Perché dovrei crederti? Magari è una tattica che usi con tutte».
«Be', sì, in effetti c'è questa possibilità... ma a meno che tu non voglia stare in silenzio per tutto il tragitto, di qualcosa dovremo pur parlare».
Antonella sembrò sciogliersi all'improvviso. «Ci sei cascato! Stavo solo scherzando».
Fecero entrambi una piccola risata, poi iniziarono la conversazione.
Lei raccontò di essersi trasferita a Piacenza da pochi mesi a causa del lavoro del padre, che era un ingegnere nucleare. In vita sua si era dovuta abituare a non mettere radici e a essere pronta a spostarsi da una città all'altra, a seconda delle circostanze: Milano, Genova, Torino, e ora Piacenza. Disse che Torino era il luogo dove aveva abitato più a lungo e al quale era rimasta più legata, avendoci trascorso quasi tutta l'adolescenza.
«Lasciare gli amici, la scuola e il mio ragazzo, proprio all'ultimo anno di liceo, è stata un'esperienza davvero difficile. Tu non puoi immaginare quanto io abbia odiato mio papà e il suo lavoro. Per fortuna che qui ho incontrato subito Marina, una tipa eccezionale che mi ha aiutato un sacco a inserirmi. Senza di lei non so come avrei fatto».
Giovanni ascoltava con attenzione e catalogava tutte le

informazioni, ma in quel frangente c'era un'unica cosa che gli rimbalzava tra le pareti cerebrali e che voleva chiarire con urgenza: «Hai un ragazzo?».
Lo chiese senza girarci attorno, cercando di modulare la voce per renderla il più asettica possibile.
Lei scrollò il capo. «Ce l'avevo ma ci siamo lasciati appena prima che mi trasferissi» tagliò corto.
Lui soffocò un sospiro di sollievo.
«Immagino che nemmeno tu sia impegnato, altrimenti non mi saresti venuto a cercare. Giusto?» domandò lei facendo scivolare il discorso lontano da sé.
«Elementare, *Watson*» disse lui con un ghigno.
In realtà era rimasto affascinato dal piglio di Antonella, dalla sua schiettezza e dalla sua naturale capacità di arrivare subito al nocciolo della questione. Pensò che oltre a essere molto bella, dovesse essere anche una ragazza determinata e sicura di sé; e questo lo intrigava ancora di più, essendo la prima volta che riscontrava delle qualità di questo tipo in una donna della sua età. Le tipe con cui era uscito fino a quel momento avevano tutte in comune un senso di fragilità e di insicurezza, come se fossero persone incomplete che avevano bisogno di attaccarsi a un uomo per assorbirne i pensieri e succhiargli le idee, per poi fare lo stesso con un altro uomo e così via, fino a comporre un mosaico fatto di frammenti di personalità diverse e soltanto abbozzate.
Antonella sembrava invece avere già un modo adulto e intelligente di giudicare le cose, Giovanni lo intuiva dalla lucidità e dalla brillantezza con la quale la vedeva articolare i pensieri. Andarono avanti a parlare a turno, macinando argomenti su argomenti, tanto che nello spazio di una mezz'ora scarsa riuscirono a condensare un grande numero di particolari e indizi di loro stessi.
«Siamo arrivati» disse Antonella indicando l'ingresso di un'elegante villetta.
Un accenno di delusione segnò il volto di Giovanni, che sarebbe

andato avanti a parlare e ascoltare per ore e ore, all'infinito. Rimase sospeso alcuni istanti, indeciso se allungarsi a darle un bacio sulla guancia, soltanto per sentire la consistenza della sua pelle. Non lo fece, bloccato da un'incredibile mancanza di coraggio. Però riuscì almeno a chiederle il numero di telefono. Lei parve indecisa, si toccò i capelli e piegò la testa di lato, come se stesse valutando il da farsi. Alla fine si chinò sullo zaino, strappò un foglio da un quaderno a caso e ci scrisse sopra il suo numero di casa.

Giovanni afferrò il foglietto, lo lesse e lo rilesse come se volesse impararlo subito a memoria, e quando risollevò gli occhi, Antonella era ormai sparita dietro la fitta aiuola che delimitava il giardino. Si rimise in marcia, anestetizzato da un'euforia totale che non gli faceva sentire né il freddo né la fatica. Per strada c'erano soltanto lui e un marciapiede lastricato di sensazioni e stati d'animo.

Giovanni e Matteo sorseggiavano vino seduti a un tavolino di legno a forma di botte. Il loro cuore era gonfio di sguardi, sentimenti e parole che si mescolavano tra loro in un vortice incessante e pieno di colori. Nelle narici avevano il profumo dell'estate, mentre un venticello leggero portava con sé un amalgama armonioso di suoni e voci.
Giovanni guardava lontano, fissando un punto indefinito dell'orizzonte, con gli occhi velati da scaglie di sogni.
Matteo osservava Giovanni e cercava di leggergli dentro e toccargli il cuore.
«A cosa pensi?» gli chiese.
Giovanni sorrise, con quel suo modo appena accennato di farlo.
«Stavo pensando che sarebbe bello andare dappertutto, continuare a viaggiare e avere voglia di farlo per tutta la vita. Andare e scoprire ogni angolo di ogni città; sbucciare il mondo a poco a poco come fosse un'arancia».

Matteo Carli si presentò a casa sua nel pomeriggio. «Come mai stamattina non sei venuto a scuola? Non stai bene?» gli chiese.
«Sì che sto bene. Anzi... alla grande!» rispose Giovanni ancora annebbiato dall'ebbrezza dei momenti trascorsi.
Matteo si grattò la nuca perplesso. «E allora?».
«Sono andato in fuga», abbassò la voce per non farsi sentire dalla madre che trascinava le ciabatte avanti e indietro per il corridoio. «Mi sono appostato davanti al liceo scientifico e ho aspettato che Antonella uscisse».
Matteo sgranò gli occhi e spalancò la bocca come se stesse assistendo a uno show sbalorditivo. «E l'hai incontrata?».

Giovanni sorrise. «Eh, già! Mi sono fatto avanti, le ho chiesto se potevo riaccompagnarla a casa e lei ha accettato».
«E?».
«Niente. Abbiamo chiacchierato, alla fine ci siamo salutati e lei mi ha lasciato il numero di telefono».
«Tutto qui?».
«Guarda che non è poco» disse Giovanni un po' seccato per il fatto di dover precisare una cosa talmente ovvia. «Quando una donna ti lascia il numero, il grosso è fatto».
«Ah sì?» mormorò dubbioso Matteo.
«Proprio così».
Dopo essersi dondolato sopra un filo fatto di silenzio, Matteo estrasse dalla cartella un quaderno a quadretti.
«Guarda questi» disse. «Li ho fatti nelle due ore di matematica, mentre la Ghirardi interrogava».
Passò il quaderno a Giovanni e dentro c'erano Antonella e Marina disegnate in tanti modi diversi, a seconda della situazione in cui la fervida immaginazione di Matteo le inquadrava. La cosa incredibile di cui ogni volta Giovanni si stupiva, era la capacità di Matteo di fotografare in brevi attimi i più piccoli dettagli e riproporli anche a distanza di tempo da diverse angolature. Anche quando sembrava essere assente o distratto era sempre lì a osservare, sminuzzare e immagazzinare elementi e sfumature che ogni altra persona smarrirebbe nel giro di pochi secondi.
«Impressionante» commentò Giovanni. «Dovresti lasciarmeli, così la prossima volta che vedo Antonella potrei mostrarglieli. Sono sicuro che le piacerebbero un sacco».
«Non credo sia una buona idea» bofonchiò Matteo.
«Fidati di me, sarebbe un'ottima idea.»
«Hmm».
«Poi li potrei far vedere anche a Marina, chissà che non rimanga affascinata dalle tue doti artistiche. È una ragazza carina, penso che dovresti provare a essere più socievole con lei. Magari potrebbe nascere una bella amicizia, o anche

qualcosa di più. Non trovi?».
Matteo alzò le spalle. «Non so».
Giovanni faceva così per spronarlo, ma si capiva benissimo che nemmeno lui era convinto di ciò che diceva. Marina non c'entrava assolutamente nulla con Matteo, erano due mondi paralleli destinati a non incontrarsi mai. Il suo era più che altro un tentativo di inoltrarsi su un sentiero inesplorato, visto che fino a quel momento non si erano mai trovati ad affrontare l'argomento donne, se non per vie traverse. Non riusciva a spiegarsi se questa totale mancanza di interesse che Matteo aveva nei confronti dell'universo femminile, era dovuta a una naturale timidezza oppure faceva parte di quella personalità appena accennata, che era lì in attesa di detonare, come un ordigno nascosto nella terra pronto a cogliere ogni minima vibrazione del suolo. Che poi era proprio questo essere fuori posto in ogni cosa, in maniera del tutto inconsapevole e non artefatta, a intrigare Giovanni.
E se Matteo non aveva chiaro se gli piacesse o meno l'idea di stare con una ragazza come Marina, per lui era assurdo ma lo rispettava. Per questo lasciò cadere il discorso senza andare oltre, riprese in mano il quaderno e ricominciò a sfogliarlo daccapo.
Matteo a un tratto si schiarì la voce. «Ora che ti sei trovato una ragazza non avrai più voglia di uscire con me, giusto?». Pronunciò quella frase molto velocemente, come se gli fosse rimasta incastrata in gola da chissà quanto e non vedesse l'ora di sputarla fuori.
Giovanni chiuse il quaderno, guardò in faccia Matteo e notò che aveva la fronte imperlata di sudore, anche se non faceva caldo. Intuì lo sforzo che aveva appena fatto per trovare il coraggio di dire quella frase.
«Ma che cavolate ti vengono in mente? Non è che una cosa deve per forza escludere l'altra. Si può stare con una donna e nello stesso tempo avere tanti amici, basta mantenere un certo equilibrio».

«Si, ma...».
Giovanni sbuffò e alzò gli occhi al cielo. «Che palle che sei Matte! Quando fai così io proprio non ti capisco».
Matteo abbassò la testa senza ribattere, rintanandosi nel suo modo provvisorio di affrontare le cose.

Giovanni decise di non sciupare tempo in inutili indugi, e già il giorno seguente compose il numero di Antonella. Qualche squillo a vuoto, poi rispose un uomo con una voce baritonale che sembrava provenire dal centro della terra. Giovanni s'intimorì pensando che dovesse essere l'ingegnere nucleare in persona; traccheggiò qualche secondo ma alla fine trovò il modo di presentarsi e di chiedere di Antonella, che dopo un'attesa interminabile si presentò alla cornetta e aveva un tono allegro e caloroso, dava l'impressione di essere contenta di sentirlo, anche se lui non aveva niente di particolare da dire. E siccome Giovanni aveva notato che la cosa le aveva fatto piacere, la chiamò un po' di sere a fila; ed erano telefonate interminabili durante le quali ridevano, scherzavano e tiravano fuori argomenti su argomenti. E quando quelle conversazioni telefoniche non bastarono più, fissarono un primo appuntamento, poi un secondo e un terzo, e da lì in avanti cominciarono a vedersi con una certa regolarità.
Andavano in centro a passeggiare, o in qualche negozio a provarsi jeans o maglioni, o a bere una cioccolata in un bar. Sempre che lei non dovesse preparare qualche compito in classe, perché in quel caso se ne stava chiusa in casa giornate intere a studiare. Era una ragazza con la testa ben piantata sulle spalle e con uno spiccato senso del dovere, talmente diligente e impegnata da essere sempre stata promossa a pieni voti. Il mattino che si erano conosciuti al bar – entrambi in fuga da scuola – era stata una pura coincidenza, una cosa che aveva fatto esclusivamente per accontentare Marina, che voleva saltare a ogni costo un'interrogazione e l'aveva pregata in tutti i modi, facendo leva sulla loro amicizia.

Antonella era anche una che aveva letto un sacco di libri e che guardava i telegiornali. Aveva un'idea precisa su tutto, faceva considerazioni sul mondo e nonostante avesse un anno in meno di Giovanni, dava l'impressione di essere molto più matura. Quel rapporto iniziava a costruirsi proprio partendo dagli angoli opposti del loro carattere, che si smussavano con delicatezza l'uno contro l'altro.

Passarono alcune settimane a scambiarsi baci e carezze innocenti, poi Antonella lo invitò a trascorrere il sabato sera a casa sua, approfittando dell'assenza dei genitori rientrati un paio di giorni a Torino per sistemare alcune faccende. A Giovanni non sembrava vero che la fortuna di incontrare una donna così fosse capitata proprio a lui, che fino ad allora aveva sempre avuto relazioni con ragazze puerili e del tutto prive di iniziativa.
Si presentò da Antonella con un mazzo di rose rosse e lei fece un sorriso pieno di dolcezza, disse che era stato molto carino e gentile e gli stampò un bacio grande in bocca. Li appoggiò in un vaso un po' troppo piccolo.
«Momentaneamente» disse. «Poi gli troveremo una sistemazione migliore».
Cominciarono a parlare, ma erano tutte frasi campate per aria, lasciate a metà; stranamente non riuscivano a trovare nessun pretesto utile per innescare una discussione. C'era una specie di imbarazzo, dovuto al fatto che per la prima volta si trovavano in una situazione così intima. Allora Antonella gli si fece incontro, lo baciò di nuovo e lo spinse contro la parete, facendogli sentire la pressione dei seni attraverso strati di biancheria. Giovanni chiuse gli occhi e si lasciò trasportare. Sentiva un'attrazione infinita e senza limiti, e quando si staccarono da quella serie di baci appassionati, l'imbarazzo iniziale si era sciolto e non ce n'era più traccia. Senza dire nulla, Antonella lo afferrò per la mano e lo condusse lungo il corridoio, fino alla camera da letto dove c'era un intenso

profumo di lavanda. Lo spinse sul letto e gli ci si adagiò sopra con delicatezza. Giovanni era completamente in balia del suo corpo, della sua fragranza, del suo fiato fresco e accogliente, di quella lingua morbida e umida che gli passava lungo il collo come il pennello di un pittore sopra la tela, gli entrava nelle orecchie.
A un tratto Antonella rallentò, poi si fermò e rotolò di fianco a lui. Giovanni capì che era arrivato il momento di essere intraprendente a sua volta; si diede da fare e le sfilò il cardigan, le sbottonò a fatica la camicetta e le slacciò il reggiseno bianco. Rimase un attimo inebriato a osservarle i contorni dei seni, quindi proseguì svestendola anche dei jeans e delle mutandine, senza incontrare alcun tipo di ostacolo o impedimento. In preda a un'eccitazione mischiata a elettricità, si spogliò a sua volta, il più velocemente possibile per evitare che l'atmosfera potesse in qualche modo raffreddarsi.
Fecero l'amore per quasi tutta la notte, travolti da una giostra di sensazioni non definibili. Quando al mattino si svegliarono, Giovanni era confuso, non gli sembrava vero di trovarsi ancora dentro quel letto e aver passato la notte abbracciato ad Antonella. Gli pareva una cosa troppo grande per lui, troppo adulta e stabile.
Mentre Antonella preparava il caffè in cucina e l'aroma della miscela si disperdeva dolcemente per la casa, lui rimaneva avvolto nelle lenzuola a osservare quelle pareti bianche che gli trasmettevano un senso di pulizia e semplicità. Era frastornato da innumerevoli impressioni che si formavano una via l'altra nella sua mente, senza dargli il tempo di focalizzarsi su qualcosa di specifico. L'unica cosa certa era rappresentata dalla sensazione inequivocabile di stare bene, sensazione alla quale avrebbe voluto restare per sempre aggrappato.

Nei giorni a venire i suoi genitori si fecero pressanti, lo rimproveravano di continuo per la notte trascorsa fuori casa, gli facevano il terzo grado sulle sue frequentazioni, volevano

sapere se per caso fosse finito in dei giri strani.
Suo padre arrivò a domandargli se fumasse qualche tipo di droga. Al che lui oppose un finto sdegno e in generale cercava di eludere ogni domanda con risposte e affermazioni vaghe, ma non era facile distogliere da sé quel tipo di attenzioni.
Con Antonella continuarono a frequentarsi come prima, in un'altalena tra momenti di studio e di piacere, scanditi più che altro dalle esigenze di lei. Ogni volta che ne avevano la possibilità si infilavano dentro al letto, a volte frettolosamente a volte per ore intere. Giovanni era travolto da quel mondo sensuale all'interno del quale trovava rifugio dalla scuola, dalla famiglia e da tutte le incognite del futuro.
La loro relazione diventava sempre più salda ed equilibrata, tanto che alle volte Giovanni non si sentiva all'altezza, aveva come l'impressione di non farcela, e allora si attaccava alle piccole cose nel tentativo inconscio di provocare delle incrinature.
Una volta, di nascosto, lesse una pagina di un vecchio diario di Antonella.
Lei lo sorprese ed ebbe un piccolo scatto di collera. «Che stai facendo?» disse.
«Niente. Leggevo qualche tuo pensiero».
«Chi ti ha dato il permesso di frugare fra le mie cose?».
«Quello che scrivi è molto bello, non dovrebbe darti fastidio se qualcun altro lo legge».
«Ma è il gesto che mi dà fastidio» e mentre lo diceva si era già ammorbidita.
«Okay, hai ragione, ti chiedo scusa. Però è davvero impressionante...».
«Che cosa?».
«Che tu abbia un passato così denso... Voglio dire, che tu abbia vissuto tutte quelle emozioni».
Antonella rise con dolcezza. «Tutti hanno un passato ed è normale avere a che fare con delle emozioni, anche tu avrai avuto le tue. O no?».

«Sì, però io non le ho mai registrate».
«E allora? Che differenza c'è?».
«Non so, è che scriverle è un po' come volerle imprimere, farle rivivere ad ogni costo». Si rendeva conto che la gelosia retroattiva non aveva alcun senso, ma non poteva farne a meno, gli entrava nella pancia e gli risaliva nella voce.
Andarono avanti alternando semplici bisticci a vere e proprie litigate, per poi fare pace come se nulla fosse mai accaduto.
Spesso Antonella guardava avanti, faceva programmi, parlava di quello che le sarebbe piaciuto fare, delle città in cui avrebbe voluto vivere. Lo faceva con il piglio e la sicurezza dettate dalla sua spiccata personalità che le faceva da scudo, ponendola al riparo dai mille dubbi della sua età.
Giovanni non era invece tipo da spingersi troppo oltre, però un piccolo programma ce l'aveva pure lui in mente.
«La prossima estate, non appena avremo finito gli esami, prendiamo il treno e ci facciamo l'Interrail Spagna, Portogallo e Marocco. Ti andrebbe?».
«Sì, però, magari vediamo più avanti».
«Guarda che quelli sono posti meravigliosi, pieni zeppi di cultura e tradizione. Ci divertiremo un sacco, promesso. Magari potremmo dirlo anche a Marina e Matteo... sai che forza tutti e quattro insieme! Matteo avrebbe materiale per chissà quanti fumetti. Allora? Non sarebbe fantastico?».
Dentro quelle parole c'era un tale slancio di passione, che alla fine Antonella si sentì quasi in obbligo di manifestare un certo entusiasmo e dire di sì, che per lei andava bene.

Il giorno stesso Giovanni andò a trovare Matteo per spiegargli l'idea del viaggio, mostrandogli sull'atlante tutti i paesi che avrebbero attraversato e fantasticando su ognuno di essi. Non aveva nemmeno bisogno di sforzarsi in modo particolare, poiché erano più o meno le stesse cose che si era detto con i suoi vecchi amici l'anno prima, quando per colpa della bocciatura non era salito su quel treno.

«Ma sei sicuro che Antonella sia d'accordo?» chiese dubbioso Matteo.
«Certo, altrimenti non sarei corso qui a parlartene. Questo non è un viaggio qualunque... è il viaggio della nostra vita» disse Giovanni in maniera solenne.
Matteo si lasciò trascinare da quella corrente piena di fervore. L'ipotesi di lasciare l'Italia lo riempiva d'agitazione, però si rendeva conto che una cosa del genere difficilmente gli sarebbe ricapitata, e se si fosse rifiutato se ne sarebbe pentito fino alla fine dei suoi giorni. Senza contare che avrebbe dovuto trascorrere l'ennesima noiosissima estate della sua vita in montagna con i suoi.
Suo padre, infatti, detestava il mare e la confusione della spiaggia, preferendo di gran lunga la quiete e l'armonia delle Dolomiti. E siccome era un abitudinario, affittava da vent'anni lo stesso chalet nello stesso posto, infischiandosene delle proteste di moglie e figlio che almeno ogni tanto avrebbero preferito qualcosa di diverso.
Giovanni non stava più nella pelle e quella sera stessa telefonò ad Antonella.
«Grande notizia: Matteo è dei nostri. Invece con Marina com'è andata? Sei riuscita a parlarle?».
«Sì».
«E allora? Che t'ha detto?».
«Niente, che è contenta. Non vede l'ora».
«Perfetto!» esclamò Giovanni che era talmente su di giri che avrebbe voluto mettersi a ballare.
Antonella fece una risata di circostanza e cambiò discorso. Aveva mentito per non infrangere i sogni di Giovanni, in realtà non aveva parlato con Marina della possibilità del viaggio. Non lo aveva fatto perché era sicura al cento per cento che la sua amica non avrebbe mai accettato di fare coppia con un tipo come Matteo Carli, nemmeno sotto tortura. Ma soprattutto perché era lei stessa a non avere certezze precise riguardo la prossima estate. Non era in grado di calcolare quanto tempo

libero avrebbe potuto dedicare a Giovanni, dipendeva in buona parte dall'università che avrebbe scelto e dai conseguenti test di ammissione che avrebbe dovuto sostenere. Non era neanche sicura che un interrail, a vagabondare in giro per gli ostelli tra la penisola Iberica e il nord Africa, sarebbe stato il tipo di vacanza ideale per una come lei.
A come uscire dal pasticcio in cui si era cacciata ci avrebbe pensato più avanti, in quel momento la cosa che le sembrava più importante era vedere il *suo* ragazzo esaltarsi per qualcosa.

Giovanni decise così, per evitare brutte sorprese, di aumentare gli sforzi nello studio, spronato dal pensiero che una volta superato l'esame non avrebbe più dovuto subire la costrizione di quelle lezioni vuote e sfatte, concentrato al massimo sulla prospettiva di abbandonare quel posto pieno della muffa che per troppi anni aveva dovuto respirare. Ormai tutte le sere, prima di addormentarsi, si metteva a fare i conti, a calcolare e ricalcolare il tempo che mancava alla fine dell'anno scolastico. Lo spazio che lo separava dal punto x si accorciava sempre più. Fino a che, un giorno di giugno inoltrato, presero finalmente il via gli esami di maturità. La commissione interna era composta dai soliti professori, che messi tutti in fila l'uno a fianco all'altro risultavano agli occhi di Giovanni ancora più tristi e penosi di quanto non fossero presi singolarmente. Quella di matematica, poi, aveva una mimica facciale eloquente, come a dire: «Te l'ho fatta pagare, mio caro. Mi hai sfidato e io ti ho battuto. Ora che hai avuto la tua bella punizione puoi pure prenderti quel pezzo di carta e smammare per sempre dalla mia vista».
Ciascuno dei prof si limitò a formulare domande generiche, alle quali Giovanni rispose in maniera superficiale e poco convincente, ma abbastanza da portare a casa un quarantadue, che di per sé non era quel granché, ma era comunque in linea con le sue aspettative. Non però con quelle di suo padre e di sua madre, che avrebbero voluto un risultato migliore dal

momento che si trattava pur sempre di un anno ripetuto.
Quando Giovanni si presentò a casa convinto di aver fatto il suo dovere, il sorrisetto sulle labbra venne subito smorzato dalla reazione del padre, che grugnì: «Con questo tuo modo superficiale di prendere le cose, ti sei giocato i soldi per l'interrail. Se vuoi la vacanza te la dovrai guadagnare, così magari inizi a capire cosa significa la parola sacrificio».
A nulla valsero le rimostranze, le promesse di prendere le cose più sul serio, le preghiere: ogni cosa andava a cozzare contro un muro di gomma. La madre forse l'avrebbe potuta anche convincere se fosse andato avanti, ma il padre no, non si sarebbe mosso di un millimetro.
Una volta arresosi all'evidenza, si buttò sul letto con il cuscino sopra la testa, lo stereo acceso e il fegato gonfio di livore. Doveva a tutti i costi trovare una soluzione, per niente al mondo avrebbe rinunciato al suo viaggio. Se glielo avesse chiesto, magari Antonella avrebbe pure potuto prestargli qualcosa, ma era troppo orgoglioso per farlo.
Qualche biglietto da dieci lo aveva da parte, ma con quel poco non sarebbe arrivato lontano e il tempo per lavorare non c'era, la partenza era troppo imminente. Si spremette le meningi fino a partorire un'idea dolorosa, ma che si sarebbe potuta rivelare salvifica. Tirò fuori dai cassetti la sua collezione di dischi, li valutò uno a uno con attenzione, poi ne scelse un po', li infilò nella cartella e con la morte nel cuore si recò in un negozietto specializzato in vinili e rarità, una specie di antiquario della musica.
Il titolare, da dietro un paio di occhiali spessi e antiestetici, li soppesò come fossero monili d'oro e dopo un tempo indefinito decise di acquistarli, non tutti ma in buona parte sì.
Giovanni uscì dal negozio contando le banconote che gli frusciavano fra i polpastrelli delle dita: non ci aveva tirato su una fortuna, ma sarebbero bastati.
Ora che questo problema era risolto, si trattava di portare pazienza, ché pure gli altri dovevano finire i loro esami.

Nel giro di breve anche Matteo venne promosso, così come Marina e Antonella. Per quest'ultima fu addirittura un trionfo con tanto di voto massimo.
Giovanni divenne totalmente irrequieto, adesso che non c'erano più ostacoli non vedeva l'ora di cambiare aria, di uscire da quei confini angusti. Telefonò ad Antonella. «Sono passato in stazione poco fa. Potremmo anche partire fra un paio di giorni. C'è un treno che attraversa la Francia e ci porta direttamente a Barcellona. Tu avvisa Marina che io lo dico a Matteo. Okay?».
Dall'altro capo della linea giunse un silenzio ingombro di nubi. Giovanni non lo percepì immediatamente come tale, così provò a ripetere lo stesso concetto ma in maniera diversa. Antonella scoppiò in lacrime, scrollandosi di dosso l'armatura da amazzone che la rendeva forte e sicura di sé. «Dobbiamo vederci» disse, «è importante».
Giovanni farfugliò qualcosa, provò a chiedere spiegazioni, poi si mise addosso una maglietta e un paio di braghe corte e si catapultò giù dalla tromba delle scale. Cominciò a correre, incurante dei trenta gradi che alle due di quel pomeriggio estivo rendevano difficile anche solo respirare.
Arrivò sotto casa di lei fradicio di sudore, con il volto stravolto dalla fatica e il cuore che non voleva saperne di tornare a battere regolarmente. Suonò il campanello e non ce la faceva nemmeno a dire il suo nome.
Antonella si affacciò in giardino e lo raggiunse, nervosa e turbata si guardava intorno senza focalizzare lo sguardo su nulla di preciso. «Grazie che sei venuto» sussurrò.
«Allora?» fece Giovanni con un nodo alla gola.
«Dopo quello che sto per dirti mi odierai di sicuro».
«No che non ti odierò, non essere ridicola».
Antonella ci girò un po' attorno, alla fine trovò il coraggio per dire che non sarebbe partita, che a quel viaggio pieno di incognite aveva preferito l'idea più rassicurante di un college londinese in cui andare a perfezionare l'inglese. Infine gli

diede il colpo di grazia: disse che appena tornata a Piacenza sarebbe ripartita, che suo padre tramite amici influenti l'aveva iscritta in una prestigiosa università americana, che da quelle parti il sistema universitario era di qualità superiore al nostro, talmente ricco di opportunità e prospettive da non essere lontanamente paragonabile. Aggiunse tutta una serie di informazioni e piccolezze che Giovanni non riuscì ad assorbire nel vuoto che aveva in testa.
Quando gli parve che Antonella avesse terminato il suo discorso, la guardò con occhi evanescenti e le chiese: «E noi due come rimaniamo?». La voce gli uscì lamentosa e supplichevole.
Antonella riprese a parlare, fece un lungo ragionamento ellittico, poi arrivò alla naturale conclusione. «Con tutto quello che dovrò imparare a gestire là in America, l'ultima cosa di cui ho bisogno è un complicato rapporto a distanza. Cerca di capire, non funzionerebbe. In fondo ci siamo divertiti, siamo stati bene... È questo quello che conta, no?».
Giovanni barcollò, fece due passi indietro e uno in avanti, sembrava sul punto di cadere da un momento all'altro. Ormai conosceva Antonella e quel suo modo definitivo di stabilire le priorità, di percorrere linee già tracciate; si rendeva conto che sarebbe potuto rimanere lì a ribattere colpo su colpo, a provare a farle cambiare opinione in tutti i modi, a dirle quanto lei fosse importante per lui, ma non avrebbe sortito alcun tipo di cambiamento.
«E Marina?» le chiese di riflesso.
Antonella scrollò il capo. «Non verrà neanche lei. Questo viaggio è tuo e di Matteo, vi divertirete un mondo insieme».
«Già».
«Noi possiamo comunque rimanere amici. Ti scriverò di tanto in tanto per darti mie notizie. Promesso».
Giovanni annuì e a quel punto Antonella si avvicinò per un ultimo abbraccio, ma lui si scansò e si ritrasse.
«Non ce n'è più bisogno» disse.
Tornò verso casa con passo caduco e incerto, impiegandoci

il doppio del tempo necessario. Una volta entrato in camera si chiuse la porta dietro le spalle e non uscì per due giorni, soffocato da un senso di desolazione che gli premeva il petto e lo teneva inchiodato per terra.

Circa una settimana dopo era seduto sul treno a osservare lo scorrere incessante del paesaggio, un paesaggio ibrido e potenzialmente infinito. Matteo Carli gli stava seduto di fronte, intimamente lieto che le cose si fossero sistemate e che alla fine fossero partiti solo loro due, anche se un po' se ne vergognava e comunque gli dispiaceva vedere il suo amico con il morale a terra. Non c'era più nessun tipo di slancio entusiastico in Giovanni, solo la voglia e la necessità di lasciarsi tutto alle spalle e cambiare aria.

Durante il tragitto c'erano un mucchio di persone che scendevano e salivano a ogni stazione, gente che viaggiava da sola, in coppia o in gruppo. L'aria era pregna e frizzante, gli scompartimenti sembravano formichieri brulicanti di voci variegate.

«... Maaamma! Mammaaaa! Mamma, Mamma! Ma dove stiamo andando noi c'è il mare?», le strilla petulanti di una bambina dagli occhi vivaci.

Un uomo con il collo grinzoso e la fronte solcata da rughe, carezzava i capelli argentati di una donna.

«*Je ne peux pas attendre d'embrasser notre fils*».

Una ragazza con la cresta giallo fosforescente ascoltava la musica dal walkman e canticchiava qualcosa che sembrava essere: «*... London calling to the underworld...*».

«¡Ha sido un viaje bonito!», sorrideva un giovane dai lunghi *dreadlock* attorcigliati sulla testa.

Pezzi di frase accompagnati da movimenti e da gesti trasmettevano un che di vivo, di leggero.

Un'atmosfera alla quale non prendevano parte Giovanni e Matteo; a osservarli dall'esterno si faceva fatica a desumere che fossero compagni di viaggio. Uno se ne stava con gli occhi puntati verso ciò che era altrove, e non faceva altro che riportare a galla tutte le briciole della sua storia con Antonella, per poi amalgamarle e confonderle tra loro; l'altro era sprofondato nel sedile con la nuca incollata al poggiatesta e le braccia conserte. Non diceva niente per non disturbare l'amico, ma ne auscultava il silenzio, ne scrutava l'espressione del volto, cercava di decifrarne pensieri e stati d'animo.

Arrivarono a Barcellona a metà mattina del giorno dopo, con un cielo azzurrissimo solcato da un sole caldo e radioso. S'incamminarono a piedi per le vie della città, incuriositi da tutto quello che girava attorno a loro: i bar e i negozi con le scritte in una lingua diversa, le forme degli edifici, la folla schiamazzante. Matteo assorbiva come una spugna le facce e gli atteggiamenti dei passanti che incrociava, alla ricerca di un segnale di disomogeneità rispetto alle persone che era solito incontrare nella sua città.

«Incredibile», continuava a ripetere come un mantra.

Non avevano alcun programma definito, così non fecero altro che camminare dalle parti del *Barrio Gótico*, nel tentativo di trovare una sistemazione nei pressi di quel labirintico e affascinante quartiere, cuore pulsante della città. Girarono parecchio a vuoto, prima di imbattersi in un ufficio turistico al quale rivolgersi, per scoprire le alternative che avevano a disposizione. Alla fine optarono per l'ostello *New York,* poco distante dalle *Ramblas* e in pieno *Barrio Gótico*, nel quale dovettero dividere una camera con due ragazzi tedeschi e un norvegese. Sistemarono le loro poche cose, si diedero una rinfrescata e uscirono di nuovo, attratti da quel paese affascinante e sconosciuto.

Per placare i morsi della fame si fermarono al *Bar Marsella* a mangiare un panino con prosciutto e formaggio, poi ripresero a vagare senza una meta precisa. Giovanni si muoveva con rapidità e smania, si guardava intorno come se volesse afferrare tutto e subito. Matteo gli andava dietro continuando a parlare il meno possibile. Gironzolarono per tutto il pomeriggio, la

stanchezza veniva attutita dalla suggestione e dalle molteplici possibilità di quel luogo.
Verso sera, nella zona del *Raval*, s'imbatterono in un gruppetto di italiani che discutevano a voce alta se andare o meno a una festa in spiaggia.
Giovanni ascoltò con attenzione, poi disse: «Sembra divertente, eh Matte? Potremmo andarci anche noi».
«Okay» assentì Matteo inclinando la testa.
Rimasero in attesa che il gruppetto prendesse una decisione, a quel punto Giovanni si fece avanti e li approcciò.
«Ehi, scusate» disse. «Ho sentito che state andando a una festa, siamo arrivati da poco e non sappiamo bene come muoverci. E... se venissimo anche noi? ...».
Silenzio. Poi: «No problem» rispose uno. «Di dove siete?».
«Piacenza».
«Bella lì» intervenne un altro, «ho un cugino che c'ha fatto il militare».
Un terzo elemento del gruppo, un tipo tarchiato e rasato a zero con la faccia da pugile, gli mollò una scoppola. «Ma quante cazzate spari? È possibile che c'hai cugini dappertutto? Io dico che non sai neanche dove sta Piacenza».
«In Emilia-Romagna» disse quell'altro e nonostante ci avesse azzeccato si beccò un nuovo ceffone.
Al che il gruppetto fece una risata corale, esagerata, poi ci fu un giro di strette di mano e di pacche sulle spalle, dal tono di voce euforico e dai gesti enfatici si capiva che erano già brilli.

Dopo un breve pezzo di strada giunsero tutti insieme alla spiaggia di Barceloneta, lì c'era talmente tanta gente che anche volendo sarebbe stato impossibile rimanere uniti, quindi si salutarono augurandosi buona serata, dicendo che casomai si sarebbero visti in giro.
Giovanni e Matteo si lasciarono trascinare dall'onda e scivolarono nella corrente, sospinti da un magma di giovani. Per terra, sulla sabbia, c'erano persone sedute o sdraiate e

bisognava fare attenzione a non calpestarle. Dappertutto c'erano avvicinamenti o tentativi di avvicinamento, che con il passare del tempo aumentavano sempre più di consistenza, a mano a mano che l'atmosfera si riscaldava. Nell'aria, a tratti, si levavano folate di fumo e marijuana. Al centro della scena c'era una specie di palco, sopra al quale un deejay metteva musica in continuazione. Tutt'intorno un gomitolo di corpi sudati ballavano come se fossero eterni e invincibili. Ai bordi c'erano un paio di baracchini ben forniti di alcolici ed erano presi d'assalto.
Giovanni a un certo punto sentì la gola asciugarsi e decise di sottoporsi a una fila interminabile pur di accaparrarsi alcune lattine di birra.
Mentre era in coda gli si avvicinò un ragazzo magrissimo con il mento appuntito e la barba lunga. «*Do you have a little pot?*» gli chiese.
«Cosa?» borbogliò Giovanni che non aveva capito una parola. Allora quello fece il gesto di fumare, lui afferrò il messaggio e scosse la testa desolato per non avere con sé un po' d'erba da condividere. «*Sorry*» aggiunse nel suo inglese stentato.
Le tracannò una via l'altra fino all'ultima goccia, fino ad avvertire un senso di leggerezza che lo faceva stare in sintonia con il mondo intero. Chiuse gli occhi e iniziò a muoversi insieme agli altri al ritmo della techno. Matteo gli stava appiccicato come se fosse la sua guardia del corpo e muoveva solo la testa. Di punto in bianco Giovanni ebbe di nuovo voglia di bere, si frugò nelle tasche ma gli erano rimaste poche pesetas, così pensò di chiederle in prestito a Matteo. In quel preciso momento vide passare sotto i suoi occhi due ragazze biondissime e molto carine.
«Visto che roba?».
Matteo non sentì, in quel punto la musica era troppo alta. Se lo fece ripetere tre volte e quando riuscì finalmente a decifrare il messaggio, le tipe non c'erano più, eclissate in mezzo alla bolgia.

«Ma dove si saranno cacciate? Voglio almeno fartele vedere» gridò Giovanni alitando il residuo dell'alcol in faccia all'amico. Ormai era in preda a una strana frenesia, si era dimenticato della birra e aveva spostato l'attenzione verso le ragazze. «Vieni».

Afferrò Matteo per un polso e a fatica si fece spazio creando dei varchi tra la ressa. Delle due bionde neppure l'ombra, ma lui andava avanti spinto da una volontà incrollabile. Finché ebbe una specie di vuoto improvviso e si arrese. «Cazzo, ci siamo persi le svedesi». Nella sua proiezione mentale era assolutamente certo che fossero due svedesi.

A notte fonda l'aria si fece fredda e carica di umidità, la musica cessò e tutta la gente, quella che ancora si reggeva in piedi, iniziò a disperdersi.

Giovanni e Matteo dopo qualche giro a vuoto riuscirono a ritrovare la strada per l'ostello. Appena furono in camera si buttarono sul materasso senza nemmeno togliersi i vestiti, colti dall'enorme stanchezza che divampò tutta in una volta.

Si svegliarono nel primo pomeriggio con lo stomaco che brontolava, e allora si rimisero in movimento alla ricerca di un posto in cui mangiare. Dopo aver sbranato due tramezzini ciascuno, restarono seduti sotto il tendone del *Café Opera* al riparo del sole, a riflettere su tutto quello che avrebbero potuto fare da lì a sera.

Giovanni osservava distrattamente il va e vieni sulle *Ramblas*, finché il suo sguardo si posò su un ragazzo che con dei gessetti colorati disegnava immagini sacre sull'asfalto. Allora pensò che anche Matteo avrebbe potuto fare una cosa di quel tipo, magari avrebbero tirato su un po' di soldi e in ogni caso si sarebbero divertiti a vedere la reazione dei passanti.

Era assolutamente certo che il suo amico avrebbe rifiutato, come faceva sempre ogni volta che si trattava di mostrare i suoi lavori in pubblico, però glielo propose lo stesso. Matteo lì per lì non disse niente, sembrava perplesso e preoccupato. Ci impiegò un'infinità di tempo per decidere, ma alla fine rispose che andava bene.

Giovanni sorrise disteso. «Certo che sei davvero strano, avrei giurato che non avresti fatto una cosa del genere nemmeno in cambio di un miliardo».

Matteo disse che non sapeva spiegare bene il perché, però sentiva un'atmosfera ricca di stimoli che lo rendeva più coraggioso e libero, distante anni luce dall'aria soffocante che era abituato a respirare in Italia.

Andarono in una specie di cartoleria e si procurarono dei fogli da disegno e qualche matita, poi si ritagliarono un piccolo spazio ai bordi delle *Ramblas*, e si sedettero per terra. La mano di Matteo Carli cominciò a muoversi sciolta avanti e indietro, mentre il bianco immacolato del foglio si trasformava e a poco a poco prendeva forma attraverso il tratto sfumato del lapis.

Matteo aveva aperto il rubinetto incastrato in qualche angolo del suo cervello, e da lì fuoriusciva tutto quello che aveva immagazzinato a contatto con quella realtà così eccitante. Passanti distratti di fronte alla bottega di vini e liquori *La Lionesa*, una coppia d'innamorati che si baciano all'ingresso del Gran Teatro del Liceu, uno stormo di uccelli che lambisce le guglie affusolate della Sagrada Familia, biciclette mezze rotte davanti a Casa Milà, un vecchio con il bastone in una mano e il berretto nell'altra che chiede l'elemosina a Plaça Reial, bambini intenti a osservare le madri mentre danno loro la mano al Mercato della Boqueria. Ogni cosa scorreva vivida e fantasiosa allo stesso tempo, con quel tocco di grafite che accarezzava dolcemente la carta ruvida donandole un senso di romanticismo.

Giovanni non faceva altro che prendere i disegni una volta finiti, e disporli davanti a loro in modo che i passanti avessero modo di scorgerli. In breve tempo si formò un capannello di persone attratte e incuriosite dal talento di Matteo Carli. Alcuni si fermavano, davano una rapida occhiata e ripartivano; altri stavano lì fermi ad aspettare una nuova creazione; altri ancora

facevano un'offerta.
Arrivò l'imbrunire e Giovanni e Matteo avevano racimolato oltre quattromila pesetas, il che consentiva loro di andare in un buon ristorante a rifocillarsi con una mega paella alla Valenciana. Il sole irradiava un fascio di raggi color vermiglio, nell'aria s'iniziavano a diffondere gli odori e i profumi di pietanze speziate e appetitose. La gente a mano a mano prendeva posto fra i tavolini all'aperto, lasciandosi cullare da quel clima bucolico.
Girarono tra le vie interne, lungo stradine acciottolate, alla ricerca di un locale caratteristico che trasmettesse loro una qualche ispirazione. Dopo un po' si fermarono in una piccola taverna con i tavoli a forma di botte apparecchiati all'aperto, su un fazzoletto di marciapiede in *Carrer dels Escudellers*. Ordinarono un vino bianco fresco e frizzante, che aveva un sapore dolciastro di uva appena raccolta. Matteo Carli se ne versò un bicchiere abbondante e poi un altro ancora. Ormai pareva aver compiuto definitivamente la sua metamorfosi, come la crisalide che si schiude per diventare farfalla.
Restarono a tavola per quasi due ore a prendere in giro la parlata tipica degli spagnoli, finché il proprietario venne a portare il conto, chiedendo loro la cortesia di liberare il posto, poiché c'era gente che ancora aspettava di mangiare. Dunque si alzarono con la pancia piena e si buttarono di nuovo nella mischia, pronti ad acciuffare qualsiasi cosa fosse in grado di destare in loro curiosità e interesse.

Matteo parlava più del solito ed era un po' malfermo sulle gambe, si capiva che non era abituato a reggere il vino. Giovanni si guardava intorno come se stesse cercando qualcosa, e a un certo punto la faccia gli si illuminò.
«Sono le due svedesi, quelle di ieri sera» disse indicando due ragazze sedute in un bar.
«Sei sicuro?» biascicò Matteo tamponandosi il sudore sulla fronte.

«Sì, credo proprio di sì».
Si avvicinarono e quando furono a un passo, Giovanni si rese conto che non erano le tipe della sera precedente, che l'unica cosa che avevano in comune era la fluente chioma bionda, per il resto non c'entravano niente.
Si fece avanti lo stesso. «Ciao» disse.
Le ragazze si lanciarono un'occhiata complice e maliziosa, poi risposero in inglese. «*Hi*».
Giovanni iniziò a esprimersi a gesti indicando le sedie libere.
Le tipe risero divertite. «*Italians*?» chiesero aumentando il volume delle risate.
«*Yes*» fece Giovanni.
Quelle sembrarono ancora più contente e si strinsero per fare spazio.
Una delle due aveva un fisico ben proporzionato e sensuale, ma di viso non era un granché per via del naso sporgente. Nel complesso però non era male. L'altra invece era decisamente troppo abbondante, con i fianchi che le straripavano dalla maglietta aderente. Erano olandesi e abitavano nei pressi di Zoetermeer.
Giovanni cercò di comunicare in qualche modo, disse qualcosa in italiano, in modo molto lento, aiutandosi con ampi gesti delle mani. Le due olandesi non capivano, ridevano a crepapelle dinanzi a quel modo buffo e ingenuo di comunicare.
A un tratto Matteo smise di fare lo spettatore ed entrò in gioco, traducendo in un inglese più che accettabile le frasi dell'amico.
«Non potevi pensarci prima?» gli disse Giovanni dandogli una pacca sulla spalla. Poi chiamò il cameriere e senza interpellare nessuno ordinò una caraffa di sangria. Brindarono con i calici alzati al loro incontro, in quel breve tempo si era già creata una certa chimica.
Dopo aver dialogato allegramente e passato in rassegna quasi tutti i luoghi comuni italiani, una delle due ragazze, quella grossa, tirò fuori dalla borsetta un sacchettino arrotolato contenente marijuana.

«Andiamo a fumare?» chiese nel suo inglese impeccabile.
Giovanni disse che andava bene e che sarebbero potuti andare in spiaggia.
Matteo era completamente annebbiato dall'alcol, lo stomaco gli bruciava e faceva fatica anche solo a reggersi in piedi, mentre le cose che traduceva erano ormai prive di ogni nesso logico.

Giù alla spiaggia di Barceloneta c'erano altri gruppetti di giovani, alcuni dei quali cantavano e suonavano la chitarra in un clima spensierato e coinvolgente.
Giovanni, Matteo e le due olandesi si sedettero per terra, su una porzione di sabbia umida e compatta. La tipa che poco prima aveva tirato fuori l'erba si mise subito all'opera, sbriciolò una sigaretta e mischiò il tabacco alla marijuana fino a rendere il tutto omogeneo; dopodiché utilizzò un biglietto della metropolitana per fare il filtro e infine arrotolò la cartina con cura e precisione. La accese e ne fece tre tiri piuttosto lunghi, poi con aria soddisfatta la passò all'amica che le sedeva accanto. Quindi fu la volta di Giovanni che alla fine del suo turno esitò un attimo, indeciso sul da farsi.
«*Passcia*» farfugliò Matteo con la voce impastata.
Quindi si portò la canna alle labbra e cominciò ad aspirare senza esserne capace, cosicché il fumo gli impregnò le narici e gli raspò la gola. Si alzò di scatto tossendo come un forsennato, poi si spostò lateralmente, si accasciò sulle ginocchia e vomitò pezzi di paella annegati in una pozzanghera di vino e succhi gastrici.
Giovanni si precipitò ad aiutarlo, tenendogli una mano sul collo e l'altra sulla fronte. «Butta fuori tutto» gli ripeteva. «Vedrai che dopo starai molto meglio».
Le due olandesi era come se stessero assistendo a un esilarante sketch comico e non facevano altro che ridere e ridere.
Alla fine Matteo riuscì a espellere tutto ciò che aveva dentro, e siccome l'alcol non era stato ancora completamente assorbito

dal sangue, ciò ebbe l'effetto di farlo sentire più leggero.
Tornarono dalle ragazze e Matteo si sdraiò sulla sabbia. «Devo riposare un attimo» disse piano.
«Come sta?» chiese la tipa più carina.
Giovanni le si sedette vicino, sorrise e fece un'espressione che voleva significare "così così". Poi vennero rapidamente a contatto, lei gli prese con naturalezza la mano e la intrecciò nella sua.
«Ho freddo» mormorò sempre in inglese, tremando come una foglia per facilitare la comprensione.
Giovanni la strinse forte a sé e un secondo dopo le loro bocche si unirono per scambiarsi un lungo bacio che sapeva di fumo e di sangria.
L'altra ragazza si rollò una nuova canna, aveva smesso di sghignazzare e si vedeva lontano un chilometro che avrebbe voluto essere al posto dell'amica e non avrebbe accettato Matteo Carli – sfatto e con la bocca puzzolente di vomito – in sostituzione. Guardò intensamente i due, che incuranti della sua presenza continuavano a baciarsi, accarezzarsi e passarsi le mani nei capelli, finché sembrò infastidirsi oltre ogni limite e allora prese un maglione dalla borsa, lo indossò e si raggomitolò su se stessa con la schiena voltata dalla parte opposta. Ogni tanto lanciava qualche colpo di tosse catarrosa, e pareva lo facesse apposta, con livore e meschinità, soltanto per il piacere di interrompere il sottofondo romantico del mare.
A un tratto, però, dovette averne davvero abbastanza, si tirò su d'impeto, chiamò a gran voce l'amica e le disse che era stufa e che sarebbe rientrata in albergo. Ne scaturì un fitto scambio di battute nel quale si intuiva un principio di bisticcio.
Giovanni diede una rapida occhiata a Matteo nel tentativo di capire se si stesse riprendendo, in quel caso avrebbe cercato di indurlo a occuparsi della ragazza grossa, invitandolo a scambiarci almeno qualche parola. Matteo, però, aveva gli occhi aperti ma non si muoveva di un millimetro, con calma

placida fissava un punto indefinito nell'universo ed era come se nulla di ciò che stava accadendo attorno a lui potesse minimamente scalfirlo.
«Ehi Matte, tutto bene?».
Matteo alzò il pollice.
Un istante dopo la tipa carina si rivolse a Giovanni e un po' con le parole un po' con l'espressione del viso gli comunicò che le dispiaceva ma lei e la sua amica se ne sarebbero andate per conto loro. Prima di allontanarsi tirò fuori dalla borsetta una penna e uno scontrino e ci scrisse sopra il nome e l'indirizzo dell'albergo in cui alloggiavano. Giovanni lo prese e se lo infilò nella tasca laterale dei jeans, ma si affrettò a precisare in qualche maniera che difficilmente si sarebbero potuti incontrare di nuovo, poiché lui e Matteo erano diretti altrove: Siviglia, Valencia, Madrid, poi Portogallo e Marocco e Dio solo sapeva dove. La tipa fece un'espressione di finta rassegnazione e gli diede un ultimo bacio in bocca ma senza lingua. La sua amica era già dieci metri avanti e da tergo sembrava una foca che ciondolava sulla spiaggia.

«Ti dispiace?» chiese Matteo uscendo improvvisamente dal suo stato comatoso.
«No» rispose secco Giovanni. «Era solo una fra le tante persone che incontreremo nel nostro viaggio. Abbiamo trascorso una serata divertente, ma niente di così trascendentale».
Nel suo tono non c'era traccia di alcun sentimento.
Matteo fece un sospiro profondo. «Ti va di fermarci ancora un po' qui? È così bello guardare il mare che si riflette nel cielo, che non ho alcuna voglia di rientrare in ostello».
Giovanni rimase molto colpito da quelle parole, pensò che Matteo Carli avesse colto appieno il senso di quello che stavano facendo, molto più di quanto non riuscisse a fare lui.
«Hai ragione, è troppo bello» disse ed era come se in realtà stesse parlando a se stesso.
Si distese supino su un letto di sabbia, a respirare il vento che

gli soffiava sul viso e aveva un profumo soave. Con la faccia all'insù restò a lungo a contemplare la luna e le stelle, che gli trasmettevano un senso di protezione ma erano lì anche per ricordargli la sua provvisorietà. Chiuse gli occhi e di colpo precipitò in un sonno greve simile all'incoscienza.
A un certo punto si svegliò di soprassalto, era quasi l'alba e il cielo stava a poco a poco assumendo dei contorni di luce. Aveva avvertito qualcosa di umido sfiorargli le labbra, per questo aveva riaperto gli occhi. A pochi centimetri da lui c'era la bocca del suo amico Matteo Carli. Lì per lì non riuscì a mettere a fuoco, sollevò la schiena, si mise a sedere, e facendo leva sulle braccia si spostò all'indietro.
Matteo lo fissava e aveva gli occhi arrossati segnati dal pianto, un'espressione impossibile da decifrare.
«Che diavolo stavi facendo?» gli chiese Giovanni sforzandosi di non perdere il controllo.
«Io... io non lo so».
«Ma come sarebbe a dire che non lo sai? Tu mi stavi dando un bacio sulla bocca, non è così?».
Matteo non rispose, sollevò per aria lo sguardo e in quel momento il cielo si stava tingendo di un rosa sfumato, mentre una sfera infuocata cominciava a sorgere dal mare.
«Parla, porca puttana! Dì qualcosa...».
«Sì, è così».
Giovanni si prese la testa tra le mani con fare disperato. «Perché? Non capisco...».
Il sole emergeva a poco a poco, sempre più grande e meraviglioso.
«Io non ce la faccio più, non posso più» singhiozzò Matteo.
La voce era ancora più stridente e scricchiolante del solito, ma c'era un'asprezza di fondo che la rendeva tremendamente reale.
«Credo di provare un sentimento forte, che va ben oltre l'amicizia».
«Un sentimento forte?» fece Giovanni allibito.

«Sì, è così».
Ci fu un silenzio interminabile, nella psiche di ognuno si affastellavano montagne di pensieri.
«Volevo capire che cos'avrei provato a sentire le tua labbra su di me, il tuo sapore. Non potevo certo domandartelo, capisci? Dovevo farlo e basta. È difficile, non so spiegarti di preciso quello che ho dentro».
«Be', almeno provaci».
Nel frattempo si avvicinarono due netturbini con una casacca arancione fosforescente e un bastone appuntito per raccogliere le cartacce. Dissero qualcosa nel loro catalano stretto e senza attendere risposta continuarono a lavorare.
Matteo era sempre più stravolto, dava l'impressione di poter crollare da un momento all'altro, invece si schiarì la voce e ripartì di slancio. «Sono cresciuto scoprendo giorno per giorno di non essere uguale agli altri compagni di scuola. A me non interessavano le ragazze, non mi piacevano... non me ne è mai piaciuta nessuna, anche se ho sperato che prima o poi le cose potessero cambiare. Nel frattempo si è fatta largo in me una sottile attrazione per i maschi, ma io l'ho respinta con tutte le forze, l'ho presa, l'ho accartocciata e l'ho schiacciata in un angolino della mia mente. E lì è rimasta fino a che sei arrivato tu, che di prepotenza l'hai levata da quell'angolino e me l'hai sbattuta in faccia. Ora come non mai ho capito chi sono davvero e non posso più fingere di esserti amico, perché io sento di essermi innamorato. Mi spiace, non avrei voluto, ma è così, ed è più forte di me, non posso farci niente».
Giovanni ascoltava pietrificato, consapevole che qualsiasi cosa avesse detto o fatto sarebbe saltato tutto per aria. Non aveva mai sentito parlare Matteo Carli in modo così adulto, totalmente in contrasto con il suo essere una persona fragile e incompiuta. Avrebbe voluto digerire quella confessione, lasciarla sdrucciolare via e sperare che si spegnesse da sola, ma pensò che non sarebbe stato giusto.
«Forse è meglio interrompere qui il nostro viaggio» disse in

maniera molto diretta. «Per come si sono messe le cose non avrebbe senso continuare, ci faremmo solo del male».
Matteo annuì, ormai era completamente privo di energie, gli si leggeva in faccia la sofferenza per aver sputato fuori tutto d'un fiato quei cumuli di stati d'animo che si erano solidificati in lui.
Giovanni diede un calcio a una conchiglia, fece un cenno di saluto e si allontanò dalla spiaggia. Aveva un senso di malessere e tutte le ossa rotte per l'umidità della notte trascorsa in riva al mare. Attorno a lui la città cominciava a prendere vita e a dare forma a un nuovo giorno, attraverso il lavorio di garzoni e bottegai che si preparavano ad accogliere i turisti più mattinieri.
A ogni passo le sensazioni negative di Giovanni si acuivano, rendendo il suo dispiacere sempre più forte. Si sentiva vittima di un destino beffardo, che per un motivo o per l'altro lo aveva ridotto alla solitudine, facendogli perdere prima l'amore di Antonella e poi l'amicizia di Matteo. Tutto ciò cui teneva si era dissolto, sgretolato, e lui era stanco e non aveva più voglia di proseguire oltre.
Salì nella camera dell'ostello, si affacciò alla finestra e l'atmosfera idilliaca del *Barrio Gótico* era come evaporata. Sistemò le sue cose dentro la valigia, stando attento a non svegliare gli altri ragazzi che dormivano e scivolò fuori svelto e silenzioso come un gatto, diretto alla stazione per prendere il primo treno che lo avrebbe riportato in Italia.

La luna filtrava dalle fessure delle tapparelle e proiettava sulla sua pelle una luce flautata, che le rimbalzava addosso e si propagava in tutta la stanza.
Potrebbe essere la perfezione, pensò lui mentre con le dita le accarezzava i capelli dorati, per poi scendere sulle spalle e proseguire lungo la linea morbida dei fianchi. Non riusciva a prendere sonno. Non dopo aver assaporato il nettare di quello squisito frutto esotico. Avrebbe voluto svegliarla e descriverle quello che sentiva, ma si rendeva conto che con le parole sarebbe stato difficile comunicare cose come queste. E allora si limitava a osservarla ed era come se stesse osservando un lago placido, senza l'ombra di un'increspatura. Aveva dentro di sé un senso profondo di pace, ma al tempo stesso sentiva un'esplosione invisibile e impossibile da spegnere. Non si può spegnere il fuoco della passione. Non quando arde in una maniera tale che brucerebbe anche il mare.

Matteo si spinse oltre. Il suo viaggio, quello che lo aveva portato alla consapevolezza di sé, era soltanto agli inizi. Colto da una curiosità non arginabile e dalla voglia di conoscere fino in fondo una porzione di mondo, cominciò davvero la sua grande avventura, che lo portò alla scoperta della penisola Iberica: Valencia, Granada, Siviglia, Lisbona, Sintra, Porto, La Coruña, Santander, Bilbao e Madrid. In Marocco invece non ci arrivò mai.
In ogni luogo – eccezion fatta per Madrid dove sostò più a lungo – si fermava al massimo due o tre giorni, giusto il tempo di registrare un mucchio di elementi da riversare nei suoi disegni, grazie ai quali si guadagnava quei pochi soldi che gli bastavano per mangiare e dormire. Ovunque andasse si cercava

uno scorcio, un lembo di strada, per mettersi giù a riprodurre su carta quel reticolo di persone, luoghi e cose che incontrava lungo il cammino. Un bambino che lancia dei sassolini nel Golfo di Valencia, inondato dalla luce crepuscolare del primo tramonto. Un'anziana che con la schiena curvata dagli anni percorre uno stretto vicolo di *Albaicin*, il quartiere antico di Granada. Un uomo seduto sulla seggiola in un'angusta stradina di Lisbona, che con la chitarra in mano e gli occhi gonfi di malinconia, suona una struggente musica lusitana, mentre dal balcone sopra di lui pendono delle lenzuola stese e hanno l'effetto di un sipario che sta per calare.
A differenza di prima il suo stile si era fatto più cupo e meno definito, sembrava avere a disposizione un'infinita varietà di soggetti. A volte era ispirato dall'ambiente mite della campagna, altre volte da quello inquieto della città. Click, click, click, scattava foto su foto che andavano a riempire l'album che aveva nella testa.
Non c'era giorno che non pensasse a Giovanni Pompini, il solo e unico amico che avesse mai avuto in tutta la sua esistenza, perduto per colpa della sua diversità. E proprio in questo vuoto così difficile da colmare, cresceva un'insoddisfazione famelica che lo stava costringendo a venire fuori dal suo guscio.

Una sera, mentre girovagava per una Madrid tentacolare, incappò in un locale per gay. Restò fermo sulla soglia, poi proseguì oltre e fece due giri avanti e indietro per l'isolato, incerto sul da farsi. Dopo mille ripensamenti, decise che era giunto il momento di fare il passo decisivo e di varcare la sottile linea di confine sulla quale stava a cavallo da troppo tempo.
Entrò e si sedette al bancone, cercando di dissimulare tutta la tensione che aveva addosso. Ordinò un bicchiere di Porto rosso e restò in attesa che succedesse qualcosa. Nel frattempo scrutava di nascosto le facce degli altri clienti, quasi volesse cogliere la diversità dipinta sul volto di ognuno. Notò che alcuni ce l'avevano davvero questa diversità, mentre altri, la

maggior parte, non avevano alcun segno di riconoscimento. Si specchiava nel vetro dietro al bancone e gli pareva di appartenere a questa categoria di uomini comuni, e questo lo rassicurava perché lo faceva sentire al riparo, meno distinguibile.

Poco dopo si avvicinò un ragazzo sulla trentina e si andò a sistemare sullo sgabello di fianco al suo. Gli sorrise e iniziò a parlare in maniera fluida e molto veloce, e allora Matteo lo interruppe facendogli segno di rallentare, che lo spagnolo un po' lo capiva a patto che venisse scandito bene. Quello si scusò, disse che era talmente sicuro di parlare con uno del suo paese che non si era minimamente posto il problema. Mentre lo diceva gli brillavano gli occhi, sembrava ancora più contento ed eccitato di essere in compagnia di un ragazzo straniero. Rimasero a fissarsi qualche istante, poi il tizio domandò a Matteo in quale circostanza potesse averlo già visto, ché aveva un volto familiare.

Matteo alzò le spalle e rispose che probabilmente lo stava confondendo con qualcun altro. Quello rispose che forse aveva ragione, però si vedeva che non ne era del tutto convinto. Continuò a pensarci, finché all'improvviso ebbe l'illuminazione.

«*Tú eres el artista*».

Matteo annuì imbarazzato, come tutte le volte che qualcuno lo definiva artista.

Il ragazzo spagnolo era sempre più esaltato, andò avanti a sperticarsi in elogi e complimenti, disse che proprio un paio di giorni prima si era fermato per quasi un'ora a osservarlo disegnare, e che avrebbe voluto comprare una delle sue creazioni ma quella mattina era uscito senza portafoglio.

Matteo ascoltava e annuiva, lasciandosi trasportare dalla corrente. Una corrente intensa che lo portò a concludere la serata a casa di quel tipo appena conosciuto. Entrarono in un piccolo appartamento al terzo piano di una palazzina che si affacciava sulla chiesa di San Andrés. Camminarono in mezzo a pile disordinate di videocassette, libri sparpagliati ovunque e una moltitudine di oggetti sparsi un po' a casaccio. Superato questo scomodo percorso a ostacoli, si sedettero entrambi sul divanetto.

Il ragazzo spagnolo chiese a Matteo che cosa voleva bere, e questi rispose che un bicchiere d'acqua andava benissimo. Allora provò a insistere, nel tentativo di convincerlo a fargli compagnia con un bicchiere di vino, ma Matteo continuò a rifiutare in maniera decisa. Faceva caldo e aveva la gola secca, inoltre non essendo ancora abituato a reggere l'alcol voleva evitare di perdere il controllo delle sue azioni. A quel punto il ragazzo spagnolo fu costretto ad arrendersi, sparì un paio di minuti in cucina e tornò con dell'acqua fresca per Matteo e un calice abbondante di vino bianco per sé. Quindi propose un brindisi e si capiva che stava recitando a memoria una parte che chissà quante volte aveva messo in scena. Era altresì evidente che in quel frangente stava cercando il modo per rompere il ghiaccio, così indicò lo stereo e chiese a Matteo se gli andava di ascoltare un po' di musica d'atmosfera. Matteo fece no con la testa, aggiunse che non era necessario. *Facciamo in fretta*, pensò.

Il ragazzo spagnolo continuò a sorseggiare il suo vino, e a ogni sorso il suo sguardo diventava languido e allusivo, rendendo sempre più esplicito il suo tentativo di seduzione. Non appena finì di bere appoggiò il bicchiere per terra, si avvicinò a Matteo e gli mise un braccio intorno al collo, trascinandolo a sé.

Un secondo dopo le loro labbra vennero a contatto, le lingue si sciolsero, lottarono e s'intrecciarono in un bacio profondo. *Eccoci*, disse tra sé Matteo e chiudendo gli occhi non fece altro che lasciarsi trasportare, cercando di non far emergere che quello era il suo primo vero bacio; non perché se ne vergognasse, ma solo per evitare di caricarlo di significati e aspettative. Mentre era lì avvinghiato a quello sconosciuto, pensava che fino a poco tempo prima non avrebbe mai lontanamente immaginato di finire in una situazione del

genere, a come fosse lunga e complicata la concatenazione di eventi che lo aveva condotto fino a quel punto, a come era stato determinante l'incontro con Giovanni e quell'amore utopistico che aveva nutrito nei suoi confronti.
Con il passare dei secondi il ragazzo spagnolo si faceva sempre più audace, sfilò la maglietta di Matteo e cominciò a leccarlo dappertutto sul petto e sul collo, fino a scendere e a inginocchiarsi sul pavimento per slacciargli la cerniera dei pantaloni.
Matteo avvertì un fremito d'eccitazione che salì rapidamente per poi precipitare e annegare nel mare dei suoi sensi di colpa, che lo travolsero come una secchiata d'acqua gelida. Si rese conto di non essere ancora pronto a fare il grande passo.
«No» disse.
Scansò il tipo sotto di lui che era a un passo dallo sfilargli i jeans, si alzò in piedi e corse via fino alla porta d'ingresso. Mentre scendeva le scale, si rimise la maglietta e si riallacciò i pantaloni.
Il ragazzo spagnolo non la prese per niente bene, uscì sul pianerottolo e gli urlò: «*Hijo de puta... Italiano de mierda...*», più una sequenza chilometrica di maledizioni che tutto il palazzo poté udire; quindi si spostò alla finestra e andò avanti con gli improperi fino a quando Matteo non scomparve definitivamente dalla sua vista.

Dopo quell'episodio Matteo era ancora più confuso e spaventato, per questo scelse di non tornare in Italia ma di fermarsi a Madrid per fare chiarezza dentro di sé. Quasi ogni sera tornava al locale gay nel quartiere di *Chueca*, in cerca del coraggio di vivere la sua esistenza per quello che era. Ascoltava le storie degli altri e si rendeva conto che erano tutte piuttosto superficiali, nessuno sembrava aver voglia di raccontarsi per davvero, nessuno era disposto a svelare il percorso che lo aveva portato fino a lì. Lui catalogava, prendeva appunti mentalmente, e alla fine trovava sempre una scusa per sottrarsi

ai tentativi di adescamento.
Fino al giorno che conobbe Fabrizio, uno studente italiano che si trovava in Spagna per il progetto Erasmus. Non si incontrarono nel recinto del locale gay, bensì per la strada, in maniera fortuita e naturale. Fabrizio stava passeggiando e venne attirato dalla piccola folla di persone intorno a Matteo, all'opera con le sue creazioni. Rimase tutto il pomeriggio a osservare il giovane artista in azione, totalmente attratto dalla bellezza di quei disegni, così immediati e al tempo stesso così pieni di rifiniture.
Quando al calare della sera Matteo riemerse dal suo lavoro, si ritrovarono da soli e iniziarono a scambiarsi qualche parola.
«Non avevo mai visto niente del genere» disse Fabrizio.
Matteo si chiuse sulla difensiva. «Sono solo disegni, niente di che» rispose.
«Niente di che, dici... Sarà... ma mentre li osservavo ho avuto la netta sensazione che a un certo punto si sarebbero animati e avrebbero preso vita».
Le gote di Matteo Carli divennero fucsia. «Che esagerazione!».
«No, guarda che non esagero affatto...».
Rimasero a parlare fino a che la luce del giorno lasciò il posto alle ombre della sera, quindi decisero di andare a mangiare qualcosa insieme. Matteo aveva colto fin da subito dei segnali negli sguardi e nei gesti di Fabrizio, gli stessi segnali che aveva imparato a cogliere nelle serate trascorse al locale gay.
Spinti da un'attrazione reciproca trovarono un pretesto per rivedersi di nuovo, e da lì cominciarono a frequentarsi con regolarità. Fabrizio dimostrava di essere diverso dagli altri, fin da subito aveva manifestato i suoi sentimenti in maniera verace e aveva condiviso appieno quella che era la sua esperienza, mettendola a disposizione di Matteo per cercare di sgarbugliare insieme la matassa delle sue paure.
«Dimmi una cosa...» fece Matteo all'uscita del Jazz Club *Clamores*, nella penombra di una mezzaluna parzialmente coperta da una scia di nuvole. «Hai mai amato qualcuno, senza

poterne fare a meno, con la consapevolezza che non saresti mai stato ricambiato?».
Fabrizio lo fissò con un sorriso amarognolo. «Credo di capire cosa intendi... Sì mi è successo e mi ha fatto male, ma una volta che lo superi ti accorgi che non è poi sbagliato».
«In che senso?».
«L'amore... Voglio dire... L'amore in ogni sua forma è già di per sé una cosa enorme, stupenda, forse l'unica per cui valga la pena venire al mondo. Quindi provare dentro di sé una cosa di questo tipo non può che arricchirci, anche quando ci fa soffrire... Solo che lo capiamo a distanza di tempo».
«Capire... A volte mi succede di non capire più nemmeno quello che sono».
«Lo so, è così anche per me».
«Certe notti mi sveglio di soprassalto con un'angoscia insopportabile e non so come farla fuori».
Fabrizio passò il braccio attorno alle spalle di Matteo e lo strinse a sé.
«Secondo me è tutto piuttosto semplice... Devi solo decidere di finirla di fare drammi e accettarti così come sei», e detto questo lo baciò sulla bocca, incurante delle persone intorno che li guardavano con aria strana.
«... Ed essere felice... Tutto qui».
Trascorsero altro tempo insieme, finché, lentamente, Matteo capì che era arrivato il momento di varcare la frontiera tra ciò che era e ciò che sarebbe stato. Così, in una fresca notte di fine estate fecero l'amore, mossi da una passione autentica e non più rimandabile. Per Matteo fu come tuffarsi in mare da una ripida scogliera, andare giù a piombo e poi venire su in fretta, mettere la testa fuori dall'acqua e accorgersi di essere vivo.

Giovanni Pompini era rientrato a Piacenza senza nessuna voglia di dare spiegazioni ai genitori, preoccupati nel vederlo tornare a casa tutto trafelato e a così breve distanza dalla partenza. Lo lasciarono in pace un paio di giorni, poi suo padre

lo svegliò una mattina sventolandogli malamente sotto il naso una serie di pezzi di carta.
«Non voglio vederti fare il debosciato! Comunque sia, il tuo viaggetto l'hai fatto... Adesso bisogna darsi una mossa... Mica puoi rimanere rintanato qui dentro per l'eternità». Aggiunse che una buona istruzione è davvero importante, che intanto lui aveva fatto qualche giro qua e là presso alcune facoltà universitarie, raccogliendo i depliant con i programmi delle materie e gli sbocchi occupazionali.
Giovanni rispose che ci avrebbe dato un'occhiata con calma, ma la verità è che si sentiva incastrato in un angolo, obbligato a compiere delle scelte di cui non gli importava nulla. Provò per davvero a leggere quelle carte, ma più si sforzava di trovare qualcosa che lo coinvolgesse, più otteneva la stessa generica mancanza d'interesse. Era come soffocato da un disagio interiore che aveva il volto di Antonella Spano e Matteo Carli, ma al di là di questo non aveva una forma precisa.
L'indomani fece piccoli preparativi, disse ai suoi: «Riparto. Starò via un po'», quindi salì sul treno per Rimini, dove ad attenderlo c'era suo cugino Roberto. Piuttosto che stare lì braccato a farsi prendere dallo sconforto e dall'ansia, aveva pensato di rifugiarsi per un po' da suo cugino, che era un tipo abbastanza superficiale e perlomeno lo avrebbe aiutato a non lambiccarsi il cervello. Nonostante la prospettiva di essere catapultato dal viaggio *on the road* in terra iberica alla vacanza in stile villaggio turistico della riviera romagnola, un po' lo deprimesse.
Suo cugino Roberto era un ragazzo di qualche anno più grande di lui e anche se era iscritto alla facoltà di Giurisprudenza, la sua attività principale era quella di barman nelle discoteche. Durante la stagione invernale lavorava tra Piacenza e Milano, mentre l'estate la trascorreva interamente giù in riviera, il posto che amava di più in assoluto e nel quale progettava di trasferirsi definitivamente il giorno che avesse trovato la forza di chiudere con quella farsa dell'università, buona solo per

dare un contentino al padre, l'unico che ancora ci credeva.

Quando scese alla stazione, Roberto era lì ad attenderlo, con l'aria di uno che era sveglio da cinque minuti e un colorito che poco aveva a che fare con la stagione e il posto di mare.
Si abbracciarono, Roberto gli mollò una forte pacca sulle spalle, gli disse: «Ehi».
«Ehi» rispose Giovanni.
Attraversarono i binari infischiandosene del sottopassaggio e si diressero a piedi verso l'appartamento in cui alloggiava Roberto, un bilocale messo a disposizione dalla direzione della discoteca presso cui lavorava, e che condivideva con altri due camerieri. Lui era il più anziano e aveva preteso la camera singola con letto matrimoniale, che in genere aveva funzione di alcova ma che all'occorrenza era utile anche per ospitare qualche amico.
Roberto si sedette a gambe incrociate al centro del lettone sfatto, prese una bottiglia di tè freddo appoggiata sul comodino e se la attaccò alle labbra, con la bramosia di uno che non beveva un goccio d'acqua da giorni. Poi offrì quel che ne restava a Giovanni, che però rifiutò.
«Avanti, per telefono mi hai accennato qualcosa ma non ho ben capito, quindi raccontami per benino quello che ti è successo, partendo dal principio».
Giovanni aveva voglia di sfogarsi, iniziò a confessarsi cercando un modo per descrivere le cose che gli erano capitate che non risultasse semplicistico o banale. Parlò a lungo di Antonella e del naufragio di quella che per lui era stata la sua prima vera storia d'amore; di Matteo, del viaggio interrotto e della loro amicizia bruciata in una strana notte catalana; dei suoi genitori, delle aspettative che nutrivano nei suoi confronti e di come lui non avesse nessuna idea riguardo al futuro.
Roberto ascoltava con un'attenzione limitata solo a certe parti del discorso.
«Mmh» mormorava di tanto in tanto.

Si fece delle grasse risate a proposito della storia di Matteo Carli. «Ma dai! Incredibile... Veramente? E tu non ti sei mai accorto di nulla?».
Giovanni era tutto sudato, un po' per il caldo e un po' per la frustrazione di non essere in grado di esasperare la situazione per renderla drammatica nella dovuta maniera. Più si addentrava nel racconto più aveva come l'impressione di essere stupido e puerile.
A un certo punto Roberto estrasse dal cassetto del comodino un piccolo involucro di carta stagnola nel quale era avvolta una pallina marrone scuro, molto simile a un pezzo d'argilla. La strinse tra il pollice e l'indice e da sotto cominciò a scaldarla con la fiamma dell'accendino, in modo da sbriciolarla.
«È hashish?» chiese Giovanni.
«È *cioccolato*» rispose Roberto concentrato nelle sue operazioni.
Quando ebbe finito di confezionare la canna, la accese e nell'aria iniziò ad alzarsi una sottile linea di fumo che riempì la stanza di un profumo intenso e aromatico. Se la passarono l'uno con l'altro finché non rimase che il filtro umido della loro saliva.
«Hai fatto bene a venire da me» sentenziò Roberto con aria solenne.
Giovanni si guardò intorno e vide il soffitto ruotare su se stesso, poi chiuse gli occhi e si sentì precipitare nel vuoto.
«Forse l'hai fatta un po' troppo carica» disse.
Roberto sogghignò e prese ancora un sorso di tè dalla bottiglia, le sue percezioni sembravano intatte, inalterate.
Per un po' si calarono in una situazione fatta di frasi lasciate a metà e gesti al rallentatore, poi arrivò la fame chimica e allora scesero in strada e raggiunsero una piadineria lì vicino. Divorarono letteralmente due piadine e due birre in bottiglia a testa, poi Roberto disse a Giovanni di lasciare stare, che avrebbe pensato lui al conto. Aspettò che non ci fossero altri clienti, quindi si avvicinò alla cassa e iniziò una fitta conversazione

con il proprietario. Di punto in bianco tirò fuori dalla tasca un pezzo di carta stagnola identico a quello di prima e glielo passò con una stretta di mano, dopodiché si diedero una pacca sulla spalla e si salutarono con molta cordialità.
Appena fuori dalla piadineria, Giovanni non riuscì a fare a meno dal trattenersi e chiese a bassa voce a suo cugino se per caso non fosse uno spacciatore, sottolineando marcatamente quest'ultima parola.
«Uno spacciatore? Ma come parli? Che cazzo dici?» rispose Roberto tra il seccato e il divertito. «Quello è un mio caro amico, uno che frequenta il giro dei locali. Ci scambiamo qualche piacere a vicenda, tutto qua».
«Capisco» disse Giovanni guardando per terra.
«Adesso scusami» riprese Roberto, «ma ho assolutamente bisogno di dormire un paio d'ore, se no poi non sto in piedi. Riposati un po' anche tu che stasera ti porto con me in discoteca e si va avanti senza sosta fino all'alba».

Arrivarono alla discoteca *Insane* che mancava ancora un'ora all'apertura, in modo che Roberto potesse avere il tempo di sistemare i suoi attrezzi del mestiere. Non era per niente facile riuscire a stare dietro a quella baraonda di ragazzi, che si presentavano in massa al bancone con il biglietto del *free drink* in mano, e chiedevano un cocktail esotico o una marca di rum particolare da mischiare con la Coca Cola. Bisognava avere dimestichezza ed essere molto svelti, altrimenti si rischiava di creare un ingorgo inestricabile. Roberto con il tempo aveva imparato a destreggiarsi con grande disinvoltura e per questo era considerato un ottimo barman.
Appena misero piede nel locale, Roberto si rese conto che nell'aria c'era qualcosa di strano, si respirava una specie di cappa d'ansia molto diversa dalla tranquilla organizzazione di sempre. Tra gente che andava e veniva di corsa, il telefono che squillava in continuazione, le imprecazioni che arrivavano ovattate da dietro la porta della direzione, sembrava di essere

in una polveriera pronta a esplodere.
«Cos'è successo? Che è tutto 'sto casino?» chiese Roberto rivolgendosi a uno della sicurezza.
«Boh! Pare che Jerry Mix abbia dato buca all'improvviso e ora è tardi e non si trova un sostituto neanche a pagarlo a peso d'oro».
«Che vuol dire che ha dato buca?» fece Roberto sbigottito.
«Dicono che abbia perso la testa per una tedesca e che di punto in bianco sia partito insieme a lei per Berlino».
«Berlino?».
Il tipo della sicurezza asserì. «Berlino, sì».
In quel mentre sbucò dal suo ufficio Paride Brigati, il capo. Era visibilmente stravolto, come se dentro quello stanzino avesse combattuto un incontro di lotta libera. Fece dei rapidi passettini per raggiungere il centro della sala, si asciugò il sudore con un fazzoletto di stoffa e batté forte le mani. «Un attimo di attenzione» disse. «Un attimo di attenzione» ripeté più forte e il mormorio intorno si tramutò in silenzio. «Questa sera, a causa di un imprevisto cui è impossibile porre rimedio in tempi brevi, il locale resterà chiuso. Può essere che ci voglia qualche giorno prima che riusciremo a risolvere la faccenda, perciò andate pure a casa e rimanete in attesa di nostre istruzioni».
Parlava sforzandosi di tenere in pugno la situazione, ma in realtà era sgomento al pensiero del grave danno economico e d'immagine che sarebbe scaturito a seguito di tutto ciò.
Dannato deejay del cazzo, se solo ti azzardi a tornare in Italia ti faccio sparare. Te lo giuro quanto è vero Iddio.
La voce di una delle PR si levò improvvisa a spezzare il flusso dei suoi pensieri. «Ma non si riesce proprio a sostituire Jerry Mix?».
L'ovvietà della domanda e il tono da civettuola con cui era stata posta, fecero salire la collera di Paride Brigati ai massimi livelli di guardia. Gli occhi fiammeggianti erano due fucili a canne mozze puntati dritti contro la sciagurata PR.

«Oh! Sostituire il deejay... Guarda un po' che bella idea» disse con ironia affilata. «Com'è che ti chiami?»
«Miriam».
«Bene Miriam, visto che sei una tipa brava a dare suggerimenti», allargò le braccia ed esplose, «mi vuoi dire dove cazzo vado a trovare un fottutissimo deejay all'ultimo minuto? Perché per tua informazione devi sapere che ne abbiamo contattati già più di cinquanta e sono tutti, e dico tutti, già impegnati. Pare proprio che nessuno, neanche un cane malato, questa sera possa essere dietro quella consolle di merda. Quindi, per favore, aprite la bocca solo se avete qualcosa di intelligente da dire. Sono stato chiaro?».
Ci fu un brusco silenzio, nessuno osava più azzardarsi a proferire parola; nessuno tranne Roberto, che in un baleno sentì nascere un'intuizione che gli parve intelligente e non riuscì a trattenersi dall'esporla. «Io conosco la persona che potrebbe fare al caso nostro».
Paride Brigati si voltò verso di lui e gli posò addosso uno sguardo alienato.
«E chi sarebbe?».
«Eccolo qua» disse Roberto cingendo le spalle di Giovanni. «Lui è mio cugino, ed è uno che con i dischi ci sa fare... Altroché se ci sa fare».
Giovanni si spostò lateralmente per scrollarselo di dosso. «Ehi, ma che cazzo ti è preso? Signore lo scusi, non gli dia retta, non sa quello che dice».
Paride Brigati aveva molta stima di Roberto, lo aveva sempre giudicato un ragazzo in gamba, serio e affidabile. Proprio per questo non gli faceva mai mancare il lavoro, collocandolo di volta in volta nei locali di sua proprietà, secondo le esigenze aziendali. Quindi pensò che se aveva fatto quella sparata, in un momento così delicato, qualcosa di vero doveva pur esserci. Un sorrisetto gli arricciò le labbra e senza curarsi minimamente delle parole di Giovanni invitò i due ragazzi a seguirlo nel suo ufficio.

Giovanni sentì che le gambe non lo reggevano, mentre la testa gli girava a tal punto da fargli percepire un movimento ondulatorio della discoteca, come se fosse su una barca in mezzo al mare in tempesta. Una bicchierata di sudore freddo gli bagnò le ascelle e la schiena.

«Ma ti ha dato di volta il cervello? È per via delle canne?» disse sottovoce. «Io non sono capace, guarda che qui si mette male».

Roberto gli sorrise nella sua maniera rassicurante con la quale affrontava tutte le cose, come se niente fosse mai un problema. «Tu sei capacissimo, lo fai tutti i giorni. Inoltre in questa discoteca si suona una dance commerciale, la stessa che ascolti tu».

«Sì va be', ma che c'entra. Un conto è essere in camera mia, da solo, con il mio impianto stereo... un conto è essere qui di fronte a centinaia di persone che pagano il biglietto per ballare».

«Embè? Quanto la fai lunga! Non c'è da aver paura, è molto semplice: te ne stai lì dietro alla tua postazione, metti su della buona musica, ogni tanto dici due parole, e alla fine vedrai che ti sarai divertito e avrai pure guadagnato un po' di soldi, che quelli non fanno mai male».

«Sì, ma la strumentazione?».

«È facilissima da usare. Lì c'è il nostro tecnico del suono che in un attimo ti spiega dove mettere le mani».

«Si, ma...».

«Che palle Giò, con tutte 'ste ansie. Fidati, andrà alla grande. E ora sbrighiamoci che il boss ci sta aspettando» e così dicendo lo afferrò per un braccio e lo spinse a forza nell'ufficio di Paride Brigati.

«Te la senti?» gli chiese subito quest'ultimo.

«No» reagì d'istinto Giovanni.

Roberto gli mollò un calcetto negli stinchi.

«Cioè sì» si corresse.

Paride Brigati si accese una sigaretta e ne offrì una ai ragazzi.

Ormai aveva deciso di accollarsi quel rischio e siccome non c'era più tempo per i lunghi discorsi, si limitò a qualche piccola raccomandazione.
Infine si rivolse a Roberto. «Ho fiducia in te, ma voglio che tu sappia che se le cose vanno male ti strizzo le palle fino a fartele esplodere».
Subito dopo scoppiò a ridere fragorosamente. «Dovreste vedere le vostre facce... Su, state sereni, stavo solo scherzando».
Diede due colpi di tosse secca e metallica, poi si ricompose. «Ora sarà meglio che andiate a prepararvi. Ah, un'ultima cosa. Ce l'hai un nome d'arte?».
«No».
«Come ti chiami?».
«Giovanni».
«Di cognome?».
«Pompini».
«Pompini? Dici sul serio?».
«Sono serissimo».
Paride Brigati a fatica riuscì a soffocare la risata che gli premeva nella gola.
«Giovanni Pompini, dunque, vediamo un po'». Ci rimuginò sopra qualche istante, poi ebbe l'illuminazione. «Ci sono. Ti chiamerai Johnny P.» disse accompagnando la frase con un gesto della mano.

Giovanni si trovò sballottato e catapultato dietro la consolle di una delle più grandi discoteche della riviera romagnola. Dentro di sé continuava a stramaledire suo cugino che l'aveva messo in mezzo per farsi bello col capo.
Calmo, devi stare calmo.
Fece una serie di respiri lunghi e profondi nel tentativo di trovare la concentrazione per scegliere i dischi da mixare in sequenza e capire come far funzionare tutta quell'apparecchiatura elettronica.
Per alleggerire la tensione Roberto gli portò un mega bicchiere

di qualche cosa. «Prendi, ti aiuterà a scioglierti».
Giovanni ne mandò giù un sorso e il sapore fortissimo gli fece avvampare la bocca e lo stomaco.
«Ehi, ma che razza di roba è?».
«Long Island».
«Sembra benzina».
Roberto fece una piccola risata. «Bevi bevi, che ti fa bene» e così dicendo tornò a occuparsi del bar.
In un batter d'occhio la gente iniziò ad affluire e a mano a mano la pista da ballo andava riempiendosi, fino a diventare un agglomerato indistinto di corpi parzialmente illuminati dalle stroboscopiche.
Era venerdì sera e c'era un gran casino. Giovanni osservava dall'alto quel formicaio di teste, braccia alzate e sudore, intanto miscelava pezzi e creava un flusso sonoro continuo, che a giudicare dalle grida e dai movimenti giù in pista sembrava piacere. Finalmente cominciò a rilassarsi per davvero, aprì il microfono e provò a buttare lì qualche frase, le prime cose che gli venivano in mente, e la voce che usciva era sempre la sua, però gli sembrava nettamente migliore: graffiante e incisiva, proprio come dovrebbe essere la voce di un deejay.
Alla fine della nottata non era per niente stanco, l'adrenalina gli era entrata in circolo come una droga e lui era sovraeccitato e sentiva che sarebbe potuto andare avanti un giorno intero senza mai fermarsi. Chiuse le danze con *Forever Young* degli *Alphaville*, poi anche gli ultimi irriducibili si arresero alla notte e strisciarono fuori dall'*Insane* come piccoli pesciolini portati via dalla corrente. A quel punto le luci psichedeliche lasciarono il posto al gas dei neon e nel locale calò un silenzio irreale, squarciato qua e là dal vociare dei ragazzi dello staff.
Roberto corse incontro a Giovanni e lo abbracciò. «Sei un grande, sei un grande...» ripeté all'infinito.
Paride Brigati sbucò dalla porta del privè e si mise a strillare: «Johnny, Johnny. Vieni un po' qua».
Gli strinse la mano e gli chiese di lavorare per lui fino al

termine della stagione estiva. Giovanni rispose sull'onda dell'emozione, disse che andava bene; e così si ripresentò in postazione, ogni notte sempre più sicuro e brillante, facendo sfoggio di un'invidiabile cultura musicale e di una naturale propensione a manovrare gli strumenti del disc jockey. Il popolo della notte mostrava grande apprezzamento nei suoi confronti, il nome del deejay emergente Johnny P. prese a circolare nell'ambiente, tanto che alla fine Paride Brigati fece due conti e decise di tenerselo stretto, proponendogli un ingaggio anche per il periodo invernale, nei suoi locali sparsi tra Piacenza e Milano.

Giovanni ripensò a quella folle estate nella quale erano accadute tutte quelle circostanze che lo avevano spinto fino a lì, e cominciò a credere alle coincidenze. Accettò la proposta di Paride Brigati come sospinto da una frizzante brezza marina che lo faceva sentire meno precario e più sicuro di sé. Gli sembrava di aver finalmente trovato un ruolo e una direzione, e questo lo rendeva pieno di energie e sommerso da una miriade di sensazioni positive.
Al rientro a casa, però, i suoi genitori continuarono a pressarlo affinché non mollasse gli studi e si cercasse una facoltà, dissero che il lavoro da deejay non è un vero lavoro e che il futuro è davvero una cosa importante. Per quieto vivere decise di accontentarli e cominciò a girare un paio di università, dando un'occhiata ai titoli dei corsi e al numero di esami. Alla fine scelse Scienze Politiche, che gli sembrava avesse materie abbastanza abbordabili e tutto sommato in linea con quelle che potevano essere le sue attitudini. Ma per il momento l'unica cosa che contava davvero era la sua nuova occupazione da deejay, quando smetteva i panni anonimi di Giovanni Pompini e indossava quelli super fighi di Johnny P.; gli piaceva immaginare di essere Paperino quando si trasforma nel suo alter ego Paperinik.

Un sabato che era di scena al *Crazy Boy* di Milano, tra la calca di gente e le luci colorate, gli parve di scorgere una creatura di una bellezza abbacinante, che si muoveva sinuosa sul cubo al ritmo della sua musica. Era vestita pochissimo, una minigonna inguinale che le aderiva alle cosce e una striscia di pelle che le fasciava i seni e le lasciava scoperta la pancia e le spalle. L'effetto delle stroboscopiche la faceva apparire in una sequenza non stop di pose sensuali e immaginifiche.
Ne aveva viste molte altre di cubiste belle ballare in maniera provocante, ma questa le batteva tutte, era di un altro pianeta, e a giudicare dagli sguardi assatanati dei maschi ai piedi del cubo, dedusse che non era il solo a essersene accorto. Tuttavia lei dava l'idea di non curarsi di niente e nessuno, si limitava a ballare con assoluta indifferenza, lo sguardo fisso verso l'ignoto, algida e spettacolare, sembrava una dea in piedi sopra una nuvola.
Per tutta la notte non le staccò gli occhi di dosso e a un certo punto ebbe l'impressione che per una frazione di secondo anche lei ricambiasse il suo sguardo e allora si sentì colpire da una violenta scossa elettrica, tanto che si dimenticò di mixer, microfono e quant'altro, e con la fantasia si mise a volare.
Immaginò loro due che si rotolavano nudi su una spiaggia cristallina di uno di quegli splendidi posti da cartolina; la pelle di lei si confondeva quasi con il bianco immacolato della sabbia, mentre gli occhi riflettevano l'azzurro del cielo e diffondevano tutt'intorno un senso di armonia e benessere.
Poi la sequenza mixata finì di colpo e tutta la massa ignorante si girò verso la sua postazione, in attesa del verbo del deejay. Giovanni si riprese dallo stato di trance e rientrò nella parte di Johnny P., acciuffò il microfono e pronunciò le prime due parole che gli passarono per la mente: «Sei stupenda».
Mezzo secondo dopo si affrettò ad aggiustare il tiro. «Siete tutte stupende. Questo pezzo è dedicato a voi, ragazze belle del *Crazy Boy*».
Un urlo animalesco d'approvazione si levò dalla pista,

dopodiché la musica ripartì a tutto volume. Giovanni si tamponò la fronte sudata, mandò giù un paio di sorsi di birra e tornò ad ammirare il suo cobra incantatore che spariva e riappariva a ogni battito di ciglia sotto il flash delle luci, provocando in lui uno sconvolgimento dei sensi che confluiva e ristagnava nel basso ventre.
Al termine di quella lunga nottata saltò giù dalla postazione e si fece incontro a Roberto, prendendolo da parte.
«Chi è quella tipa?» domandò col fiatone.
Roberto roteò gli occhi, era affaccendato a rollarsi una canna.
«Quale?».
«La cubista, quella strafiga pazzesca».
«Ah! La cubista...».
«Eh, quindi?».
Roberto sospirò e si accese la canna, poi restò in silenzio ad assaporare l'hashish che gli entrava nei polmoni.
«Allora?» lo incalzò Giovanni spazientito per quel modo di fare di suo cugino, che ogni tanto aveva la tendenza a dilatare i tempi all'infinito.
«Ti piace, non è vero?» sogghignò Roberto.
«Cazzo! E a chi non piacerebbe una così. Ma poi non è solo bella, ha qualcosa di speciale, una sorta di valore aggiunto, una marcia in più. Non so se mi spiego».
«Sì sì, ti sei spiegato benissimo. Proprio per questo voglio darti un consiglio su come comportarti con lei».
«Cioè?».
«Dimenticala! Fai finta di non averla mai vista. Meglio ancora, adesso vai a casa, ti chiudi in bagno, ti spari una pugnetta fatta bene e gliela dedichi. Poi te la scordi per sempre».
«Perché me la dovrei scordare?».
«Perché quella è la donna del capo. Se ti avvicini vedrai che ha una targhetta attaccata al collo con su scritto: PROPRIETA' PRIVATA DI PARIDE BRIGATI».
Giovanni sgranò gli occhi e piegò la testa di lato. Non poteva crederci. «Cioè, tu mi stai dicendo che quello splendido

esemplare di femmina, che avrà sì e no la mia età, se la fa con quel cafone arricchito pienodimmerda di Brigati che ha quarant'anni e sembra un vecchio tubercolotico?».
«Esattamente... e abbassa la voce» e così dicendo gli rifilò uno scapaccione dietro la nuca.
«Passami quella canna, ho bisogno di fare due tiri».
Roberto fece ancora una lunga boccata, poi gliela allungò e nel frattempo aggiunse qualche particolare sulla vicenda.
«Sai, circolano delle voci... C'è chi dice sia un'ex prostituta riscattata a caro prezzo dal Brigati, chi sostiene che invece se la sia fatta arrivare direttamente dalla Russia. La più bella che ho sentito, però, è quella che dice che la ragazza sarebbe addirittura la figlia di Brigati, concepita una ventina d'anni fa durante un viaggio di piacere nell'est Europa. Io non lo so e sinceramente neanche me ne frega più di tanto. In ogni caso, sia quel che sia, è assolutamente *off-limits*. Su questo non ci piove».
Giovanni fece sì con la testa. «Be', se le cose stanno così non c'è molto altro da aggiungere» disse sconsolato.
Andò a casa che fuori era già l'alba e nonostante fosse stravolto dalla stanchezza non riuscì a prendere sonno. Nel suo cervello c'era un marasma di pensieri che convergevano tutti sulla ragazza che danzava seguendo il ritmo della musica che metteva lui, e alla fine era la musica stessa che sembrava prendere forma e uscire dagli amplificatori apposta per far muovere lei.

Il sabato successivo Giovanni era di nuovo Johnny P., il disc jockey del *Crazy Boy,* e la cubista spaziale era ancora al suo posto, proprio lì sotto i suoi occhi, impegnata a far da esca a quella moltitudine di pesci che le nuotavano attorno senza raggiungerla mai.
Giovanni cercava di svolgere il suo lavoro senza pensarci troppo, ma in realtà passava metà del tempo a sognare di possederla e l'altra metà a convincersi che non sarebbe potuto

succedere.
Tutto questo andò avanti per un po' di settimane a fila, finché il fuocherello della passione che sentiva ardergli dentro le mutande, non divenne un incendio difficile da domare. Allora cercò di spegnerlo chiedendo a Paride Brigati di poter cambiare serata, con la speranza di non trovarsela nuovamente di fronte. S'inventò che il sabato sera doveva seguire un corso di balli latino-americani. Paride Brigati gli scoppiò a ridere in faccia, gli disse che i balli latino-americani sono roba da finocchi e lui non aveva bisogno di un deejay finocchio, quindi che si mettesse l'anima in pace e continuasse a fare il suo lavoro, che tanto il turno non glielo cambiava.
A quel punto decise di tenere impegnata la mente gettandosi a capofitto sui testi universitari, provando a preparare il primo esame, così almeno durante il giorno non avrebbe fatto pensieri proibiti sulla cubista. Ci mise tutta la buona volontà di questo mondo, ma non poté fare a meno di ritrovare in quelle pagine lo stesso identico senso di vuoto che aveva provato durante le scuole superiori. Ogni libro conteneva più o meno gli stessi argomenti futili, le stesse frasi sterili e approssimative.
Ben presto ci rinunciò e tornò a fare solo quello che gli piaceva, che per essere Johnny P. non gli occorrevano titoli di studio o patentini. Cambiò strategia e per togliersi dalla testa la compagna del capo, iniziò a sfruttare la popolarità del suo ruolo e a portarsi a letto tutte le tipe che mostravano una certa disponibilità nei suoi confronti. E ce n'erano davvero parecchie, ma nessuna era paragonabile a lei, anzi, al confronto gli sembravano tutte degli sgorbi pieni di orrendi difetti, comprese quelle più carine. Bastava un dettaglio insignificante: un granello di forfora o un pelo biondo in controluce, che ai suoi occhi si deformavano fino a risultargli insopportabili.
Questa cosa lo mandava in bestia, perché si rendeva conto di non essere poi tanto diverso dagli altri pesciolini: poteva anche procurarsi un po' di plancton per sopravvivere, ma

l'esca prelibata gli era vietata tanto quanto agli altri.

Finché una notte sentì crollare dentro di sé gli argini che fino a quel momento lo avevano tenuto a freno. Tramite suo cugino Roberto aveva saputo che Paride Brigati era all'estero per affari: doveva fare un sopralluogo in un locale della Costa Brava del quale era intenzionato a rilevare una quota societaria, e sarebbe stato via come minimo tre giorni.
Si fece coraggio scolandosi, uno via l'altro, tre bicchieri di pochissima cola e moltissimo whisky.
Vaffanculo. O adesso o mai più.
Lasciò la postazione con l'ultimo disco, quello lento di chiusura, che ancora girava sul piatto, e andò ad appostarsi all'ingresso dei camerini dove le cubiste erano solite truccarsi e cambiarsi d'abito. Si accese una di quelle atroci sigarette al mentolo che secondo lui avevano il pregio di non guastargli troppo l'alito, e rimase in attesa con la schiena appoggiata alla parete. Avrebbe voluto stringere tra le mani un gigantesco mazzo di rose rosse, ma non era possibile poiché la cosa avrebbe dato decisamente troppo nell'occhio, Paride Brigati lo sarebbe venuto in qualche modo a sapere ed essendo tutt'altro che un uomo mite e incline al perdono, c'era il rischio concreto che lo scuoiasse vivo e lo gettasse in pasto ai topi di fogna.
Quando la vide sfilare davanti a sé mandò giù un grumo di saliva e per un pelo non ingoiò la sigaretta accesa. Da vicino era ancora più fantastica: un viso delicato con la pelle chiara e setosa, un corpo armonioso e perfetto. Una bellezza lunare che promulgava luce ed energia.
I loro sguardi s'incrociarono, Giovanni avvertì una specie di turbamento e si sentì talmente insignificante che in quell'istante sarebbe voluto scomparire dalla faccia della terra.
«Ciao» disse.
Vera si fermò a pochi centimetri da lui, i suoi occhi erano duri e aspri mentre la bocca sembrava formare due sottili pieghe ai lati, come se stesse abbozzando un sorriso, ma non ne fosse

capace fino in fondo.
«Ciao».
«Ti andrebbe di andare a fare colazione insieme?» le chiese Giovanni sull'onda di una sorta di furore agonistico.
Il sorriso di Vera si schiuse del tutto.
«Sì» rispose, «mi cambio e arrivo» e detto questo scomparve dentro il camerino, lasciando dietro di sé un aroma leggero e soave.
Giovanni rimase immobile, sorpreso di come l'immaginazione in un lampo possa spostarsi dal livello astratto per arrivare ad accarezzare la realtà fino a coincidere con essa. Quindi si diresse nel parcheggio all'esterno, si appoggiò al cofano della sua Uno Turbo e si mise a pensare a cos'avrebbe potuto dire, quali interessi in comune avrebbero potuto avere.
Dopo una ventina di minuti, Vera sbucò dal portone e avanzò verso di lui, illuminata dalle luci dei lampioni che proiettavano sull'asfalto la sua ombra allungata e sformata.
«Scusa, ci ho messo un po'».
Aveva una pronuncia un po' cadenzata, ma ormai parlava un buon italiano.
Giovanni scrollò le spalle e rispose che non c'era alcun problema, la osservò da vicino e notò che nonostante fossero passate le cinque del mattino, il suo viso era ancora fresco e smagliante come un fiore appena sbocciato, come se neppure i segni della stanchezza potessero intaccare quella naturale bellezza. Poi la cinepresa della sua mente scivolò su Paride Brigati e l'idea che quell'uomo con i suoi maledetti soldi fosse in grado di comprarsi tutto ciò che voleva, gli fece montare una collera enorme. Collera che si spense nell'attimo esatto in cui Vera salì in macchina al suo fianco; a quel punto un flusso di sensazioni positive gli attraversò le vene.
Le strade a quell'ora del mattino erano perlopiù deserte, distanti anni luce da quei fiumi di lamiera che per tutto il giorno immobilizzavano e avvelenavano Milano.
Giusto per riempire gli spazi di silenzio, Giovanni disse la

prima cosa che gli saltò per la testa. «Alla fine lavorare di notte è più bello, le città hanno un aspetto diverso, più a misura d'uomo. Non trovi?».
Vera rimase un attimo perplessa. «Che significa a misura d'uomo?».
«Sta a significare qualcosa di comodo, confortevole».
«Ah! Non lo so, non c'ho mai pensato» sbuffò Vera, che quasi non si ricordava nemmeno com'era fatta la città alla luce del giorno.

Già da un po' di tempo si era accorta che quel ragazzo – che lei conosceva come il deejay Johnny P. – le lanciava occhiate talmente intense che certe volte era come se la stesse sfiorando con le dita. Non le era mai capitato di sentire una cosa del genere, sebbene ormai si fosse abituata ad avere gli occhi di centinaia di uomini puntati addosso come tanti fucili. Occhi primordiali e vuoti che le scivolavano via come il sapone sulla pelle bagnata. Invece gli occhi di quel ragazzo erano diversi, li aveva percepiti in maniera particolare e ogni volta che li aveva incrociati, aveva avuto l'impressione di non essere più soltanto la cubista di una discoteca o la donna oggetto di Paride Brigati, ma una ragazza qualunque di vent'anni, come le tante che erano lì in pista a divertirsi.
Ed erano proprio il divertimento e la leggerezza, le cose che più di tutte le mancavano. Era stato così da sempre, fin da quando era bambina, e anche ora che le cose erano notevolmente cambiate, le rimaneva appiccicato addosso un peso opprimente che le schiacciava il petto e le impediva di sentirsi libera.
Anche se era grata a Paride Brigati per averla levata dal marciapiede e salvata da un destino gramo, si rendeva conto di essere finita in un'altra gabbia, magari più grande e confortevole, ma pur sempre con delle spesse sbarre d'acciaio che le impedivano di spiccare il volo. La sua nuova esistenza era fatta di esibizioni in discoteca, uscite con gente molto più

vecchia, aperitivi e cene in ristoranti di lusso, vestiti eleganti da sfoggiare e ogni tipo di accessorio potesse desiderare; tutte cose nuove e fantastiche se paragonate alla miseria di prima, ma che in qualche modo non erano abbastanza per colmare il suo vuoto esistenziale che si allargava a macchia d'olio.
Ci aveva provato con tutte le forze a innamorarsi di quell'uomo, o perlomeno a provare qualcosa che ci andasse vicino, ma non c'era niente da fare, il suo cuore e il suo corpo erano del tutto insensibili alle attenzioni di Paride Brigati. Lui non si accorgeva di niente, quasi ogni notte entrava dentro di lei e la possedeva in maniera barbara, allo stesso modo con cui possedeva tutto il resto, e ciò sembrava più che sufficiente a farlo sentire un grand'uomo.
Ma Vera era una ragazza viva, con del sangue nelle vene, e questo non aver mai conosciuto il significato di innamorarsi, i sentimenti ovattati, il pensiero strisciante che sarebbe rimasto tutto inalterato, la stavano trascinando sull'orlo del precipizio; e i quintali di beni materiali che Paride Brigati le scaricava addosso non riuscivano a tappare la sua falla interiore dalla quale sgorgavano fiumi d'infelicità.
E allora ballare sul cubo diventava un esercizio spirituale, attraverso il quale sudare era un modo per secernere tutto il marcio che aveva nell'anima e immergersi fino al collo in una realtà appannata da una luce artificiale.
L'incontro improvviso con il giovane deejay, quel flusso di sguardi continuo e impetuoso, non aveva fatto altro che soffiare sulle braci ardenti del suo cuore, regalandole il sogno di un sentimento appena intuito, che non sarebbe stato mai suo. Era assolutamente convinta che Johnny P. non avrebbe osato sfidare Paride Brigati, rischiando il posto di lavoro e non solo quello; ma se anche l'avesse fatto sarebbe stata lei a stopparlo, a fare finta che tutte quelle attenzioni non la turbavano neanche un po', perché in fondo la sua vita si basava proprio sul sottile filo che separa il desiderare dall'avere. Pochi attimi, qualche frase buttata lì, e il vento che arriva a spezzare quel

maledetto filo.

«Conosco un posto qui vicino, dove a quest'ora servono delle brioche calde che sono fenomenali».
Vera si massaggiò la pancia con movimenti circolari della mano e disse: «Magari».
Arrivarono in un bar e fecero colazione con brioche alla marmellata e cappuccino con panna, in mezzo a un continuo viavai di nottambuli, perlopiù camionisti in sosta e giovani discotecari che si concedevano una colazione ristoratrice prima di buttarsi nel letto.
«Non ci siamo neanche presentati» disse Giovanni.
Vera si pulì la bocca con un tovagliolino di carta. «Non serve».
«Hai ragione... E così vieni dall'est, da dove esattamente?».
«Budapest».
«Budapest» ripeté piano Giovanni. «È da molto che sei in Italia?».
«Circa tre anni».
«E ti piace vivere qui?».
«Questo è un paese ricco e si sta bene. È una fortuna nascere qui. Dalle mie parti è molto diverso, ogni cosa è più difficile».
«Hmm, posso immaginare. E da quando sei qui, hai sempre fatto la cubista?».
«Prima facevo la cameriera», mentì Vera.
A questo punto Giovanni avrebbe voluto chiederle qualcosa di Paride Brigati e del loro rapporto, ma si trattenne per non essere troppo indiscreto. Si scambiarono ancora qualche parola, poi Vera fece uno sbadiglio e prese a stropicciarsi con i mignoli gli angoli degli occhi.
«Hai sonno?» le chiese Giovanni.
«Sì, un po'».
«Ti accompagno a casa».
Lei annuì.
Durante il breve tragitto in auto rimasero quasi tutto il tempo in silenzio, con la musica dell'autoradio come sottofondo.

Poco prima di scendere Vera disse che era stata una bella idea e che le brioche calde erano da leccarsi i baffi. «È così che dite voi, vero?».
Giovanni fece una gran risata, rispose di sì, che aveva proprio ragione e che sarebbe stato bello poterlo fare altre volte. Poi la osservò camminare verso l'ingresso del palazzo, indugiare sull'uscio alla ricerca delle chiavi. A quel punto rimise in moto e percorse la strada verso casa con la leggiadria di una farfalla che vola su un prato fiorito. Un sole malaticcio, metropolitano, irradiava i primi pallidi raggi del nuovo giorno, che a lui arrivavano filtrati dal parabrezza sporco di polvere e smog.

Trascorse una settimana e si rincontrarono alla solita discoteca, ognuno calato nella sua parte. Fin da subito ci fu il solito gioco di sguardi, che trapelava a intermittenza attraverso le flashate delle luci.
Giovanni sceglieva i pezzi pensando a quelli che avrebbero dato più risalto alle movenze di Vera, come un sarto premuroso che munito di metro a nastro prende le misure per confezionare l'abito.
Ogni parola al microfono era pronunciata per far sì che venisse ascoltata dalle orecchie di lei, mentre i minuti si consumavano nell'attesa spasmodica di quello che sarebbe potuto succedere dopo.
Quella lunga notte sembrava non voler finire mai, ma quando giunse il momento della chiusura, Giovanni era ancora pieno di energie, si precipitò giù dalla postazione e chiese in giro di Paride Brigati, dicendo che avrebbe dovuto parlargli. Tutti gli risposero che non c'era, che quella sera non si era fatto vedere ed era probabile che fosse in qualche altro locale, anche se nessuno sapeva con esattezza dove.
Grazie. Grazie. Grazie...
Carico come una molla si presentò davanti al camerino di Vera, che era lì fuori che lo aspettava, sicura che non sarebbe mancato.

«Pronta per le nostre favolose brioche?» le disse. «Quelle da *leccarsi i baffi*... Guarda che non accetto un "no"!».
Vera sorrise in modo dolce e naturale, aveva un riflesso scintillante negli occhi, come se fosse realmente emozionata nel rivederlo.
«Non vedo l'ora» rispose.
Quando salirono in macchina, cominciarono a parlare in modo fitto e allora si scordarono la colazione e si misero a vagare per le periferie di Milano. Fuori dai finestrini scorrevano le ombre degli edifici parzialmente illuminati, che facevano da cornice a quel loro incontro.
Giovanni le snocciolò per filo e per segno lo strano percorso che lo aveva portato a fare il deejay in discoteca, e nel frattempo rifletteva sulle probabilità quasi nulle che fino a poco tempo prima avrebbero avuto d'incontrarsi. Lei lo ascoltava cercando di comprendere tutti i passaggi, intanto gli rimirava l'attaccatura dei capelli che formavano dei ricciolini neri intorno alla fronte e alle tempie, mentre i lineamenti del volto si contraevano nello sforzo di ragionare.
Dopo aver girato a lungo parcheggiarono sotto casa di lei, che in realtà era casa di Paride Brigati, un grande viale contornato da alberi e lampioni. Giovanni cercò qualcosa da dire ma non gli venne in mente niente, per un attimo rimase sospeso tra la voglia e l'esitazione, intorpidito dalle emozioni che gli andavano incontro a ondate. Poi trasse un respiro profondo, si avvicinò, le carezzò il collo e i capelli, e finalmente le diede un bacio, un altro e un altro ancora. Muoveva con tecnica e istinto la bocca su quella di lei, e intanto pensava a com'è piccolo il confine che separa il desiderio dalla sua realizzazione. Vera invece era pervasa da un senso dolciastro di serenità e voglia di stare bene, qualcosa di molto lontano dalle brutture che la vita le aveva riservato fino allora.
Le lingue sempre più bagnate e sempre più molli continuarono a fondersi l'una con l'altra, finché a un tratto Giovanni si staccò per riprendere fiato e specchiandosi nei suoi occhi non riuscì

più a trattenersi, le disse di lasciar perdere Paride Brigati e i suoi sporchi soldi e fuggire via con lui per costruire insieme la loro porzione di felicità.
Vera sorrise di un sorriso triste, portò il dito alla bocca facendogli segno di stare zitto, poi appoggiò delicatamente le labbra alle sue, infine aprì la portiera e sgusciò fuori, lasciando dietro di sé la fragranza della sua pelle.
Giovanni non fece nulla per trattenerla, rimase semplicemente immobile ad assaporare la pienezza di quegli attimi, e solo quando ne ebbe abbastanza ripartì di slancio, con il volume dell'autoradio talmente alto da far vibrare i vetri della macchina.

Da lì in poi fu un susseguirsi di appuntamenti clandestini, consumati proprio sotto il naso di Paride Brigati, il quale era sempre molto preso da se stesso, e tra il lavoro, i viaggi, la coca e qualche amichetta, non sembrava avere il tempo materiale per coltivare sospetti.
E loro d'altra parte erano bravissimi a mantenere la loro relazione ben nascosta sotto un cumulo di terra, anche perché un tecnico del suono con cui Giovanni era entrato in confidenza lo aveva messo in guardia.
«Ehi Johnny, ho notato che c'è una bella intesa tra te e la moglie del capo» gli aveva detto una volta marcando l'accento sulle parole *la moglie del capo*. «Occhio, perché se me ne sono accorto io se ne può accorgere pure qualcun altro... E se poi la voce arriva a chi sappiamo noi... Be', allora sei fottuto. Ti dico solo che qualche tempo fa, un tizio che girava un po' troppo attorno alla ragazza l'hanno trovato a galleggiare ai Navigli...».
Proprio per ridurre i rischi si erano inventati un sofisticato codice di comunicazione, e a seconda del pezzo d'apertura che Giovanni metteva poteva significare: ci vediamo dopo, oppure domani, o un'altra sera ancora. Roba da servizi segreti.
Lui non le chiese più di mollare tutto e fuggire insieme, non voleva forzare niente perché aveva l'impressione che tutto

stesse scorrendo in modo naturale.

Un giorno Paride Brigati rientrò a casa, svegliò Vera e le disse che per una questione molto urgente di affari doveva partire subito per la Costa Brava. In realtà aveva appena trascorso la notte in compagnia di vecchi amici che non vedeva da un po' di tempo, e tra bicchieri di whisky e cocaina, travolti da un torrente di adrenalina, avevano deciso di partire immediatamente per Amsterdam, per un tour sessuale nel quartiere a luci rosse.
Vera fece la faccia dispiaciuta, ma dentro di sé il cuore rideva gonfio di gioia. Avvisò Giovanni che smise di fare quello che stava facendo e si precipitò di corsa da lei. Non appena furono insieme si abbracciarono e i loro corpi immediatamente si cercarono. Si chiusero in camera con le tende tirate e sperimentarono il loro amore più volte, travolti da una passione fisica e spirituale, impossibile da tenere a freno. Sangue e anima che si fondevano in una sorta di abbraccio metafisico.
Vera per la prima volta in vita sua raggiunse l'orgasmo, sentì lo stomaco vibrare e schegge di piacere partire dalla corteccia sensoriale, raggiungere l'ipotalamo e propagarsi in ogni piega del corpo, fino alle punte dei piedi. Una cosa del tutto diversa rispetto alle centinaia di rapporti che aveva avuto contro la sua volontà e dei quali non si ricordava niente, se non quel fiato caldo e cattivo che veniva su da qualche strato di carne marcia e le si insinuava nel naso. Nemmeno era paragonabile all'*amore* che faceva con Paride Brigati: una minestra tiepida e senza sapore che si affannava in tutti i modi di fare apparire come una zuppa gustosa e saporita.
Immersa in quella vasca calda e piena di sensazioni mai provate prima, seppellì la testa sotto la spalla di Giovanni e sentì di avere finalmente trovato il grande amore o qualcosa che comunque ci andava molto vicino. Tutte le resistenze, le diffidenze e le difese naturali caddero in un secondo e in quell'istante la Vera di prima non c'era più, al suo posto ce

n'era una nuova, libera e pulita, senza il peso di nessun fardello da portarsi appresso.
Ne scaturì un'emozione improvvisa e inarrestabile, grosse lacrime le solcarono le guance fino ad arrivare al mento e poi giù fino a scivolare sulle lenzuola umide.
Giovanni se ne accorse, con due dita le accarezzò il viso nella maniera più delicata possibile.
«Perché piangi?» le chiese con sincero stupore. «Ho fatto qualcosa che non andava?».
Vera per qualche secondo non disse niente, poi si asciugò le lacrime con il dorso della mano e parlò.
«Piango perché mi sento felice».
Giovanni la strinse forte a sé, come se dovesse proteggerla da qualcosa.
«Non capisco».
«Ci sono delle cose che non sai di me... delle cose che non ho mai detto a nessuno».
Giovanni restò muto a osservare la luna che s'intrufolava dalla finestra, infastidito dal ticchettio della sveglia che ben presto divenne un rumore intollerabile.
«In realtà» proseguì Vera con un filo di voce, «vorrei che tutto questo durasse per sempre, ma non è possibile».
«Perché non è possibile?».
«Perché io non posso scegliere, non dipende da me».
«In che senso?».
«Qualche tempo fa ho fatto una cosa molto brutta, una cosa che però andava fatta... Non mi sono mai pentita, anche se ho pagato un prezzo molto alto».
«Ti va di raccontarmi tutto?».
«No, non mi piace fare questi discorsi. Certe cose è meglio lasciarle lì dove stanno».
Ognuno rimase per un po' in silenzio, in una specie di raccoglimento.
«Ovviamente non posso intuire a cosa ti riferisci, però ti chiedo: il fatto di vivere in questo modo, non ti fa paura?».

Vera piegò le labbra in un sorriso denso di oscurità. «Ci sono abituata, è da quando sono piccola che porto con me la paura. Certe notti prima di addormentarmi penso a come sarebbe bello non svegliarsi più, oppure svegliarsi e scoprire che quello che hai vissuto è stato solo un brutto sogno. Invece è tutto vero... Hai presente un buco nella terra? Mi sento intrappolata dentro questo buco, senza possibilità di venirne fuori. Grido aiuto ma nessuno può sentirmi».
«Non è vero, io posso».
Lei gli diede una carezza sul petto. «Sei molto dolce, ma purtroppo non è così semplice».
«E Paride Brigati? Lui può sentirti?».
«Certo che no».
«E allora cosa rappresenta per te quell'uomo?».
Vera ci pensò su una manciata di secondi. «Lui mi ha tirato fuori da una situazione difficile... Mi fa tenerezza, è come un bambino che non vuole diventare grande».
«E io?».
«Tu sei il motivo per cui poco fa piangevo di felicità» disse lei sfiorandogli il collo con le labbra.
Giovanni smise di cercare risposte e iniziò a tempestarla di baci, prima il viso e poi il corpo, dappertutto. Fecero di nuovo l'amore mentre ormai nella stanza cominciavano a filtrare i primi bagliori di un nuovo giorno, che a poco a poco inondarono il mondo di una luce nuova.

Nelle settimane seguenti Giovanni e Vera trovarono il modo di continuare a vedersi, sempre con quel retrogusto di proibito che da un certo punto di vista non faceva altro che rendere la loro relazione ancora più irregolare e intrigante. Sceglievano sempre locali situati in stradine laterali e periferiche, posti nei quali erano sicuri che né Paride Brigati né i suoi amici altolocati avrebbero mai messo piede. Altre volte, invece, se ne stavano semplicemente seduti in macchina, in disparte da tutto e da tutti.

A Giovanni piaceva da impazzire la semplicità con la quale Vera si relazionava a lui; in lei non c'era la minima traccia di quell'atteggiamento snob e finto sofisticato che avevano stampato in fronte la maggior parte delle ragazze belle della sua età.
Ormai erano talmente assorbiti l'uno dall'altra, che erano arrivati a crearsi un universo alternativo fatto di immagini e punti di vista completamente nuovi; questo universo galleggiava a fianco di quello reale, che a mano a mano sbiadiva e perdeva consistenza, senza però mai scomparire del tutto.

Una mattina Vera si svegliò con dolori alla schiena e vertigini, e siccome questi disturbi si protrassero anche nei giorni seguenti, andò a fare degli accertamenti; e al termine di una serie di analisi scoprì di essere incinta.
Uscì dall'ambulatorio medico talmente a soqquadro che dovette appoggiarsi al muro per non cadere in terra. Chiamò un taxi e si fece accompagnare a casa. Disse a Paride Brigati che era molto stanca e aveva bisogno di riposare, poi si mise a letto nel tentativo di tranquillizzarsi e adattare la mente alla nuova situazione. Rovistò negli anfratti della memoria per scovare e sezionare tutti gli elementi che potessero ricondurla a ciò che le interessava. Alla fine di tutti i calcoli e le considerazioni varie, ebbe l'assoluta certezza che il padre fosse Giovanni.
Questa cosa spostava gli equilibri e apriva nuovi scenari fino al giorno prima inimmaginabili. Pensò che l'unico modo per mantenere inalterato l'equilibrio delle cose, sarebbe stato quello di non dire niente a nessuno e abortire il più presto possibile. Ci rifletté a lungo, fino ad arrivare al punto di vergognarsene e di provare disgusto verso se stessa.
Non ti è bastato uccidere tuo padre? Ora vuoi fare altrettanto con quella creatura innocente?
No, non poteva farlo, il rimorso l'avrebbe fatta a pezzi. Doveva trovare un'altra soluzione. I sentimenti le suggerivano di afferrare al volo l'occasione e scappare con Giovanni per rifarsi

una nuova vita, la terza da quando aveva lasciato il suo paese. La ragione, invece, le imponeva di stare calma e di non fare mosse azzardate. Paride Brigati l'aveva comprata riscattandola per una montagna di soldi, non le avrebbe certo permesso di andare via come se niente fosse. L'avrebbe scovata in capo al mondo e gliel'avrebbe fatta pagare in qualche modo, magari l'avrebbe consegnata alla polizia, oppure avrebbe fatto del male al bambino.

E poi c'era Giovanni, che avrebbe dovuto rinunciare alla sua carriera da deejay e si sarebbe trovato di colpo a essere scaraventato in un mondo fatto di troppe responsabilità. E alla fine glielo avrebbe di sicuro rinfacciato, magari in modo inconscio ma lo avrebbe fatto, e il loro amore si sarebbe dissipato, sciupato come una di quelle vecchie cianfrusaglie che non servono più a niente se non a occupare spazio.

Più ci ragionava più si convinceva che la scelta in realtà era solo apparente, che lei non aveva diritto a questo privilegio perché la sua vita non le apparteneva, non le era mai appartenuta. Non le restava nient'altro da fare se non prendere quella parte di sé che aveva deviato e spingerla a forza fino a incastrarla di nuovo nell'universo reale. Il cuore le si gonfiò di dolore e amarezza, la vista le si annebbiò a causa delle lacrime e dei troppi pensieri, mentre i contorni della stanza sfumavano fino a liquefarsi in una pozzanghera.

Giovanni aveva colto un'urgenza malcelata nella voce di Vera, le aveva domandato se fosse tutto a posto e lei aveva indugiato rispondendo che sarebbe stato meglio se ne avessero parlato faccia a faccia.

Corse a prendere il treno e circa un'ora dopo era già a Milano, schiacciato in mezzo a una mandria di persone irritate, che si aggiravano nei sotterranei della metropolitana accomunate da una fretta incredibile di andare chissà dove. Era la fine di ottobre, iniziava a fare freddo, però era un freddo lieve non ancora pungente. Nell'aria c'era un gradevole odore di

caldarroste, che donava alla città un tocco agreste.
L'appuntamento era all'ingresso del Parco delle Basiliche, una delle rare zone di Milano che ancora non era stata ricoperta da una colata di cemento. Quando Giovanni arrivò, Vera era già lì ad aspettarlo, avvolta in un cappotto di tweed, con le mani infilate nelle tasche posteriori dei jeans strappati. Si scoccarono un piccolo bacio sulla bocca e si incamminarono lungo il viale che costeggiava il prato, alla ricerca di una panchina un po' appartata. Attorno c'erano cani scodinzolanti, anziani alla ricerca di qualcuno con cui scambiare quattro chiacchiere, ragazzini che giocavano a pallone sull'erba, giovani coppie alla ricerca d'intimità.
Una volta seduti, Giovanni si soffermò alcuni istanti a leggere le scritte a pennarello, che stavano lì a testimoniare chissà quali improbabili storie.
Pochi preamboli, poi Vera disse: «È arrivato il momento di dirci addio». Aveva due occhi di pioggia, era secca, risoluta, decisa ad andare fino in fondo.
Giovanni provò a ribattere qualcosa, ma la voce non gli usciva, rimaneva incastrata tra le corde vocali.
«Non penso che farò più la cubista, almeno per un po' di tempo» proseguì Vera.
Ci fu un profondo silenzio profanato solo dallo stormire degli alberi e dall'eco indistinto di voci lontane.
«Paride ed io aspettiamo un bambino».
Lo disse con una certa naturalezza, ma si percepiva la gravità del tono che non lasciava intravedere alcun tipo di spiraglio.
Giovanni rimase di sale, ci mise un po' prima di riuscire a mettere insieme due parole. «Sei sicura?».
«Sì, ho fatto tutti gli esami».
«E questo bambino, non potrebbe essere... il nostro bambino?».
Vera prese un lungo respiro come se dovesse andare molti metri sott'acqua. «No, il padre è Paride. Era già da un po' che lo stavamo cercando».
Giovanni stava rimettendo insieme i cocci a fatica, e da quei

cocci veniva fuori una Vera gelida e opaca. Una Vera che non conosceva.
«Non me ne avevi mai parlato».
«Non mi sembrava il caso di farlo».
«Ma tu lo ami?».
«Non è questo il punto. Non è così che si dice?».
«Già... anche se a me pare proprio questo il punto».
«No, il punto è che la nostra è stata una storia bellissima, piena di emozioni fantastiche, ma lo sapevamo tutti e due che prima o poi sarebbe finita. Io *appartengo* a un'altra persona».
«Sì, ma puoi sempre lasciarlo e metterti con me. Ci buttiamo tutto alle spalle e ricominciamo daccapo. Che ci stai a fare con quel vecchio?».
«E il bambino?».
Giovanni si rese conto di aver perso di vista il nocciolo della questione. Non si trattava più di lui o di lei, o di Paride Brigati, ma soltanto di quella variabile che era intervenuta a stravolgere gli equilibri.
«Non lo so, ci penseremo più avanti, in qualche modo faremo. Non è nemmeno detto che tu lo debba per forza tenere».
Vera fece un sorriso triste e scosse la testa.
«No» disse.
Accarezzò il viso di Giovanni con il palmo della mano, poi lo afferrò per i capelli e lo baciò con tutto il fiele e la crudezza che aveva in corpo; fino a farsi sanguinare le labbra, fino a sentire il sale delle lacrime mischiarsi al sangue e alla saliva. E a quel punto era come se Giovanni fosse dentro di lei, in qualche anfratto remoto del suo corpo, e lì sarebbe rimasto fino a che non si sarebbero rincontrati di nuovo. In un'altra vita, forse.
Poi, in una frazione di secondo, si staccò da quel contatto magnetico e senza aggiungere altro se ne andò come un'onda sospinta dalla marea. Impossibile da bloccare.
Giovanni la osservò mentre sgusciava via e di lei non restava che un grande vuoto. Una sensazione che aveva in qualche modo già vissuto con Antonella Spano, ma mille volte più

potente. Il pensiero che una storia del genere non potesse durare per sempre lo gettava nella disperazione. Così come il pensiero di lei e di Paride Brigati insieme, e il pensiero di quella fottuta gravidanza che era arrivata a spaccare in due il loro amore.

Con tutto quel coacervo di tarli che gli frullavano nel cervello, iniziò a correre senza una meta precisa. Corse fuori dal parco, lungo il marciapiede, schivando quella massa indefinita di gente che lo guardava come se fosse pazzo. Corse inalando tutto l'ossigeno e le polveri sottili, fino a che i polmoni non ce la fecero più a sostenerlo. Allora si fermò, si piegò sulle ginocchia, con il cuore che sembrava dovergli schizzare fuori dalla carne. Sputava saliva color ruggine, mentre ispirava ed espirava veloce, in attesa di recuperare fiato e regolarizzare il battito cardiaco. Quando riprese un minimo di controllo, cercò una via d'uscita che lo portasse velocemente lontano da una Milano che di colpo si era fatta ancora più velenosa e spietata.

Parte Terza
(2013)

Il compleanno di Eva

Eva ballava sotto il cielo gonfio di stelle, illuminata da un faretto che le rifletteva un bagliore giallo negli occhi. Muoveva le braccia e le gambe con il tempo giusto, roteava il bacino cercando di stimolare la fantasia di tutti i ragazzi presenti. Ogni piccolo gesto era studiato, misurato, calcolato. Amava essere guardata, desiderata, spogliata con gli occhi. Per l'occasione indossava un abito di seta con una lunga scollatura sulla schiena e dei sandali con plateau in rafia e tacco a spillo, che la portavano a superare il metro e ottanta. Era circondata da un gruppetto di amiche, avevano formato un cerchio e danzavano come se stessero compiendo un rituale sacro. Tutte sorridevano, cantavano, erano contente. Eva era in mezzo a loro ma distante, concentrata su se stessa, sul suo momento. Sentiva l'aria effervescente della collina soffiarle alle spalle, la annusava, la assaporava. Fremeva dall'attesa e dall'eccitazione di provare che effetto le avrebbe fatto vedere la sua vita scoppiarle davanti agli occhi come un fuoco d'artificio colorato.

Non appena recuperato il telefonino, Eva richiamò la sua amica Valentina e finì di raccontarle come aveva fatto a ingaggiare Johnny P., arricchendo la storia con un bel po' di fronzoli. Alla fine, dopo mezz'ora abbondante di conversazione, chiuse la telefonata per dedicarsi alla lista degli invitati.
Afferrò di nuovo il cellulare di ultima generazione, che ormai era una protuberanza naturale della sua mano, e cominciò a inviare una montagna di messaggini, sforzandosi di essere selettiva senza però esagerare, perché comunque alla sua festa ci doveva essere un sacco di gente. Scorreva la rubrica che era sterminata e su ogni nome ci faceva una ragionata. Su molte,

troppe, persone era indecisa e questa cosa le suscitava un certo nervosismo.
Si mise a vagare a piedi nudi per i corridoi di casa, concentrata sul display *touchscreen* del telefonino. A un tratto la sua attenzione venne catturata e deviata dalla voce della madre che filtrava dalla stanza da letto. Il tono era talmente basso che Eva intuì immediatamente che doveva trattarsi di una conversazione telefonica riservata, e siccome lei era curiosa da far schifo, avvicinò l'orecchio alla porta socchiusa. Inizialmente non percepì altro che dei bisbigli difficili da decifrare, poi improvvisamente ci fu un piccolo acuto.
«Come perché? Lo sai che Eva non è figlia di Paride».
Subito dopo la voce tornò ad affievolirsi, ma ormai Eva era stata colpita al petto da quel dardo infuocato. Tuttavia non si lasciò sopraffare dal turbamento e rimase fredda e razionale, com'era nella sua natura. Stando bene attenta a non farsi scoprire buttò l'occhio nella fessura e scorse sua madre, semisdraiata al centro del letto, che con una mano reggeva il telefonino e con l'altra si dava lo smalto sulle unghie dei piedi. Pensò che dall'altra parte dovesse di certo esserci Regina, l'unica persona alla quale avrebbe mai potuto confessare un segreto di simile portata.

Dopo che Vera se ne era andata per la sua strada, la vita di Regina era proseguita per un po' di tempo nella stessa direzione, trascinata da un venticello gramo.
Finché, una mattina all'alba, la polizia fece irruzione nell'appartamento dove lei e le altre prostitute alloggiavano. Il protettore provò a opporre una timida resistenza, ma fu subito ammanettato e portato via in stato d'arresto, a bordo di una volante a sirene spiegate. Regina e le altre vennero accompagnate, in maniera un po' più garbata, anch'esse in questura per procedere con l'identificazione e gli accertamenti del caso.
Regina tremava come una foglia, non capiva a quale destino

stesse andando incontro. Scese dalla macchina e decise di giocarsi il tutto per tutto. Così, approfittando di un momento di distrazione dell'agente che l'aveva presa in custodia, si divincolò dalla presa e incominciò a correre. L'agente, che proprio non si aspettava una mossa del genere, temporeggiò alcuni secondi prima di lanciarsi all'inseguimento.

Regina correva alla disperata, e quando a un tratto si sentì braccata, fece un ulteriore scatto in avanti raccogliendo ogni goccia di energia che aveva in corpo, fino ad avvertire un dolore lancinante sotto al costato, come se qualcuno le avesse piantato un chiodo nella milza. Proprio quando ormai non le rimaneva che arrendersi, si voltò e vide il suo inseguitore inciampare in una buca, rotolare per terra. Grazie a quel ruzzolone – che in seguito lei definirà lo sgambetto di Dio – riuscì ad accumulare un vantaggio sufficiente che le consentì di rallentare la corsa, infilarsi in una viuzza laterale e far perdere le proprie tracce.

Mentre vagava per la città, impaurita e senza meta, le capitò per caso di leggere un manifesto elettorale attaccato sopra un cartellone pubblicitario, e in un lampo ebbe un flash. Si ricordava bene il volto dell'uomo sul manifesto, si trattava di un distinto signore di mezza età, che l'aveva caricata a bordo di un taxi e portata in un albergo di lusso, poi le aveva fatto richieste strane e l'aveva pagata il doppio affinché le esaudisse. In definitiva era un pervertito che amava essere umiliato e trattato come uno schiavo. Lei si era divertita a frustarlo, sculacciarlo e prenderlo a cinghiate; e alla fine lui le aveva rivolto una specie di invito.

«Sei brava. E anche molto bella. Se per caso un giorno capiti a Roma, vieni a trovarmi».

Le aveva lasciato un bigliettino con un recapito telefonico e lei lo aveva conservato a casa tra le sue cose. Provò a farsi venire in mente quel numero, ma era uno sforzo mnemonico impossibile. L'unica soluzione era tornare all'appartamento e provare a recuperarlo, anche se questo avrebbe voluto dire correre un rischio notevole.

Con la massima cautela si diresse verso quella che fino a poco prima era stata la sua abitazione, un luogo impregnato d'infelicità e squallore. Sulla porta d'ingresso c'era del nastro adesivo e un cartello con scritto: "LOCALE SOTTOPOSTO A SEQUESTRO". Provò a ruotare piano la maniglia e la porta si aprì con un breve cigolio. Tese l'orecchio e annusò l'aria per una manciata di secondi, poi entrò e senza incontrare alcun tipo di ostacolo raggiunse la camera da letto, che era stata rivoltata come un calzino dalla polizia.
Frugò dappertutto, finché riuscì a recuperare quello che le serviva. Trovò anche una vecchia foto scattata in una di quelle cabine per fototessere, nella quale c'erano lei e Vera una in braccio all'altra, che sorridevano e avevano una parvenza di allegria. Per alcuni istanti ripensò alla sua amica, era da tanto che non aveva sue notizie, si domandò se almeno lei stesse bene e che fine avesse fatto. Poi sentì un piccolo rumore che la riportò immediatamente alla realtà, ma era solo lo scricchiolio di qualche mobile. A quel punto si dileguò come un'ombra, quasi incredula che tutto fosse filato liscio come l'olio. La mossa successiva fu quella di recarsi alla stazione centrale per imbarcarsi sul primo treno diretto a Roma.

Più o meno a metà del tragitto si presentò nel suo scompartimento il controllore e pretese di vedere il biglietto timbrato. Regina tergiversò, fece finta di cercarlo nelle tasche, poi con fare da attrice consumata disse che l'aveva perso, o forse mentre dormiva glielo aveva rubato il tizio che stava seduto di fronte a lei e che guarda caso era sceso alla fermata precedente.
Il controllore arricciò le labbra in un sorriso sardonico, le chiese di tirare fuori i documenti, che lui comunque la multa gliel'avrebbe dovuta fare lo stesso.
Regina montò su tutte le furie e disse che era evidente che le avevano rubato il biglietto, perché le avevano sottratto pure il

portafoglio che conteneva i soldi e i documenti stessi.
Erano soli in quel vecchio scompartimento che sapeva di fumo e di sudore; il controllore era un tipo scafato, e dall'accento straniero di Regina e dal suo modo di vestire ne aveva subito intuito la professione.
«Ah, è così? Senza biglietto, senza documenti e senza soldi...».
«Sì» confermò Regina.
«Be', in questo caso dovremo avvertire la polizia ferroviaria e denunciare il presunto furto».
Regina sgranò due occhi azzurri incredibilmente stravolti e con le mani si attaccò saldamente ai braccioli del sedile come se da lì nessuno avesse mai potuto sradicarla. «No!» esclamò.
«C'è forse qualche problema?».
«Non mi piacciono gli sbirri».
«Be', tu capisci che io devo fare il mio dovere, non ho molta scelta. A meno che...» ammiccò l'uomo sfregandosi le mani. «Tu non mi dia qualcosa in cambio. In questo caso potrei anche chiudere un occhio».
«Capito. Dimmi cosa devo fare...».
«Non abbiamo molto tempo... mi accontenterò di una bocca ben fatta», e così dicendo chiuse la porta alle sue spalle, tirò le tendine che davano sul corridoio e si slacciò i pantaloni. Regina si mise in ginocchio di fronte a lui per praticargli una fellatio, con la tecnica, la disinvoltura e la mancanza d'interesse di chi per mestiere ne aveva fatte un'enormità.

Una volta scesa alla stazione Termini di Roma cercò un bar e con gli occhi dolci supplicò il proprietario di lasciarle usare il telefono per una chiamata urbana.
«Questione di vita o di morte» drammatizzò con enfasi.
Dopo una serie infinita di squilli una voce maschile alzò la cornetta e solo per questo Regina sentì il cuore alleggerirsi di un peso enorme. L'uomo all'inizio era sorpreso e sulla difensiva, non riusciva a capire chi fosse quella donna, anche perché essendo un gran puttaniere, ne aveva caricate a centinaia.

Regina per farsi riconoscere dovette dargli l'indirizzo del viale di Milano su cui batteva e fornire una minuziosa descrizione di sé.
L'uomo fece una breve pausa poi di colpo si fece cordiale e gentile. Disse: «Ma certo, ora ho capito. Sei la splendida ungherese! Se non ricordo male abbiamo passato una serata piacevolissima... Anche perché altrimenti non ti avrei lasciato il mio numero», rise di gusto.
Regina gli disse che era proprio lei, che era arrivata a Roma da poco e gli chiese se poteva aiutarla a trovare una sistemazione.
«Nessun problema» rispose lui. «Puoi stare da me, ti ospito volentieri. Il bello di aver divorziato da quella mummia di mia moglie è proprio questo... Il brutto è l'assegno mensile che le devo», rise di nuovo.
L'uomo era il leader politico di un partito di minoranza, viveva in un mega attico vicino al centro, con tanto di filippini al suo servizio. Regina si giocò bene le sue carte assecondandolo in ogni sua depravazione, e alla fine lui perse la testa e la tenne con sé, finché la loro divenne una vera e propria relazione sentimentale, che nel tempo sfociò addirittura in un matrimonio civile.
Lui, però, su una cosa era stato irremovibile: di figli non ne voleva avere, gli bastavano i due che aveva fatto con la prima moglie e ai quali doveva il mantenimento. Regina acconsentì, e siccome senza figli aveva molto tempo libero, sentì il desiderio di farsi anche lei una vita professionale; cominciò quindi a coltivare interesse per il mondo dello spettacolo e s'iscrisse a una prestigiosa scuola di recitazione.
In seguito, grazie alle conoscenze del marito, riuscì a ottenere un ruolo da co-protagonista in una commedia erotica all'italiana. Una produzione di serie B, scalcinata al limite del dilettantesco, tanto che arrivò sì e no in quattro cinema in tutta Italia.
Poi fu la volta della televisione e sempre tramite raccomandazione fu ingaggiata come valletta in un programma

pre-serale sulle reti nazionali. Sembrava poter essere la svolta, invece dopo sole tre puntate il programma venne soppresso dal palinsesto a causa dei bassi ascolti.
Proprio durante l'ultima registrazione andata in onda, Vera la riconobbe e per poco non si sentì male dall'emozione. All'inizio non era sicura che fosse lei, pensò che si trattasse di una che le somigliava, ma quando il regista la inquadrò in un bel primo piano, tutti i suoi dubbi furono dissipati. Fece un balzo sulla sedia e si avvicinò allo schermo per guardarla più da vicino. La trovò molto bella, aveva un viso sorridente e luminoso, sembrava felice.
Le scesero le lacrime dalla gioia e dal sollievo di aver constatato che anche Regina era riuscita a tirarsi fuori dalle sabbie mobili. Le era mancata tanto e ora che l'aveva vista, sentiva l'irrefrenabile desiderio di riabbracciarla, di raccontarle e di farsi raccontare tutto quello che era successo in quell'arco di tempo.
Pregò Paride Brigati – con il quale si era sposata poco dopo aver partorito – di mettersi in contatto con la trasmissione. Lui non riusciva a comprendere tutto questo interesse, però si diede da fare e smosse mari e monti per convincere la redazione del programma a lasciargli i recapiti di Regina.
Non appena Vera ebbe il numero di telefono, si precipitò a chiamare l'amica.
«Siamo diventate delle dive, eh, signorina cosce lunghe?» le disse in ungherese stretto.
Regina ci mise meno di un secondo a riconoscere quella voce; proruppe in una risata carica di eccitazione, e lo stesso fece Vera dall'altro capo del ricevitore, a distanza di oltre cinquecento chilometri.
«Nooooo!!! Sei proprio tu! Non ci credo! Come sono felice di sentirti...! Però, bimba, è meglio se parliamo in italiano, con l'ungherese sono troppo fuori allenamento... e poi... brutti ricordi...».
Rimasero a chiacchierare per ore, e alla fine la voglia di vedersi

era talmente tanta, che due giorni dopo Regina salì a Piacenza. Subito dopo il matrimonio, infatti, Vera e Paride Brigati erano andati a vivere a Piacenza e lì avevano ristrutturato un appartamento di quasi trecento metri quadrati in un palazzo antico in pieno centro.
La settimana seguente fu invece Vera a scendere a Roma. E così via, in un moltiplicarsi di incontri nei quali c'era sempre qualcosa da dire, un frammento di vita da aggiungere, da condividere e da analizzare.

Le notizie che trapelavano da dietro la porta avevano la portata di una bomba atomica, qualcosa di totalmente inaspettato, qualcosa da maneggiare con estrema cautela.
Aspetta un momento...
Eva mosse il pollice della mano destra con una velocità supersonica e azionò il telefonino in modalità registrazione vocale.
Nel giro di pochi minuti venne fuori che il suo padre naturale altri non era che Johnny P., il famoso deejay che lei adorava e che aveva voluto a tutti i costi alla sua festa di compleanno. Colui che ogni giorno le teneva compagnia con il suo programma alla radio, con quella voce calda e leggermente roca che usava per dire sempre cose divertenti e interessanti, dispensare consigli utili. Centinaia di noiosissimi pomeriggi di studio alleggeriti ascoltando quella voce.

Una volta aveva persino chiamato in diretta per sfogarsi.
«E ora abbiamo in linea una mia concittadina: Eva da Piacenza. Ciao Eva e benvenuta» disse Johnny P. con quel suo modo di pronunciare le parole che avrebbe fatto sentire a proprio agio anche una foca circondata da un branco di squali feroci.
«Ciao Johnny e grazie» rispose Eva tutta eccitata. «Ti ascolto tutti i giorni. Sei un mito!».
Quindi sfruttò il suo minuto e mezzo di gloria per deliziare gli ascoltatori dicendo che si sentiva in colpa per essersi messa

con un ragazzo e averlo lasciato quasi subito perché non le piaceva il modo in cui baciava. Il problema è che quello, per stare con lei, aveva mollato la ragazza con cui stava da più di due anni, era caduto in depressione e ora la tempestava di messaggini con propositi suicidi.
Johnny P. la lasciò parlare e ogni tanto faceva: «Hmm, hmm», nel frattempo sceglieva il prossimo pezzo da mettere.
Alla fine, per tagliare, intervenne con tutta la sua sagacia. «Eva, scusa se te lo chiedo, ma dalla voce mi sembri giovanissima. Quanti anni hai?».
«Quasi diciassette».
«E allora! Lascia da parte questi sensi di colpa, avrai una vita intera per accumularne. Se sentivi che non era il ragazzo giusto per te hai fatto bene a mollarlo e stop. Dai retta a me, piccola e cara Eva: goditela, finché puoi permettertelo e non stare a farti troppe menate. *Take it easy*... Stai serena!».
«Hai ragione Johnny, grazie. Tu sei l'unico che riesce sempre a tirarmi su il morale».
«Figurati, è stato un piacere! Grazie a te per aver partecipato alla nostra trasmissione. Per premiare la tua fedeltà ti mandiamo direttamente a casa la maglietta della nostra radio e il mio CD autografato. Contenta?».
«Wow! Contentissima».
«Ciao, piccola. Un abbraccio grande e mi raccomando: continua a seguirci».
«Ciao, Johnny... Un bacio».

Il flusso caotico dei pensieri di Eva si rivolse subito in direzione di quella chiacchierata. Le venne spontaneo domandarsi se quella volta, a darle quel consiglio semplice ma per lei importante, era stato il padre in veste di deejay o il deejay in veste di padre.
Si massaggiò le tempie con i polpastrelli delle dita. Stava cominciando a fare confusione, la mente le si stava offuscando, mentre la mano che reggeva il cellulare le tremava come se

avesse il Parkinson.
Vera nel frattempo, ignara di essere spiata, continuava a ripercorrere i bei tempi andati, quando stava con Johnny P., l'unico uomo in grado di regalarle sensazioni uniche, mai più provate. Si capiva che il solo parlarne la faceva trepidare, non sembrava in grado di controllare il respiro e nemmeno la voce. A volte mormorava e poi tutt'a un tratto era quasi sul punto di gridare.
Il cellulare registrava quello che riusciva e quando la conversazione si avviò alla conclusione, Eva sgattaiolò all'indietro spostando il peso del corpo da un piede all'altro con l'agilità di un gatto che si muove attraverso le tegole rotte di un tetto. L'impulso di aprire la porta e urlare in faccia alla madre lo schifo che provava nei suoi confronti, per averle nascosto l'identità del suo vero padre, era quasi insostenibile. Ma impose a se stessa di rimanere calma, prima di agire doveva razionalizzare, ritrovare la giusta lucidità per dare un senso a quella *cosa*.
Ragioniamo... Questa roba qui è troppo grossa, non devo sprecarla così.

Si chiuse nella sua stanza e si sdraiò sul letto, con *Mylo Xyloto* dei *Coldplay* nell'iPod. I capelli sparsi sul cuscino erano tante piccole bisce raggruppate intorno al cranio. Rimase ferma immobile per ore, con gli occhi rivolti verso il soffitto e un milione di pensieri che la pungevano da tutte le parti. A un tratto riattivò le funzioni motorie per scendere in cucina e prendere dal frigo uno yogurt magro e una bottiglia d'acqua, poi tornò in camera e ne uscì soltanto a notte fonda per andare in bagno.
Riascoltò più e più volte la lunga e involontaria confessione di Vera. Alcune parti non erano venute, non si capivano nemmeno ad attaccare l'orecchio al cellulare, però, in compenso, le cose salienti erano state tutte registrate in modo abbastanza chiaro. Analizzò quelle frasi, le sbriciolò, le macinò in un ipotetico

frantoio, e alla fine le rimise insieme per calcolarne i possibili effetti.
Quel senso di vuoto che si portava appresso fin da quando aveva coscienza di essere al mondo riaffiorò con brutalità. Ripensò con rancore ai giochi, ai vestitini, alle migliaia di oggetti con cui veniva circondata e che non bastavano a colmare la distanza affettiva dai suoi genitori. Da un padre assente che era sempre in giro per affari e che anche quando era presente era come se non ci fosse; da una madre che invece c'era, ma era come se fosse dietro uno schermo e tutto ciò che diceva o faceva era solo un rumore attutito, del tutto incapace di trasmettere sentimenti vivi. Ora si rendeva conto di chi era davvero sua madre: una donna arida e senza scrupoli, che aveva costruito una famiglia sopra un castello di menzogne e che le aveva impedito di conoscere il suo vero padre.
Be', cara mammina, è giunta l'ora di abbattere questo cazzo di castello e rimettere le cose a posto. Perché io sono la figlia di Johnny P., il deejay più fico del mondo... E tutti lo devono sapere e devono provare invidia nei miei confronti.
Si abbandonò alle sue fantasticherie, immaginando una nuova vita nella quale avrebbe realizzato il sogno di entrare a far parte del mondo dello spettacolo. Sarebbe bastato fare il nome di suo padre, quello vero, e ogni porta si sarebbe spalancata. Era tutto semplice, doveva solo escogitare un piano.

L'indomani si affacciò alla finestra nella speranza che ripassasse di lì, e dopo un po' di attesa lo riconobbe in lontananza. Era inconfondibile, con quell'incedere disarmonico e scoordinato, pienamente in linea con tutto il resto.
Andrea avanzava lungo il marciapiede di via Garibaldi e quando fu sotto la finestra di Eva, gli venne istintivo alzare i suoi occhietti cisposi.
Sicuro che non c'è. Matematico che non c'è, borbottò tra sé.
E invece lei c'era, e per giunta gli sorrideva come se fosse contenta di rivederlo.

Le gambe cominciarono a tremargli come se una nidiata di ragni lo stesse morsicando.
Poi Eva disse: «Ciao» e lui ebbe la netta sensazione di essere scivolato in un universo parallelo in cui le ragazze super si innamorano degli sfigati come lui, anziché dei tipi muscolosi, alla moda e pieni di boria.
Il cervello gli fece tilt come un flipper. Provò a chiudere gli occhi, a strizzarli fortissimo e riaprirli, ma quella principessa era ancora lì con i gomiti appoggiati al davanzale, in carne e ossa.
«Ciao» ripeté Eva sforzandosi di ricordare il nome che aveva rimosso alla velocità della luce e che ora proprio non le veniva.
«Ti va di salire? Facciamo due chiacchiere, sono in casa da sola».
Andrea era disorientato, allibito, i suoi sogni mostruosamente proibiti si stavano avverando e lui aveva una tale paura che per alcuni istanti valutò seriamente l'ipotesi di darsi alla fuga.
Eva lo fissò in attesa di un cenno di risposta, sempre con un sorriso mellifluo stampato sul viso.
Andrea si arrese al volere supremo degli dei.
«Sì, volentieri» biascicò in maniera semi incomprensibile.
«Okay. Ti apro».
L'immenso portone di legno fece uno scatto, Andrea lo spinse in avanti con cautela, quasi si aspettasse di trovare il ponte levatoio calato sopra un fiumiciattolo infestato da coccodrilli affamati.
Entrò muovendosi molto lentamente, sembrava il protagonista di una scena girata al rallentatore. Si guardò attorno con circospezione, davanti a sé c'era un cortiletto in ghiaia con al centro una specie di scultura circondata da uno spicchio d'erba. Alla sua sinistra c'era una porticina chiusa, mentre alla sua destra cominciava una rampa di scale con i gradini in pietra. S'incamminò su per la penombra delle scale, con la stessa lentezza con cui aveva varcato la soglia del portone, e sbucò su un grande ballatoio che dava sul cortiletto interno.

Eva era lì ad attenderlo.
«Finalmente» disse, «pensavo che avessi sbagliato direzione e ti fossi perso nei meandri delle cantine».
Lo prese sottobraccio e lo trascinò di peso dentro casa.
«Avanti, non essere timido, non c'è niente di cui aver paura».
Andrea si lasciò guidare per i labirintici corridoi di quell'appartamento sfarzoso. Si muoveva meccanicamente senza registrare nessun particolare preciso, in testa aveva soltanto il ronzio di Eva che continuava a parlare e quei corridoi che non finivano più. Il solo fatto di essere così vicino a quella ragazza da poterne respirare il fiato, lo rendeva molle come una sottospecie d'invertebrato. Era calato in una situazione completamente nuova e non aveva alcun tipo d'informazione per interpretarla. Frugava tra le pareti della sua memoria rovistando in tutti i cassetti, ma in questo momento la sua mente era una pagina bianca, una tabula rasa privata di ogni conoscenza empirica.
In un tempo che a lui parve infinito, dopo aver percorso un sentiero di mura domestiche dal quale non avrebbe mai saputo tornare al punto di partenza, arrivarono nella cameretta di lei.
Eva si sedette sul bordo del letto, disse: «Accomodati» e gli fece segno di sistemarsi al suo fianco. Andrea avanzò come un bradipo e appoggiò i glutei sull'estremità del materasso, rimanendo un po' in bilico.
«Sei nervoso?» chiese Eva ridacchiando.
«No» bofonchiò Andrea.
«Scommetto che è la prima volta che ti capita di stare nella stanza da letto di una ragazza, vero?».
Andrea tenne lo sguardo fisso sulle scarpe da ginnastica e annuì muovendo la testa in avanti.
Eva sogghignò. «Che tenero che sei, sembri un pulcino. Però, dimmi una cosa, ti piacciono le ragazze, o no?».
Andrea alzò la testa di scatto e per la prima volta la fissò dritta negli occhi.
«Sì, certo» disse e intanto si maledisse per essere stato così

stupido da aver accettato quell'invito che si stava rivelando l'ennesima umiliazione. Cominciò a pregare che quella specie di tortura cinese finisse al più presto, così che lui potesse tornare al suo rassicurante grigiore fatto di ore trascorse al computer, a filtrare il mondo attraverso una connessione internet. Magari in qualche chat a comunicare con persone che non avrebbe mai incontrato, a inventarsi una vita che non avrebbe mai vissuto, ma che esisteva dentro i confini della sua immaginazione. E a quel punto valeva tutto, e lui di volta in volta poteva scegliere di diventare Andrea il bello, Andrea lo sportivo, Andrea la rockstar, Andrea il poeta, Andrea mille altre cose. Se poi il rapporto andava troppo oltre, poteva sempre interrompere la comunicazione e ricominciare daccapo, con un'altra persona. Ma adesso era tutta un'altra storia, non c'era nessun tasto da cliccare, nessuno schermo dietro il quale nascondersi.

«Ne ero sicura, non hai l'aspetto di un gay» sentenziò Eva con feroce candore. «E io? Io ti piaccio?».
Andrea non rispose, sempre più asserragliato in difesa.
«Allora? Perché non parli? Vuol dire che non ti piaccio?» e così dicendo gli prese la mano che era viscida come la pancia di un rospo, e se la poggiò sull'interno coscia.
Andrea avvampò, divenne rosso violaceo e dall'attaccatura dei capelli cominciarono a scendergli gocce di sudore grandi come chicchi di mais.
«Sì, mi piaci» cinguettò, «sei molto bella».
«Meno male» disse Eva sghignazzando in modo rumoroso. «Perché avrei una proposta da farti».
«Cioè?» farfugliò Andrea con i nervi tesi allo spasimo.
«Mi dovresti aiutare a fare una cosa... Te ne intendi di informatica e roba del genere?».
«Be', un pochino sì».
«Lo sapevo! Li sgamo subito quelli come te».
«Come?».

«Lascia stare... Dunque, si tratta di una cosuccia da niente. Nel mio cellulare c'è registrato un file audio, tu dovresti soltanto trasferirmelo sul computer e ripulirmelo dai rumori di fondo, in modo che la qualità risulti migliore di come sia ora. Sei capace di farlo?».
«Sì, credo di sì. Non dovrebbe essere una cosa difficile».
«Perfetto, allora ti accendo subito il computer».
Andrea ruotò gli occhi in tutte le direzioni, mosse il piede destro in avanti e poi di nuovo indietro.
«Che c'è? Non hai capito qualche passaggio?» domandò Eva un po' scocciata per il tempo che stava perdendo dietro a quell'idiota.
«Be, ecco... questa è una richiesta, avevi detto che mi avresti fatto una proposta».
Eva pensò che non fosse poi così scemo. «È vero, hai ragione. Vediamo un po'» tergiversò guardandosi attorno. «Facciamo che se fai un lavoro fatto bene, in cambio mi spoglierò nuda per te. Che te ne pare?».
Andrea trasalì e si strofinò il naso con imbarazzo; raccolse a chiamata i pochi neuroni che non erano ammucchiati sull'immagine del corpo di Eva senza veli, e si mise all'opera.
Per prima cosa scaricò un programma da un sito internet, poi attaccò il telefonino alla porta USB del computer e importò il file audio; quindi tagliò e assemblò le parti salienti, secondo le istruzioni di Eva, e infine ne migliorò la qualità facendo una pulizia del suono. Ora sul desktop di Eva c'era il file MP3 esattamente come lo voleva lei.
Per testare la riuscita lo ascoltarono in silenzio dall'inizio alla fine, e a mano a mano che la registrazione procedeva, le labbra di Eva si incurvavano in un sorrisetto fradicio di odio e cinismo.
Andrea la fissava con l'espressione vacua di un pesce in una boccia di vetro.
«Vuoi sapere a chi è riferito tutto questo?» chiese Eva con voce sottile.

«Ehm, no... cioè sì... cioè, se me lo vuoi dire».
«È riferito a me. Non trovi che sia alquanto strano arrivare a diciotto anni e di colpo scoprire di essere la figlia di Johnny P.?».
Sulla fronte di Andrea c'era stampato un enorme punto interrogativo.
«Lo conosci vero Johnny P.?».
«No» rispose Andrea scuotendo il capo.
«Ma Cristo santo... è il deejay più fico che ci sia in circolazione, come fai a non conoscerlo?».
Andrea chinò il capo in segno di compunzione ed Eva sentì salire un tale moto di irritazione verso quell'essere insulso, che dovette fare ricorso a tutte le sue energie interiori per riuscire a trattenersi dal prenderlo a pugni sul naso. Fu proprio in quel preciso istante che le venne un'idea ancora più brillante.
«Okay, ti sei meritato la ricompensa» e detto questo si tolse la maglietta.
A poco a poco si sfilò ogni indumento, mostrando prima i seni piccoli e appuntiti, e subito dopo il pube completamente rasato, da bimba. Andrea la fissava come se fosse in preda alla Sindrome di Stendhal, poi si piegò leggermente sulle gambe, cercò di soffocare un gemito e d'istinto si portò le mani sul cavallo dei pantaloni.
«Sei venuto!» esclamò Eva rivestendosi in tutta fretta. «Per così poco. Aspetta di sentire la nuova proposta e poi mi sa tanto che dovremo chiamare l'ambulanza», rise sguaiata.

Giovanni Pompini era affogato nella babilonia del traffico milanese, stava andando alla radio per la diretta del suo programma, il più seguito nella fascia oraria pomeridiana tra le tre e le cinque.
Era piuttosto turbato, non faceva altro che interrogarsi se avesse fatto bene ad accettare di partecipare al compleanno di Eva. In principio aveva cercato di non darci troppo peso, sommerso da una serie di impegni dai quali a fatica riusciva

a emergere anche solo per prendere una boccata d'aria, ma ora che i giorni passavano e la festa si avvicinava, iniziava ad affiorare in lui un certo nervosismo.
Si accese una paglia, prese il porta CD nel cruscotto e si mise a scorrerlo alla ricerca di *Violator*, un vecchio album dei *Depeche Mode*. Lo inserì nel lettore, schiacciò play, e in un attimo la musica si diffuse nell'abitacolo, attraverso il mega subwoofer di elevata potenza. In pratica era come se i *Depeche Mode* fossero lì seduti sui sedili posteriori a suonare per lui.
Dopo solo due tiri gettò la sigaretta fuori dal finestrino e provò a respirare attraverso il diaframma, seguendo una tecnica particolare che aveva imparato a un corso yoga. Non funzionava niente: né la sigaretta, né la respirazione, né i *Depeche Mode*; per quanto si sforzasse la sua mente continuava a viaggiare in direzione della conversazione telefonica con Paride Brigati, che aveva sortito l'effetto di soffiare sulla brace dei ricordi.

Saranno state le nove di sera e lui di solito a quell'ora era quasi sempre a cena fuori, invece quella sera era rimasto a casa a rispondere alle e-mail. A un tratto il cellulare prese a vibrare.
Ormai erano anni che non rispondeva a numeri sconosciuti, perché novanta su centro erano scocciatori che in qualche modo erano riusciti ad avere il suo numero, e allora si sentivano in diritto di utilizzarlo per chiedergli qualche tipo di piacere che lui molto difficilmente avrebbe potuto o voluto esaudire, oppure volevano soltanto ammorbarlo con noiose e patetiche storie di vita. E visto che risultava molto più antipatico dover essere scortese per levarseli di torno, aveva semplicemente optato per una non risposta, che quasi sempre funzionava. Di solito, infatti, dopo due o tre tentativi andati a vuoto, la maggior parte di questi lasciava perdere.
Ma quella sera era sovrappensiero e d'impulso schiacciò il tasto verde, senza nemmeno curarsi del numero che lampeggiava sul display.
«Pronto».

«Johnny, vecchio lupo di mare. Quanti cazzo di anni sono passati, eh?» rispose una voce cavernosa.
Giovanni smise all'istante di leggere l'e-mail che aveva aperto.
«Chi parla?» domandò con freddezza.
«Indovina un po'».
Ci pensò su alcuni istanti ma non gli venne in mente nessuno in particolare.
«Ehi, amico, scusami ma non ho tempo per i giochetti. Quindi, o mi dici subito chi sei o butto giù».
«Accidenti che modi! È così che si tratta l'uomo che ti ha scoperto e ha creduto in te quando eri solo uno sbarbatello di provincia?».
Una scintilla scoccò nella scatola cranica di Giovanni.
«Paride?» sussurrò e la sua voce sembrava provenire da spazi siderali.
«Proprio io» gongolò Paride Brigati.
Ne scaturì un silenzio interminabile.
«Johnny... Johnny... ci sei?».
«Sì sì, è solo che sono, diciamo, sorpreso».
«Be', spero di non averti disturbato... Dì un po', come te la passi?».
«Benone. E tu?».
«Non c'è male. Anche se purtroppo il tempo passa per tutti e dopo l'infarto la mia vita è un po' cambiata. Sai, ho dovuto rinunciare a certi piaceri...».
Si fermò qui perché non gli pareva il caso di dire apertamente che la coca gli mancava parecchio.
«Ah, mi dispiace. Non sapevo dell'infarto».
«Be', ormai è acqua passata».
«Toglimi una curiosità: come hai fatto ad avere il mio numero di telefono?».
«Be', caro Johnny, devi sapere che ho ancora qualche conoscenza nell'ambiente. Ma non chiedermi di fare nomi perché ho giurato sulla testa di mia figlia Eva che non ne avrei fatti».

Eva, era dunque questo il nome di colei che era venuta al mondo per distruggere la sua storia d'amore con Vera. Fece un rapido calcolo ed erano passati poco meno di vent'anni, eppure aveva conservato un ricordo talmente nitido che gli sembrava ieri: il parco, l'aria grigia, i discorsi a metà, le lacrime, il dolore che prendeva forma dentro la carne e lo trafiggeva da parte a parte. Era riuscito a cacciare tutto questo giù in fondo, in qualche meandro buio e polveroso della sua anima, e in qualche modo lo aveva superato.
«Cosa posso fare per te, Paride? Immagino che questa non sia soltanto una chiamata di cortesia, dico bene?».
«Be', sì, in effetti avrei un piacerino da chiederti».
«Spara».
«Non questo sabato, il prossimo, Eva compirà diciotto anni e siccome è una tua grandissima ammiratrice e ha saputo che ci conosciamo e che un tempo hai lavorato per me, ci terrebbe tantissimo ad averti come super ospite. Insomma, per farla breve, le ho promesso che le avresti fatto da deejay alla sua festa».
«Che cosa? Stai scherzando, spero» tuonò Giovanni. «È un secolo che non faccio cose del genere, da quando ero ragazzino».
«Sì, lo so, ma sai come sono i figli... non ho potuto dirle di no, non ce l'ho fatta. Ti pagherò qualunque cifra, i soldi sono l'ultimo dei miei problemi».
«No no e no. E poi me lo chiedi così, all'ultimo. Ma non lo sai che con il lavoro che faccio sono sempre in giro? Ho i week end impegnati per i prossimi sei mesi. Mi spiace, ma non ti posso aiutare, davvero. Magari un altr'anno».
«Macché un altr'anno d'Egitto. I diciotto anni vengono una volta sola nella vita. Ti prego, ti scongiuro, fallo per me... Ormai gliel'ho promesso. Se non vieni mi odierà per sempre... Quella già mi odia... E poi ricordati che se hai avuto tutto questo successo, un pochino è stato anche merito del vecchio Paride, che ha avuto fiducia in te e ti ha buttato nella mischia.

Tu nemmeno ci volevi salire su quel palco, ricordi?».
«...».
«E poi anche Vera, mia moglie, anche lei ci terrebbe tanto. Te la ricordi Vera? La cubista più bella che abbia mai messo piede in una discoteca...».
«...».
«Ballava al ritmo della tua musica, tutti i sabati fino all'alba. L'altra sera, quando ne abbiamo parlato, si è illuminata e le sono tornate in mente quelle lunghe nottate di quando era più giovane, e per poco non si è messa a piangere. Ha detto che avrei dovuto convincerti in tutti i modi, ché altrimenti mi avrebbe ammazzato».
Paride Brigati rise in maniera aspra, poi iniziò a tossire catarro. Giovanni aveva smesso di ascoltare, era piombato in una specie di stato catatonico. Ripensava a Vera, che si muoveva sul cubo con la grazia e lo splendore di un essere sceso dal firmamento, e per un istante avrebbe dato tutto, compreso il successo, pur di tornare a quei tempi là.
«Johnny? Ci sei ancora?», la voce paludosa di Paride Brigati lo riportò a terra.
«Sì, ci sono».
«Allora?».
«...».
«Dai, dimmi che accetti».
«...».
«Dai...».
«Okay».
«Okay? Ma è fantastico. Dimmi quanto vuoi, fai tu la cifra».
«Vengo in amicizia, non voglio essere pagato».
«Ma figuriamoci! Ti pagherò eccome. Preferisci che mi metta d'accordo con il tuo agente?».
«No. Ho detto che non voglio niente. È l'unica condizione».
«Va bene l'amicizia, però così mi metti in difficoltà, mi fai sentire troppo in debito».
«Ti prego di non insistere».

«Be', allora grazie, grazie infinite. Sei un amico».
«Ora però ti devo lasciare, ho delle cose in sospeso che devo finire. Ci sentiamo nei prossimi giorni così mi dai l'indirizzo e tutti i dettagli. A presto», e così dicendo premette velocissimamente il tasto rosso, senza nemmeno concedere a Paride Brigati il tempo di salutarlo; quindi memorizzò il numero in rubrica.
Era in subbuglio, una miscela di sentimenti, ricordi ed emozioni si mischiavano al suo presente fino a distorcerlo. Chiamò subito il suo agente e gli impose di liberarlo dai vincoli in modo che potesse prendere parte al compleanno di Eva, anche a costo di pagare una penale. Quello provò a convincerlo in tutte le maniere a desistere, a non fare quella stronzata, che le festicciole erano roba da dilettanti, che se proprio voleva farlo, be', che almeno si facesse pagare profumatamente, che si sarebbe messo d'accordo lui sull'ingaggio. Tutto inutile, Giovanni non volle sentire ragioni.
Rimase sveglio per buona parte della notte a fare considerazioni e proiezioni mentali sull'idea di Vera che aveva costruito in quegli anni con dedizione e forza di volontà. Gli tornavano alla mente spezzoni di quella relazione così breve e così impetuosa, senz'altro la passione più violenta che avesse mai avuto in vita sua. Più ci pensava più si sentiva a disagio, incapace di superare le sue insicurezze, nonostante le migliaia di esperienze e situazioni che aveva vissuto.

Il mattino seguente non fece in tempo a riprendersi dalle amare riflessioni notturne che il cellulare ricominciò a squillare e sul display apparve il nome di Paride Brigati.
Mmmmh... E adesso che cazzo vorrà di prima mattina...
«Paride dimmi! Ti ho già detto di sì!».
«Scusa Johnny! Scusa... sto veramente abusando di te... ma per avere un sorriso da mia figlia, uno che sia uno in diciotto anni di vita, voglio che tutto sia perfetto per il suo compleanno».
«Che intendi? Guarda che le mie serate sono sempr...».

«Frena frena. Mica mi riferivo a te, Sua Maestà delle tracce audio... Ahahah! No, è che ho un problema con i catering. Da un mese non faccio altro che far chiamare tutti i migliori, ma in questo periodo quei cazzo di politici sembra che si stiano dando da fare. Comizi, riunioni, ricevimenti. Oh, da nord a sud pare che stanno tutti a mangiare e a far mangiare proprio nel giorno del compleanno di Eva».
«Parideeeeeeeeeeee! Io metto dischi non faccio la pasta!».
«Lo so lo so... ci mancherebbe! È che ricordo di averti visto in una foto in quel locale a Roma, non mi ricordo quale. Ah, poi hanno fatto un servizio su di te, in televisione... e ti ho rivisto che parlavi con quell'altro Dj, che non mi viene mai il nome... parlavate della situazione attuale della musica dance e palle varie... eri circondato da una valanga di cibo che mi aveva fatto sentir male. Alle tue spalle c'era un sacco di carne cucinata in vari modi e quegli assaggini di pasta... persino il cameraman ha zummato sul banchetto... per forza! Guarda che io di cucina me ne intendo... vedrai che pancia ho messo su, non so proprio come mia moglie non mi abbia ancora cacciato di casa... Ahahah!».
Solo al pensiero che Vera possa andare a letto con questa palla di merda mi viene da piangere.
«Sì sì ho capito... in effetti hai proprio ragione. Quella roba è la più buona che io abbia mai mangiato. Conosco personalmente lo chef, facciamo che gli do un colpo di telefono e provo a vedere se è libero. Però non ti prometto niente e in ogni caso preparati ché farlo venire su da Roma ti costerà un botto. Ok?».
«Grazie Johnny, grazie! Sei un grande!».
«Se non c'è altro, ti saluto ché ho diversi impegni».
«Ciao caro! Ci vediamo sabato, non questo... quell'altro. Saremo circa un centinaio, forse un po' di più e...».
«Sìììììììììì. Ciao Paride! Ciao ciao».
Giovanni attaccò nauseato dall'immagine di quel ciccione vecchio e mezzo infartuato che in una vita precedente gli aveva

portato via la donna che amava.

«Mauro?».
«Chi è?»
«Ciao, Johnny P., ricordi? Il Deejay. Ci siamo conosciuti a Piazza della Pietra. L'evento della mia radio a Roma».
«Oh, bella Johnny! Come no? Mi ricordo di te. A parte che ti sento sempre per radio, ma poi quella volta la serata andò benone. Dimme caro dimme».
«Ho una commessa per te: mega-festone sui colli piacentini nella villa di un imprenditore. Un centinaio di invitati più o meno. Servono i tuoi piatti deliziosi. Il ciccio paga bene».
«Quando?».
«Fra due sabati».
«Cazzo no! Nun posso! Ci sta "Er Tritasorche" che dà una festa a casa sua. Devo fa' magnà lui e l'altri d'er partito».
"Chi è Tritasorche? Anzi no... non lo voglio sapere. Metti poi che ci sentono sul cellulare, non voglio avere alcun tipo di grana... E adesso che faccio? Mauro, questo è l'uomo che mi ha lanciato, sua figlia compie diciotto anni e vuole che tutto sia perfetto. Dove lo trovo uno bravo come te?».
«Mmh... mi sa che non lo trovi... eh!».
«Appunto! Dai Mauro, dammi una mano che se no non me lo levo più di dosso».
«Vabbè! Anche se nun me piace aiutà la concorrenza. Te però sei forte. Allora... Ci stanno altre due ditte brave QUASI quanto me... Oh nun come me... Ho detto QUASI, capito Johnny? Quindi se fai qualcosa, devi chiamà me. Intesi???».
«Sì sì Mauro, ho capito. Dai con questi nomi».
«Allora ci sta Angioletto di Formia che spacca proprio, soprattutto sui piatti di pesce, è chiaro... ma anche sui dolci nun difetta».
«Ok, dammi il numero».
«Te li mando tutti e due per messaggio. Ora non ce l'ho sottomano».

«Bene. Poi l'altro?».
«Sono due tizi del nord. Non mi ricordo di dove. Cucinano delicato loro. Grandiosi nei piatti di verdure in generale e soprattutto nei primi. Nun costano manco tanto Ci'».
«Ok. Bene i primi e le verdure. Come si chiamano?».
«Aspe'... come cazz... Ah sì "Giusti & Carli", sono i loro cognomi: Alessandro Giusti e Matteo Carli. So' finocchi persi, ma so' bravi».
«Carli? Hai detto Matteo Carli?».
Improvvisamente Giovanni si ricordò che sua madre, anni prima, a tavola, gli aveva raccontato di avere incontrato al supermercato la madre di Matteo Carli, con la quale si era fermata a chiacchierare ed era saltato fuori che Matteo era un cuoco o qualcosa del genere, comunque si occupava di ristorazione. Si ricordò anche che l'aver appreso questa notizia lo aveva messo istintivamente di buon umore.
«Sì Johnny, Matteo Carli. Perché? Mo' te la fai co' li froci? Aha Ahahha ahahahha!!!».
«Ah ah ah... divertente, sì sì proprio divertente. Vabbè mandami questi due numeri di telefono. E grazie! Davvero, grazie».
«Nun te preoccupà Johnny. Oh, però alla prossima dimmelo prima, ché vengo io. Nun te scordà. Ciao bello. Ciao».

Matteo Carli... Mi sembra un secolo... Sarebbe davvero strano rincontrarsi alla festa di compleanno della figlia di Brigati... Però mi farebbe un sacco piacere... Non so se per lui sarebbe lo stesso, dopo quello che è successo... Mmh mmh... Massì, fanculo, è passata un'eternità...

«Paride?».
«Ciao grande. Dimmi che ce l'hai fatta».
«Sì. Ho trovato il catering».
«Quello di Roma?».
«No, quello è già impegnato. Però mi ha dato il nominativo di un

concorrente e mi ha garantito che è un catering d'eccellenza».
«E chi sarebbe?».
«"Giusti & Carli", ti mando il numero per sms».
«Conosco già, sono piuttosto rinomati qua in zona... Sono i primi che ho sentito e sono già occupati».
«Per questo non ti devi preoccupare. Li ho fatti contattare dal mio agente che sa essere molto convincente. Non so bene come fa, ma parte con due cazzate al telefono, poi manda una bottiglia di amaro prodotto da sua cognata e ci riesce sempre... Alla fine pare che abbiano deciso di sdoppiarsi: un socio a una festa e un socio all'altra. Certo, ti costerà un po' perché avranno bisogno di raddoppiare il numero di addetti, ma credo ne valga la pena per il compleanno di tua figlia. O no?».
«Grazieeee! Grazieeee! Non so proprio come sdebitarmi!».
«Lascia stare... Ah, un'altra cosa: quando chiami per metterti d'accordo chiedi che alla villa sia presente Matteo Carli, non l'altro socio... Matteo Carli. Capito?».
«Sì sì ho capito. Ma perché? L'altro non va bene?».
«No non va bene. Matteo Carli, ho detto. Ricordati il nome. È lui che vogliamo».
«Ok ok. Senti e per quanto riguarda...».
«Ciao Paride... devo scappare, mi chiamano sull'altra linea. Ciao ciao».
Click.

La festa si teneva nella villa di campagna della famiglia Brigati: una gigantesca casa colonica completamente ristrutturata e immersa nel verde di un giardino che si estendeva a perdita d'occhio, incorniciata nel suggestivo scenario delle valli piacentine, lungo il Bagnolo, sulle colline a cavallo tra la Val Trebbia e la Val Nure.
Giovanni era agitatissimo. Avrebbe rivisto colei che per vario tempo era stata la sua unica ragione di vita e inoltre avrebbe ritrovato l'amico speciale che aveva cacciato dalla sua vita in malo modo, da stronzo, come lui si sentiva.

Arrivò con la macchina davanti all'ingresso; non fece in tempo a suonare che il cancello in ferro battuto si spalancò e sembrava la bocca di un'enorme creatura preistorica pronta a inghiottirlo. Ad attenderlo, in fondo al viale d'accesso, c'era un Paride Brigati grassissimo e talmente invecchiato da suscitargli tenerezza. Si salutarono con trasporto, baciandosi sulle guance, come due vecchi amici pieni di ricordi in comune, e Giovanni ebbe l'ennesima dimostrazione di come il successo cambi la prospettiva delle cose, alterandola irrimediabilmente.
«Vieni» disse Paride Brigati prendendo Giovanni sottobraccio.
Erano i primi di giugno, l'aria in collina era fresca e frizzante, del tutto diversa da quel clima umido e soffocante che si respirava giù in città. Su richiesta della figlia, che voleva ballare sotto un cielo di stelle, Paride Brigati aveva fatto preparare l'area discoteca all'esterno, nei pressi della piscina. Aveva fatto montare degli amplificatori talmente potenti che la musica sarebbe arrivata fino nel centro di Piacenza.
«Ecco, quella è la tua postazione».
Giovanni sistemò il suo portatile, che aveva un archivio contenente migliaia e migliaia di tracce, molte delle quali remixate da lui personalmente.
«E quelli?» chiese indicando quattro energumeni con le braccia conserte, che lo guardavano in cagnesco dietro grandi occhiali scuri.
«È parte del servizio di sicurezza» rispose fiero Paride Brigati. «Se qualcuno esagera e diventa molesto, hanno l'ordine di sbatterlo fuori a calci nel culo».
Giovanni annuì e si voltò a osservare l'esercito di addetti al catering, che si muovevano come formichine operose, dandosi da fare ad allestire tavoli, trasportare vassoi e casse di vino. Li indicò con la mano: «Facciamo le cose in grande, eh?».
«Proprio così» confermò soddisfatto Paride Brigati. «Tutto deve essere perfetto, la maggiore età è un traguardo importante per una signorina».
In quell'attimo Giovanni rivide le immagini flash dei suoi

diciotto anni, quando con quattro amici se n'era andato a ballare in discoteca, e uno di loro aveva rimorchiato una tipa così orrenda, che persino il deejay aveva fatto scattare l'applauso. Sorrise e pensò che tutto sommato non era poi quel gran ricordo.
A un tratto Paride Brigati venne richiamato in cucina a risolvere una questione legata ai distillati da servire, così lui riprese a trafficare con la sua strumentazione, concentrato a districare un garbuglio di fili elettrici. Finché una voce chiamò il suo nome, lui sollevò la testa e si trovò di fronte un uomo sorridente, un volto conosciuto.

Ci mise parecchi istanti a mettere a fuoco, poi in un lampo lo riconobbe: era Matteo Carli. L'aspetto era decisamente diverso, molto più maturo, con un pizzico di barbetta incolta, i capelli rasati a zero a nascondere l'ombra della calvizie, il fisico irrobustito e leggermente sovrappeso. Gli occhi però erano rimasti quelli dolci e innocenti di un bambino.
«Ciao Giovanni, quanto tempo».
Anche la voce era cambiata, non era più il fragile pigolio di un pulcino, aveva assunto una timbrica forte e sicura.
Si scambiarono un abbraccio caloroso, poi ci fu un silenzio gravido di attesa e Giovanni cercò le parole giuste per riempirlo.
«Mi dispiace per come ho reagito quella volta. Sono stato uno stupido, non avrei dovuto».
Matteo Carli sorrise. «Non ti preoccupare, davvero. Non c'è niente di cui tu ti debba giustificare. È acqua passata».
E pure nel modo di esprimersi, di gesticolare, sembrava una persona lontana milioni di chilometri dal se stesso tardo adolescente.
Si sedettero su un paio di sdraio a bordo piscina; cominciarono a parlare e avevano talmente tante cose da dirsi che non sapevano da dove iniziare.
«Ti ho seguito, sai?» disse Matteo. «È stato straordinario il successo che hai fatto. Ma spiegami un po', raccontami come

hai fatto a reincarnarti in Johnny P., sono davvero curioso di saperlo».
Giovanni fece una gran risata. «Be', se devo essere sincero, è stata tutta fortuna».
«Aspetta, aspetta un attimo» lo interruppe Matteo che con un cenno si fece portare da uno dei camerieri due bicchieri di vino. «Facciamo un brindisi... Alla nostra!».
«Alla nostra!».
I calici si toccarono tra loro, poi ognuno buttò giù un sorso di quell'ottimo prosecco.
«Bene, ci voleva proprio. Ora vai pure avanti, sono tutt'orecchi».
«Okay» disse Giovanni, «proverò a farti un riassunto. Devi sapere che subito dopo averti lasciato lì a Barcellona, sono rientrato in Italia. Ricordo che mi sentivo triste e abbattuto, e così, giusto per non starmene in casa a fare niente, ho preso il treno e sono andato a Rimini a trovare mio cugino Roberto, quello che, forse te ne avevo anche parlato, faceva il barman in discoteca. È da non credere ma la mia storia è fatta tutta di coincidenze, come ho scritto anche nella mia autobiografia».
Fece una pausa, mandò giù un altro piccolo sorso di prosecco; Matteo era di fronte a lui che si accarezzava la barba sotto il mento e lo ascoltava con la massima attenzione.
«Be', sta di fatto che subito la prima sera ho accompagnato mio cugino alla discoteca *Insane*, una delle più famose della Riviera, ovviamente proprietà di Paride Brigati. Quando siamo entrati c'era un gran casino, pareva il finimondo per via che il deejay li aveva piantati in asso all'ultimo secondo e loro non riuscivano a rimpiazzarlo. Nessuno sapeva cosa fare, come risolvere quella grana; a un certo punto è saltato su mio cugino e ha detto a Paride Brigati che avrei potuto farlo io il deejay, che non me la cavavo per niente male con quel tipo di musica. Quello era talmente disperato che pur di non chiudere il locale ha deciso di buttarmi per davvero nella mischia, nonostante le mie insicurezze. Lì per lì ho stramaledetto mio cugino, avrei voluto strozzarlo, ma alla fine non ho fatto nulla per

oppormi e quasi senza rendermene conto mi sono sistemato dietro la consolle, in attesa che arrivasse gente. Per farti capire il mio stato d'animo fa' conto che fossi dietro una trincea e stessi aspettando l'avanzare delle truppe nemiche. Sudavo e mi tremavano le gambe, guardavo quell'incosciente di Roberto che da dietro al bancone mi lanciava sorrisetti e gesti d'incoraggiamento. Poi è arrivato il mio momento, ho acceso il microfono, mi sono messo a parlare e la mia voce aveva un bel timbro e la ciurma di discotecari famelici mi guardava con rispetto e ammirazione. A quel punto ho fatto quello che sapevo fare meglio: scegliere i pezzi, quelli che mi sembravano più giusti, e la pista di botto si è riempita all'inverosimile, tutti ballavano, urlavano ed erano contenti. Così, alla fine della serata, Paride Brigati mi ha offerto un ingaggio ed io mi sono sentito importante come non mi era mai successo in vita mia. Da lì è partita la mia carriera da deejay.
La svolta però è stata quando per gioco mi sono messo a remixare dei vecchi pezzi funk, roba semisconosciuta degli anni settanta. Ho fatto un CD, ne ho prodotte alcune centinaia di copie e ho cominciato a distribuirlo in giro, fuori dai locali nei quali mi esibivo. Molto presto mi sono accorto che piaceva, si è innescato un bel passaparola e i ragazzi facevano la fila per comprarlo; finché un bel giorno succede quello che mai mi sarei aspettato: mi chiama il produttore di una casa discografica e mi propone un contratto vero e proprio. Ovviamente accetto senza pensarci su due volte, così dopo un po' esce per radio il primo singolo e nel giro di pochissimo scala le classifiche e diventa uno di quei tormentoni che ti entrano nella testa e non vogliono più saperne di uscire. Ed era solo l'inizio, perché poi è partito un mega tour che mi ha portato in tutte le più grandi discoteche d'Europa, sono stato in giro per circa due anni senza mai fermarmi, ero richiestissimo. Quando sono rientrato in Italia volevo solo riposarmi, ma avevo decine e decine di proposte, il mio agente che mi pressava, così mi sono messo a fare televisione, perché in quel momento mi pareva la

cosa più figa e più comoda che potessi fare; poi però mi sono stancato e sono passato alla radio, e ho capito che quello era il mondo su misura per me, così non ho mai smesso. Tra una cosa e l'altra ho anche scritto tre libri, ho continuato a fare musica e di tanto in tanto mi esibisco ancora in discoteca. E ora eccomi qua, al compleanno di Eva Brigati... Un vecchio debito di riconoscenza... Ma ora basta parlare di me, piuttosto, dimmi di te».

Matteo Carli prese un bel respiro. «Non so da dove incominciare».

«Potresti incominciare da quel mattino a Barcellona, di non so più quanti anni fa».

«Quasi venti. Solo a dirlo ti senti così vecchio».

«Eh, già! Anche se a me piace pensare che la parte migliore debba ancora venire».

«Be', se lo dice Johnny P. sarà vero, o no?».

Risero ed entrambi erano contenti e stupefatti di come avessero fatto in fretta a riallacciare un legame che si era dissolto nel vento.

Poi qualcosa nell'espressione di Matteo sembrò incresparsi, finì di sorseggiare l'ultimo goccio di prosecco e si mise a raccontare la sua storia.

«Dopo che te ne sei andato è come se il mondo mi fosse crollato addosso. Mi sono sentito infelice come non mai, ero spaventato e provavo un profondo disgusto verso me stesso. Volevo punirmi per quello che ero, e mosso da un irrefrenabile slancio autodistruttivo mi sono gettato in mare, spingendomi fino al largo, dove non toccavo più. Dopo un po' che ero in acqua ho cominciato a sentirmi stanco e ad andare sotto. Una parte di me pensava che dovessi semplicemente stare fermo e non fare niente, che quello fosse il patetico atto finale della mia esistenza, e che a nessuno sarebbe importato molto. Ma un'altra parte di me non la pensava per niente in questo modo, così il mio corpo reagì per conto suo, riunendo tutte le forze residue per mantenermi in superficie.

A un certo punto, mentre andavo su e giù nell'acqua fredda e non ce la facevo quasi più, due braccia forti mi hanno afferrato e mi hanno letteralmente trascinato a riva. Era uno di quei tipi che al mattino presto puliscono le spiagge. Aveva osservato tutta la scena e una volta resosi conto del pericolo in cui mi ero cacciato, non ha esitato un secondo ed è corso a salvarmi. Io ero a terra stremato, privo della minima energia, quello si è messo a parlarmi in spagnolo ma io capivo una parola sì e cinque no, e lo vedevo tutto sfocato con i contorni non definiti. A poco a poco mi sono ripreso, ricordo che quel signore mi ha fatto segno di non muovermi e si è allontanato di corsa. Ho pensato che stesse andando a chiamare l'ambulanza, o magari la polizia, e siccome non avevo nessuna voglia di dare delle spiegazioni, mi sono messo in piedi e a fatica ho abbandonato la spiaggia. Pensa che stronzo: me ne sono andato senza neppure ringraziarlo».
Giovanni lo ascoltava a bocca aperta e non gli sembrava vero che a pronunciare quelle parole fosse lo stesso Matteo Carli che aveva conosciuto lui.
«Scusami ancora. Davvero io...».
«Lascia stare. In fondo hai avuto una reazione più che legittima. Semmai sono io che non avrei dovuto perdere il controllo delle mie azioni...! Ma aspetta che ora viene la parte migliore... Lasciata la spiaggia non sapevo dove andare, così sono tornato all'ostello e tu non c'eri già più. Sono rimasto a letto due giorni interi, a piangere e a soffrire come un cane, ma poi ho avuto una specie di illuminazione e ho capito che per me sarebbe stato importante proseguire quel viaggio. Mi sono rimesso in sesto e sono ripartito. Ho girato in lungo e in largo per gran parte della penisola Iberica, e per guadagnarmi da vivere disegnavo quello che avevo intorno, proprio come mi avevi detto di fare tu. A pensarci ora direi che per tutto quel periodo non ho fatto altro che nutrirmi delle cose belle e nuove che trovavo lungo il mio cammino, inghiottirle e risputarle fuori su fogli di carta sporchi della polvere di quel viaggio. Più

andavo avanti e più cresceva in me quella voglia di perdonarmi e accettarmi per quello che ero. Finché un giorno ho avuto il coraggio di vivere appieno i miei sentimenti, di assecondare la mia natura, e a quel punto sono arrivati gli uomini e tutto ciò che ne consegue. Ho avuto alcune relazioni facili, altre più complicate, c'è stato anche un momento della mia vita in cui cambiavo quasi un compagno a sera. Poi grazie al cielo ho incontrato Alessandro, il mio grande amore, ed è stata la svolta. Ormai sono quasi undici anni che stiamo insieme, ed è sempre come la prima volta. E tu invece? Come mai non ti sei mai sposato?».

«Bah, non saprei... In verità ho avuto parecchie donne, ma per un verso o per l'altro è andata sempre a finire che o mi stufavo io o si stufavano loro. Quasi tutte mi hanno sempre rinfacciato di pensare solo a me stesso e alla mia carriera. E il brutto è che credo che abbiano ragione. Ma non ha importanza, piuttosto, raccontami un po' com'è che sei finito a fare quello che fai».

Matteo alzò un sopracciglio. «Mmmh... Ti accontenti della versione breve?».

«No no caro... Visto che abbiamo ancora un po' di tempo esigo i dettagli».

«Ahahah! Ok... Dunque, quando sono rientrato a Piacenza dal mio lungo peregrinare, mi sono iscritto a Economia e per un periodo ho vissuto in maniera piuttosto regolare, cercando di mantenere nell'ombra la mia omosessualità. Di giorno in giorno, però, ho cominciato a sentirmi sempre peggio, finché è arrivato il momento che non ce l'ho più fatta e sono esploso; a quel punto ho deciso di raccontare ai miei genitori la verità. Avresti dovuto vedere le loro facce, per un pelo non ci sono rimasti secchi. Mio padre ha praticamente smesso di rivolgermi la parola, mentre mia madre s'è messa a trattarmi come un ammalato. Allora ho preso e sono partito di nuovo, me ne sono andato a vivere a Londra, perché era una città che in qualche modo mi aveva sempre ispirato e poi avevo sentito dire che c'erano un sacco di opportunità per i giovani e la

mentalità delle persone era molto più aperta che da noi.
Una volta lì, siccome dovevo mantenermi in qualche modo, mi sono messo a fare il lavapiatti in un ristorante italiano. Lavoravo quasi tutte le sere, mentre di giorno avevo il tempo per disegnare. In quel periodo avevo delle idee in testa, un mucchio di idee molto più complesse e articolate di quelle che mi venivano a scuola. Le buttavo giù e creavo delle storie e dei personaggi che interagivano tra loro e si muovevano, facevano cose.
Ricordo che all'epoca vivevo in un piccolo appartamento dalle parti di Hackney, con un indiano che lavorava da McDonald's e un libanese che non ho mai capito che cosa facesse di preciso. Comunque sia, ognuno si faceva gli affari propri, ed io da quando mi svegliavo fino all'ora di andare a lavorare, non facevo altro che disegnare e scrivere, scrivere e disegnare. Ero piombato in una specie di furore artistico, sono andato avanti così per parecchi mesi, fino a quando non ebbi pronta la mia *graphic novel*. In teoria era la prima parte di quella che nella mia testa sarebbe dovuta diventare una serie con lo stesso protagonista, che poi era una sorta di antieroe che se ne andava in giro ad ammazzare la gente. Così ho raccolto i miei pochi risparmi e ho pagato una studentessa universitaria affinché mi desse una mano a tradurre i testi in inglese. Una volta concluso mi sono messo a rileggerlo un'infinità di volte, dopodiché ho trovato il coraggio di andare in giro per Londra alla ricerca di un editore al quale proporlo. E gira e rigira sono pure riuscito a trovarlo e ho firmato un contratto sia per questo sia per i successivi capitoli della serie.
Il libro è uscito dopo circa un anno e non ci crederai ma è andato alla grande, anche perché si trattava di un'opera piuttosto originale e interessante, inoltre da quelle parti c'è un mercato florido, molto più evoluto del nostro. Così ho incassato un po' di denaro e finalmente mi sono potuto licenziare dal ristorante. Tutto filava per il meglio e a me non sembrava vero di essere riuscito a fare una cosa che fino a

pochi anni prima vedevo così distante e irraggiungibile. Ora però non era più un gioco, avevo degli impegni contrattuali da rispettare, per cui mi sono rimesso subito al lavoro. Nel frattempo il primo libro continuava a mietere successi, si stava creando un'attesa incredibile. A quel punto l'editore ha cominciato a mettermi pressione, voleva controllare che tutto fosse perfetto. Mi chiedeva le bozze in anticipo, ancora prima che io le avessi concepite, pretendeva di mettere mano nella storia, di inserire o eliminare personaggi a suo piacimento. Piano piano ha completamente destrutturato e snaturato il mio modo di lavorare. Ti rendi conto? Tutto ciò per aumentare ancora di più il potenziale commerciale del testo».

Giovanni sbuffò e si accese una sigaretta.

«A lungo andare questa cosa mi ha messo una tale pressione che mi è quasi preso l'esaurimento nervoso e alla fine gli ho consegnato un'opera che a voler essere generoso definirei una "ciofeca". La naturale conseguenza è stata la risoluzione del contratto e ti posso assicurare che per me è stato un enorme sollievo. Pur di non avere più niente a che fare con l'editore, gli ho ceduto tutti i diritti, compresi quelli del primo libro. Non appena uscito dagli uffici di quegli avvoltoi, non volevo restare da solo, così mi sono messo a vagare per le strade di Londra soltanto per stare a contatto con le persone, e ho giurato a me stesso che mai e poi mai mi sarei reso di nuovo schiavo di un qualche mercante d'arte. Avevo fatto i conti con il mercato e ne ero uscito con le ossa rotte. Con quel mondo avevo chiuso, anche perché all'improvviso non mi andava più di disegnare, sentivo invece un gran bisogno di stare all'aria aperta e annusare la vita, che era dappertutto tranne che nel silenzio della mia camera d'appartamento. Ho iniziato ad andare in giro giorno e notte, dormivo pochissimo. Bazzicavo locali, frequentavo uomini... La quantità di gay che puoi incontrare a Londra è da non credere. Quando poi ho esaurito le scorte di soldi, l'idea di trovarmi un nuovo impiego come lavapiatti mi dava la nausea, perciò sono tornato di nuovo in Italia dai miei genitori. Non avevo progetti e non sapevo assolutamente che fare della mia vita, così ho deciso di iscrivermi di nuovo all'università, questa volta a psicologia, giusto per convincermi che stavo facendo qualcosa di utile per il futuro. Il bello, ma questo l'ho capito parecchi anni dopo, è che noi siamo sempre troppo occupati a costruire qualcosa per il futuro e non riusciamo mai a concentrarci sul presente. Non trovi anche tu?».

Giovanni assentì. «Davvero» disse.

«Comunque, intanto che studiavo, mi sono trovato un lavoretto saltuario come cameriere addetto al catering, ed è proprio lì che ho conosciuto Alessandro, il mio compagno. In seguito, molto tempo più tardi e con un bel bagaglio di esperienza, abbiamo deciso insieme di aprire una nostra società di catering, ed io ho di nuovo mollato gli studi. È stata la svolta...! Tanto che quella che all'inizio poteva apparire una mossa azzardata, si è invece rivelata come la cosa migliore che potessimo fare. Abbiamo dedicato anima e corpo al nostro lavoro e col sudore della fronte, lo dico con orgoglio e un pizzico di immodestia, siamo diventati molto bravi e molto richiesti, al punto da essere sommersi di lavoro. Quindi eccomi qua a villa Brigati, chiamato a dare da bere e da mangiare a un reggimento di invitati. Il mio compito è quello di controllare che tutto fili per il verso giusto e che il servizio sia all'altezza della situazione. E questo è quanto».

Giovanni lo scrutava con un mezzo sorriso. «Be', direi che l'hai presa un po' alla larga ma alla fine pure tu sei riuscito a trovare la tua strada. Scherzi a parte, mi fa molto piacere sapere che le cose ti siano girate per il verso giusto. Non sai quante volte in questi anni ci ho pensato. E comunque ora che abbiamo parlato mi sento più tranquillo. Sai, ti confesso che ero un po' agitato all'idea di rivederti».

«Quindi tu sapevi?».

«Eh già! Ammetto che il nostro incontro non è del tutto casuale».

« AAAAhhhh!!! Allora sei tu ad aver... Aspetta, ho ancora il foglietto qui con me: "Si richiede assolutamente la presenza del titolare Matteo Carli ad accompagnare il catering, non altri responsabili". Ahh! AAhhh! Ahhhhh!!! Mi domandavo chi fosse questo piccolo duce che mi richiedeva con tanta insistenza...».
«Eh eh eh!».
In quel frangente la voce di Paride Brigati squarciò l'aria.
«Johnny, Johnny».
«Ora sarà meglio che vada a sentire cosa vuole il vecchio. Ci vediamo dopo, così ci scambiamo anche il numero di telefono».
«Certo, a dopo allora».
Si salutarono con un sorriso, poi Giovanni andò incontro a Paride Brigati che lo prese di nuovo a braccetto.
«Entriamo in casa, mia figlia non vede l'ora di conoscerti».

Eva era chiusa in bagno da ore a truccarsi e a farsi bella, non voleva nessuno intorno. Quando finalmente scese in salotto e si trovò di fronte la scena di suo padre che parlottava con Johnny P., lasciò partire un gridolino insopportabile e prolungato, poi saltò al collo del deejay, gli diede un bacio sulla guancia lasciandogli il segno del rossetto e lo ringraziò per avere accettato l'invito.
«Sei il migliore» gli soffiò nell'orecchio, quindi attaccò con il racconto di quella volta che gli aveva telefonato in trasmissione. Eva parlava a raffica, come se avesse ingoiato una mitraglietta; Giovanni faceva di tutto per essere cortese e affabile, ma nello stesso tempo cercava di schermirsi da quella pioggia incessante di complimenti. Ogni minuto che passava era sempre più nervoso, di tanto in tanto buttava gli occhi in direzione della porta, nella spasmodica attesa che prima o poi sbucasse Vera a dare un senso alla sua presenza in quella casa.
Eva non chiudeva mai la bocca, ma nello stesso tempo osservava Giovanni e ne studiava la fisionomia, nel tentativo di riscontrare una qualche somiglianza che rendesse ancora

più evidente il loro legame di sangue. A furia di guardarlo si convinse che il taglio degli occhi e la forma delle orecchie erano proprio uguali identiche alle sue. Intanto gli rivolgeva domande generiche, senza mai fare allusioni che potessero anticipare qualcosa del suo diabolico piano.
Poi arrivò un cameriere che portò in tavola alcuni piatti da assaggiare, ed ecco che all'improvviso si materializzò Vera in abito da sera.
«Oh, finalmente!» esclamò Paride Brigati. «Ecco la mia signora».
Giovanni divenne di marmo, la bocca contratta in una smorfia indecifrabile. Fece un cenno di saluto e si avvicinò per stringerle la mano; al solo contatto con la pelle di lei, avvertì un flusso di calore lungo la colonna vertebrale. La fissò intensamente e non fu affatto sorpreso nel ritrovarla bella e sensuale come se la ricordava, anche se di certo non era più la ragazzina di allora. In particolare lo colpì il colore dorato della sua pelle, evidentemente frutto dell'abbronzatura artificiale, che era completamente diverso dal colore lattiginoso, quasi trasparente, di un tempo.
«Vuole che la chiamo Giovanni o preferisce Johnny?» chiese Vera in modo talmente convincente che per un attimo lui ebbe il dubbio che non si fossero mai conosciuti prima d'ora. Più di tutto lo spiazzava quel "lei" così calcolato.
«Ehm... È lo stesso... Come ti vie... le viene meglio».
«Johnny, ci tenevo a dirle che siamo davvero molto contenti di averla qui con noi».
«Gr... Grazie!».
«No grazie a lei! Magari avrà rinunciato a qualche impegno importante per venire alla festa della nostra *bambina*».
«No... Cioè sì... Comunque mi fa piacere».
Giovanni faceva fatica a mantenere il controllo. Sentiva che le sue aspettative erano state tradite, era come se l'intimità di quel periodo lontano si fosse del tutto perduta. Poi Paride Brigati monopolizzò la conversazione e lui dovette sforzarsi

di fingere interesse verso quei discorsi inutili e privi di valore. Ogni tanto lanciava occhiate rapide e furtive a Vera, si chiedeva se sotto quell'apparente strato di indifferenza ci fosse rimasto qualcosa, anche solo una piccola traccia della loro storia, dei loro vent'anni.
Eva non si lasciava sfuggire nulla, intercettava ogni sguardo e lo registrava, pregustandosi la sua personalissima vittoria.
Dai, che tra poco comincia la festa.

«E chi sarebbe questa compagna di scuola?» chiese la madre di Andrea, intenta alla guida della vecchia Panda Dance azzurrina.
«Si chiama Eva, non la conosci. È la decima volta che me lo chiedi».
«Sì, scusa, hai ragione. È solo che in tutti questi anni non mi hai mai chiesto di accompagnarti a una festa. Hai sempre detto che tu le odi le feste».
«Be', ma in questo caso è diverso».
«Perché?».
«Uffa, mamma! Se preferisci che non ci vada non è un problema, giriamo la macchina e torniamo a casa. Però, per favore, smettila di farmi il terzo grado. È solo una festa di compleanno».
«No, eh? Figuriamoci se non ci vai... ci vai eccome. Anzi, ti dirò che sono strafelice che tu ti stia facendo dei nuovi amici. Mi fa solo un po' strano, tutto qui».
«Quanto la fai lunga » sbuffò Andrea. «Sono due giorni che non parliamo d'altro».
«Okay, è vero, lo ammetto... sono stata un po' pesante. Il fatto è che ho aspettato tanto questo momento! Ho sempre pensato che alla tua età non sia normale stare chiusi in camera tutto il santo giorno davanti a un computer. Bisogna uscire, farsi delle compagnie, e perché no, pure una ragazza. A proposito, come hai detto che si chiama la festeggiata?».
«E dai, ci risiamo. Eva, mamma. Si chiama Eva. Eva, Eva,

Evaaaaaaaaaaaaaaaaaaaa!».
«Ah già! Che sbadata! Chissà perché questo nome non vuole saperne di entrarmi nella testa. Senti, ma dici che è il caso che venga a salutare i genitori? Un salutino veloce, giusto per ringraziarli dell'invito».
«NO» ruggì Andrea ponendo di fatto fine alla conversazione.
Nel frattempo la Panda arrancava su per la collina e a ogni salita il motore dava l'idea di volersi arrendere, sopraffatto da quello sforzo improbo. Suv, crossover e station wagon sfrecciavano in sorpasso e ogni volta Andrea si abbassava e strisciava con il culo sulla punta del sedile, con l'intento di mimetizzarsi e non farsi vedere. Intanto pregava che finisse presto quel viaggio tremendo e che la Panda non li lasciasse a piedi proprio in quel momento.
«Ecco» disse a un tratto. «Fermati pure qua».
«Ma non siamo ancora arrivati, qui non c'è nessuna casa. Ti porto ancora un po' avanti».
«No, va bene così. La villa è proprio lì, appena dopo quella curva».
«E tu come fai a saperlo?».
«L'ho cercata su *Google Maps*».
«Va bene, ho capito» fece la madre con aria da cane bastonato. «È per via della macchina. Ti vergogni a farti vedere dai tuoi amici su un misero *pandino* scassato».
«Non è che proprio mi vergogno, però... sai com'è... preferisco proseguire da solo».
«A che ora ti vengo a prendere?».
«Non lo so. Facciamo che ti chiamo dopo sul cellulare» e così dicendo sgusciò fuori dalla macchina.
La Panda fece un paio di colpi di tosse, poi ripartì lasciando dietro di sé una densa nuvola di gas nero.

Andrea proseguì sul ciglio della strada, fino a costeggiare la fittissima siepe che circondava il giardino della villa, per poi sbucare di fronte alla cancellata. Mentre a testa bassa imboccava il vialetto d'accesso, ripassava le istruzioni di Eva: al momento opportuno lei gli avrebbe fatto un cenno e lui sarebbe scattato per eseguire alla lettera ciò che lei gli aveva chiesto di fare. Se tutto andava come doveva, a conclusione del piano, Eva si sarebbe concessa a lui e avrebbero fatto l'amore. Un pensiero talmente invitante da fargli friggere il sangue nelle vene.

Per la centesima volta si frugò nella tasca dei pantaloni per sincerarsi di avere con sé la chiavetta USB. Osservò l'ambiente intorno e vide una marea di gente sparsa per il prato, mentre altra continuava ad arrivare. Si mise a vagare in mezzo agli altri ragazzi e si accorse di non conoscere nessuno, nemmeno di vista.

Un istante dopo, un tizio già ubriaco inciampò su di lui versandogli addosso un bicchiere di birra, provocando le risate sguaiate del drappello di amici intorno.

Una ragazza disse: «Tanto, cosa vuoi che sia, per quell'orrenda camicia...».

E tutti quanti nel raggio di dieci metri lo additarono e sghignazzarono.

Andrea provò stizza e repulsione ma non accennò a una benché minima reazione. Chiuse gli occhi e avrebbe voluto teletrasportarsi al sicuro nella sua cameretta, a fissare i poster di *Star Trek* e *Star Wars*. Ma una vocina gli sussurrava di non curarsi di loro, che una volta avuta la ricompensa li avrebbe mandati tutti a fare in culo.

Bestie. Siete solo un branco di bestie senza cervello.

Avanzò nel giardino facendosi largo tra un'accozzaglia di fantocci impegnati a ingurgitare vino, birra e superalcolici. Arrivò fino al bordo della piscina e lì, immersi nell'azzurro turchese dell'acqua, galleggiavano decine di corpi, sorvegliati a vista da una coppia di bagnini armati di fischietto.

Alcuni secondi dopo si udirono delle urla, accompagnate dal battito ritmato delle mani. I gorilla della sicurezza si distribuirono di lato per formare un piccolo cordone a protezione di *sua santità* Johnny P., che veniva avanti veloce, sfiorando una parte di quello stuolo di mani protese. Con un balzello atletico saltò i gradini della sua postazione, aprì il microfono e pescò dal suo sterminato repertorio qualche frase buona per scaldare ulteriormente gli animi. Poi fece partire la musica e i ragazzi cominciarono a scatenarsi come tanti scarafaggi impazziti.

L'unico avulso da tutto ciò era Andrea, che si trovava per caso vicino a un amplificatore e per un istante pensò che tutti quei decibel gli avrebbero spappolato il cervello.

«Finalmente ti ho trovato» sbraitò Eva strattonandolo per una manica e trascinandolo distante da lì. «Ho provato a chiamarti già cinque volte... Ma dove diavolo ti eri cacciato? Ho creduto che ci avessi ripensato e che non venissi più».

«No, scusa» balbettò lui, «è solo che in mezzo a questa confusione non ho sentito il telefono».

«Ma che cazzo hai combinato alla camicia...? Va be', non importa. Sei pronto?».

Andrea fece di sì con la testa.

«Bene. Allora stai qui, in questo punto esatto. Io vado a ballare là, in maniera che tu mi possa vedere. Quando è il momento buono ti saluto con la mano e tu entri in azione. Chiaro?».

«Sì» mormorò lui.

«Non sento».

«Ho detto sì».

«Più forte».

«Sì».

«Ancora di più».

«Sììì!!!» gridò Andrea con tutto il fiato che aveva in corpo, mentre la tensione gli rimescolava i succhi gastrici nello stomaco e ci mancò un niente che non gli uscisse un fiotto di vomito proprio sulle scarpe di Eva.

Gli altoparlanti sputavano le hit del momento mischiate a un

po' di revival, mentre tutt'attorno c'era il delirio di braccia alzate, teste e facce che spuntavano qua e là.
Johnny P. era il re e il palco era il suo trono; faceva finta di essere indaffarato con il mixer, mentre in realtà aveva selezionato all'interno del suo portatile una cinquantina di brani già mixati e pronti all'uso. In pratica non doveva fare niente, se non dire qualche parola qua e là in onore della festeggiata. Aveva talmente tanta musica confezionata in quell'*hard disk,* che se avesse voluto avrebbe fatto ballare quell'orda di scimmie urlatrici per tre giorni di fila. Eseguiva il suo compitino con il minimo sforzo e intanto pensava a Vera e si domandava se sono le persone a cambiare davvero o se invece sono i rapporti che vengono irrimediabilmente piegati e sformati dal tempo.
Finché Vera, in carne e ossa, si materializzò ai suoi occhi, di fianco a uno di quei lampioni a bordo piscina, luminosa ed eterea come lui l'aveva sempre sognata. Questa visione gli fece fare un tuffo nel passato e per qualche secondo gli sembrò di essere tornato il deejay principiante che era tanti anni fa, mentre lei invece era la femmina più bramata del locale e non sorrideva mai a nessuno. La pista si era trasformata in un enorme prato verde, l'aria era quella secca e fresca di collina e non quella irrespirabile inzuppata di un fumo solido e compatto che faceva bruciare gli occhi, le luci non erano più quelle isteriche delle stroboscopiche appese al soffitto, bensì quelle più dolci di una notte stellata. Tutto era cambiato tranne lei, che non si muoveva, non ballava più come allora, però era lì apposta per lui e con la stessa identica energia di una volta gli lanciava sguardi intrisi di sapori antichi e meravigliosi. In un batter di ciglia tutto il casino intorno era come evaporato, risucchiato dalla chimica dei loro occhi pieni di fuoco.

Agile come un *ninja*, un giovane cameriere del catering si fece largo tra gli energumeni della sicurezza e raggiunse il palco di Giovanni, che in un nanosecondo venne catapultato nel

mondo reale.
«Il suo coca e whisky» gli disse allungandogli un bicchiere.
Giovanni rimase un attimo interdetto, poi scosse la testa.
«Grazie, ma sto bevendo birra» disse indicando due bottiglie ancora intatte che teneva sotto la consolle.
Il cameriere non ritrasse di un centimetro il braccio e, anzi, sembrò voler insistere. Pronunciò una frase che a causa del rumore assordante si disperse nel vento, così Giovanni si chinò e avvicinò l'orecchio alla bocca del suo interlocutore.
«Ho un biglietto per lei».
Giovanni ebbe un sussulto, fece un veloce sì con il capo e tese la mano; il cameriere gli passò il bicchiere e un pezzetto di carta piegato in due.
"*Ti aspetto in garage. Raggiungimi subito. V.*".
Lo lesse tre volte di seguito trattenendo il respiro per l'emozione.
Quando rialzò la testa si accorse che Vera non era più accanto al lampione.
Devo raggiungerla, devo assolutamente raggiungerla, ripeté tra sé come una giaculatoria.
Controllò lo schermo del portatile ed era tutto già impostato, la musica sarebbe andata avanti a oltranza, senza bisogno di lui. Così non disse una parola, scese di soppiatto dal retro del palco e sgusciò via svelto, tallonato da due uomini della sicurezza.
«Ehi, non c'è bisogno che mi seguiate ovunque» disse scocciato. «Sto andando solo a pisciare».

Sì sì sì!!!
Eva era elettrizzata. Procedeva tutto secondo i suoi piani. Aveva fatto recapitare due biglietti: uno a sua madre e uno a Johnny P.; e a quanto pareva c'erano entrambi cascati come due pere cotte. Per convincere il cameriere a prestarsi al suo gioco era bastato solo un piccolo bacio con la lingua più una tastatina intensa ai gioielli di famiglia.

È proprio vero... Gli uomini sono tutti uguali, dei burattini sempre arrapati.
Ora che l'ordigno era confezionato bastava solo innescarlo. Senza indugiare oltre, fece il segnale ad Andrea, il quale, con la devozione di un kamikaze, s'incamminò per portare a compimento la missione alla quale era stato chiamato.

Dove cazzo sarà 'sto garage?
Giovanni girò attorno alla villa senza incontrare ostacoli. Tutti i ragazzi erano impegnati a ballare o a ubriacarsi o erano appartati a limonare in qualche zona d'ombra del giardino.
A un tratto vide una piccola discesa di cemento, la percorse e si ritrovò di fronte all'ingresso del garage.
«Vieni».
Riconobbe subito la voce inconfondibile di Vera, che lo afferrò per un polso e lo spinse all'interno, richiudendo la porta. Dentro c'era un buio pesto, Giovanni non riusciva a vedere al di là del proprio naso.
«Non possiamo accendere una luce?» disse.
«Meglio di no».
Vera gli diede una carezza, poi gli prese la mano e lui si sentì pervadere da un senso incredibile di beatitudine.
«Seguimi. Dobbiamo fare piano».
Percorsero pochi passi facendo attenzione a non inciampare in qualche cianfrusaglia, poi Vera aprì una porticina di legno e vi entrarono.
«Ecco, qui è più interno... Nessuno si accorgerà della luce» disse premendo l'interruttore della corrente.
Erano finiti in una stanzetta spoglia adibita a lavanderia, un locale al quale si poteva accedere sia dal garage sia dalla taverna collegata alla villa tramite una scala interna. Un forte odore di umidità impregnava le pareti mezze ammuffite.
«Sei ancora più bella di come ti ricordassi» esordì Giovanni sfiorandole i capelli.
«No, non direi proprio» si schermì Vera buttandogli le braccia

intorno al collo. «Però mi fa piacere che tu me l'abbia detto».
Giovanni si avvicinò alle sue labbra baciandola dolcemente, sprofondando nei suoi occhi stuporosi. E si meravigliò nel constatare come lo spazio e il tempo fossero così diversi dall'ultima volta, mentre le sensazioni erano le stesse che aveva provato allora. Non c'era nessuna traccia di imbarazzo in quello che facevano, era tutto assolutamente naturale.
Vera si appoggiò alla lavatrice e cominciò a slacciargli uno a uno i bottoni della camicia.
«Non ho molto tempo» sussurrò lui. «Fra poco dovrò tornare sul palco o inizieranno a chiedersi che fine abbia fatto».
Una lieve risata uscì dalla bocca di Vera. «Dopo vent'anni, il tempo, poco o tanto che sia, non ha più alcuna importanza».
Con semplici movimenti si spogliarono degli indumenti superflui. Si strinsero l'uno nell'altra e i loro respiri e i loro movimenti si fecero sempre più veloci e univoci. La musica e lo sciame di persone di sopra in giardino erano solo un riverbero lontano.

Andrea fece pochi passi e inciampò nella borsetta di una ragazza cadendo a terra.
«Ehi razza di cretino! Sta' attento che questa è una Armani! Se me la rovini io...».
«Sc... scu... scusa non l'avevo vista» mugolò rialzandosi.
Subito dopo una tipa in evidente stato d'alterazione gli si parò davanti, alzò le braccia al cielo e fece un urlo belluino: «Uuuuuuhhhhhhhhhh!!!», quindi lo prese per i capelli e lo tirò verso di sé, strofinandogli la faccia nelle sue tette enormi. Andrea riuscì a divincolarsi a fatica da quella possente morsa, ma intanto aveva perduto gli occhiali. Ottenebrato dal buio totale si acquattò sul prato e con le mani cominciò a tastare di qua e di là, prendendosi un calcio nelle costole che gli spezzò il fiato. Ormai sull'orlo della disperazione riuscì a recuperarli un secondo prima che un lardoso individuo sui centocinquanta chili ci saltasse sopra con tutto il peso.

Riprese la marcia d'avvicinamento schivando gomitate e spintoni, era come un topolino sperduto in un labirinto pieno zeppo di gattacci affamati.
La sicurezza non sembrava prestare nessuna attenzione a un essere inoffensivo come lui, e questo giocò a suo favore facendo sì che riuscisse a guadagnare la postazione del deejay senza incontrare alcuna opposizione.
Sono l'uomo invisibile... Ma ora tutti quanti vi accorgerete di cosa sono capace di fare.
Un'ultima occhiata a Eva che ballava a pochi metri da lui insieme alle sue amiche, apparentemente tranquilla, come se quello che stava per succedere non la riguardasse. Lei gli sorrise e lui si sarebbe gettato nel fuoco pur di farla sua.
Sei così bella, mia regina.
Si mise a manovrare con la tastiera del portatile, ed era talmente abile che gli bastarono pochi secondi per riuscire a caricare la chiavetta con il file MP3.
Solo quando ormai era troppo tardi una guardia del corpo si rese conto di quello che stava accadendo e si gettò sul computer, ma per paura di compromettere quell'attrezzo costoso non osò muovere un dito.
Ora si balla davvero.
In un batter d'occhio la musica cessò e tutti quanti contemporaneamente si voltarono verso il deejay, che per qualche strano incantesimo si era trasformato in un rospetto con gli occhiali.
Il file audio era stato montato in modo che partisse nel momento clou della telefonata: «*Come perché? Lo sai che Eva non è figlia di Paride*».
Lì per lì nessuno dava l'impressione di aver colto la situazione, ma quella frase continuò a ripetersi un po' di volte in *loop* fino a entrare nella testa di tutti i presenti. Un brusio iniziò a serpeggiare tra la folla.
«Eva non è figlia di Paride Brigati!».
La voce cresceva col passare dei secondi, a mano a mano che

la registrazione proseguiva, fino ad assumere una consistenza reale.
Eva, come da copione, finse di avere una crisi isterica, scoppiò a piangere, si portò le mani al volto e corse via.

Paride Brigati bazzicava dalle parti del catering, indaffarato a mandare giù un vassoio di verdure pastellate, mentre un solerte cameriere continuava a riempirgli il bicchiere di champagne, così come lui gli aveva in precedenza ordinato. Ormai era bello alticcio e aveva messo gli occhi su un'amichetta di Eva. La guardava con la maialaggine del vecchio marpione e si era convinto che anche lei ricambiasse quegli sguardi con occhiate caramellose.
Che pezzo di figa! Che pezzo di figa!
Ma ecco che gli altoparlanti si spensero e un silenzio subitaneo tagliò a fette la notte.
Che cazz...
Poi si riaccesero sputando fuori quella verità lapidaria, quindi la voce cadenzata di sua moglie proseguiva l'involontaria confessione: «*... Ma sei pazza? No, Regina, non ho intenzione di dirglielo e non glielo dirò mai... Giovanni non è più il ragazzino di allora... Lui adesso è Johnny P. il famosissimo Dj! Pensa come reagirebbe sapendo che ha una figlia adolescente... e pensa come reagirebbe Paride!!!*».
Per alcuni brevi istanti pensò a un'allucinazione uditiva, ma la crudele realtà si sovrappose alle sue fantasie e prese il sopravvento.
Quando Paride Brigati emerse dal groviglio di persone aveva un aspetto ferino. «Spegnete quel cazzo di coso o faccio una strage!» urlò e la voce pareva provenirgli dal sottosuolo.
Immediatamente i gorilla della sicurezza si avventarono sul computer e lo sradicarono dai fili che lo tenevano collegato agli amplificatori; dopodiché afferrarono per la collottola Andrea che già aveva ricevuto un memorabile e sonoro sganassone dal bodyguard sopraggiunto in precedenza, e lo trascinarono

lontano da lì.
«Lasciatemi» gracchiava Andrea con una voce resa ancora più insopportabile dalla presa sul collo. «L'ho fatto per Eva, il mio amore. È lei che me lo ha chiesto».
«Zitto, scemo», uno di quegli energumeni gli rifilò uno schiaffone dietro la nuca.
Poi lo sollevarono di peso e lo lanciarono al di là della siepe, fuori dalla proprietà Brigati.

Matteo Carli si precipitò giù dallo scivolo del garage, aprì i battenti con tale forza che per poco non li divelse dai cardini, guardò in tutte le direzioni e alla fine riuscì a notare una porticina in fondo alla parete; la raggiunse ad ampie falcate, provò ad abbassare la maniglia e l'uscio si schiuse. Fece mezzo passo in avanti e udì la voce trafelata e distorta di Giovanni.
«Ehi, un momento... non entrare».
Matteo Carli non se ne curò, entrò ugualmente e davanti ai suoi occhi scorse i resti di quell'amplesso frettoloso.
Vera stava cercando di sistemarsi la gonna e aveva i capelli in disordine, mentre Giovanni era sudato da far schifo, sotto le maniche della camicia si erano formati due aloni scuri. La bottega dei pantaloni era aperta.
«Mi spieghi che ci fai tu qui?».
«Prima ti ho visto scendere... È successa una cosa...».
Fece una pausa per riprendere fiato.
«Che è successo?» chiese Vera e dal tono si avvertiva tutta la sua agitazione.
«Paride Brigati ha saputo di voi. Non c'è più tempo, sta venendo a prendervi. Dovete scappare via».
Per un attimo Giovanni pensò seriamente di essere di fronte a un soggetto con gravi turbe psichiche; sgranò gli occhi e sforzandosi di mantenere la calma gli domandò: «Sei sicuro di quello che stai dicendo?».
Matteo scosse la testa e alzò la voce. «Certo che sono sicuro! Ora dovete assolutamente...».

Non riuscì a finire la frase.

La porta che collegava la lavanderia alla taverna si spalancò e sbatté violentemente contro il muro. Un istante dopo, ecco sbucare Paride Brigati con gli occhi iniettati di sangue.
Vera cacciò un urlo che riecheggiò tra quelle quattro mura.
Giovanni restò immobile con la bocca aperta, aveva un'espressione traumatizzata.
Paride Brigati allargò le braccia in segno di saluto. «Oh, eccovi qua. Vi ho trovati finalmente. Coraggio, venite fuori, c'è il taglio della torta», il tono manifestamente finto-cordiale e il tremolare delle parole, miste a quel poco di alcol che circolava nelle vene, rendevano quel parlare un terribile presagio di distruzione, nel senso più macabro del termine.
Nella mano destra impugnava una pistola calibro 9, con il calcio decorato in argento. Ora che ce li aveva di fronte, mezzi svestiti, era ancora più iracondo per non esserci arrivato da solo. Sentì qualcosa di molto amaro penetrargli il cuore e avvelenarlo. Pensò che stesse arrivando un nuovo infarto.
Devo resistere, cazzo. Devo vendicare quest'umiliazione pubblica anche a costo di morire.
Avanzò barcollando e aveva gli occhi folli, pieni di disprezzo.
«Proprio voi, Giuda traditori che non siete altro. Vi ho presi dalla strada che non eravate un cazzo di niente: una puttana e un buono a nulla. E questa è stata la ricompensa che mi sono meritato... Ma ora la pagherete, la pagherete tutta, fino all'ultimo centesimo».

Paride Brigati sollevò lentamente la pistola e la puntò contro Giovanni, il quale chiuse gli occhi e trattenne il respiro.
È finita.
«Ti supplico, non farlo» singhiozzò Vera con il viso ricoperto di lacrime.
«Taci, puttana!», la zittì Paride Brigati, poi prese bene la mira.
Dal giardino arrivavano voci confuse che non facevano altro

che alimentare l'incendio di rabbia divampato nella materia cerebrale dell'uomo.
«... di Johnny P.».
«Ti rendi contoooooooooooooooo».
«Figata!».
Paride sollevò l'angolo della bocca destra in un riso ripugnante e puntò la pistola su Giovanni. Si avvicinò un po' tremante e un po' zoppicante verso il Dj che aveva con orgoglio lanciato vent'anni prima. Quel Dj che lui stesso aveva chiamato per festeggiare il compleanno di "sua" figlia. Lo guardava e godeva della paura di lui, se la gustava come un nettare prelibato.
Mirava ora al corpo ora al volto, facendo bene attenzione a tenere sotto scacco gli altri due personaggi presenti nel piccolo teatro del garage pronto a tingersi di rosso.

Giovanni non si era ancora accorto di quanta cattiveria ci fosse in quegli occhi, finché non se li trovò a distanza ravvicinata. Rimase a bocca aperta senza provare neppure a implorare, ormai calato nella parte della vittima che interpreta il suo ineluttabile ruolo.
Da qualche parte dentro di sé, a livello puramente astratto, aveva sempre sospettato che la sua vita fosse collegata in qualche modo a quella di Paride Brigati. Quell'uomo aveva a che fare con le cose migliori che gli erano capitate: la carriera da Dj e l'amore di Vera. Ora sapeva che il destino, per qualche insondabile ragione, aveva fatto in modo di metterli uno di fronte all'altro per quell'assurda resa dei conti.
Sto per crepare... e Vera è qui a pochi passi da me che piange ed io vorrei solo darle un ultimo bacio, stringerla, respirare per l'ultima volta l'odore della sua pelle, dei suoi capelli... Ma non posso fare niente... No, non piangere amore mio...

Da fuori la voce di Eva in preda all'esaltazione più totale: «Sìììììììì!!! Sono la figlia del Dj più fico del mondoooooooooooooo!».

Il calcio della pistola raggiunse Giovanni allo zigomo, facendolo piegare sulle ginocchia e aprendogli una ferita dalla quale fuoriusciva un rivolo di sangue che colava sull'occhio sinistro percorrendogli tutta la guancia. Lo stordimento fu molto forte, ma una certa lucidità ancora presente in lui gli fece provare un senso di sollievo all'idea di essere comunque vivo.
«Che speri Johnny? Credi che ti abbia graziato? No caro, era solo un piccolo assaggio, tanto per sfogarmi un po'. Ora invece ti faccio fuori sul serio. Johnny... Sapesse Eva che in realtà sei "Pompini"... Aaaahhaahah!!!! AAHAHhaah!!!», fece girandosi verso gli altri due. «Vi rendete conto? Pompini. Quest'uomo si chiama "Pom- Pi- Ni. ". AAaahahahaHahhaahahh!!! ».

Giovanni avrebbe voluto cogliere quell'attimo di delirio di Paride Brigati per reagire, ma la testa gli girava, aveva un dolore lancinante appena sotto la tempia e vedeva sfuocato da un occhio. Vera piangeva e urlava contemporaneamente, la camicia ancora mezza slacciata e la testa fra le mani. Matteo se ne stava in silenzio, il volto tirato in un'espressione da bambolotto di plastica, sembrava sotto shock.
Dall'esterno giunsero le urla della sicurezza: «Buoniiiiiiiiiii! Calmi. Non strillate! Rimanete in giardino o buttatevi in piscina».
«Li senti Johnny? Guarda cosa hai creato», poi rivolgendosi verso Vera, ormai liquefatta in una pozza di lacrime, alzò la voce: «Cosa AVETE creato!». Quindi si rigirò verso Giovanni che giaceva spalmato sul freddo pavimento della stanzetta e a stento riusciva a muoversi. Allungò il braccio in avanti e puntò di nuovo l'arma, questa volta all'altezza del cuore.

La detonazione dello sparo risuonò con ferocia nell'aria e Matteo Carli fu scaraventato nel vuoto.
Paride Brigati rimase stupito e attonito, mentre osservava il proprietario del catering planare a terra.
Perché cazzo si è messo in mezzo?

Giovanni si ritrovò accanto il corpo dell'amico, la cui testa poggiava in parte sulle sue gambe. Per un istante volse lo sguardo in direzione di Vera che emetteva grida strozzate e si muoveva a scatti, dibattendosi come se stesse scacciando delle presenze fastidiose.
A quel punto fecero irruzione gli uomini della sicurezza; udito il colpo di pistola piombarono rapidi nel garage e compresa la gravità del momento si scaraventarono contro Paride Brigati, disarmandolo e immobilizzandolo.
«Figli di puttana» protestò quest'ultimo. «Toglietemi le vostre manacce sudice di dosso. Sono io che vi pago, io che vi do gli ordini».
«Si calmi!» ordinò uno dei gorilla. «Tra poco sarà tutto finito. Non ci costringa a usare le maniere forti».
Paride Brigati gli sputò in faccia e si mise a insultarlo in tutti i modi possibili e immaginabili, così quello si vide costretto a colpirlo con forza alla bocca dello stomaco, lasciandolo raggomitolato e ansante sul pavimento, in modo che non potesse più dare fastidio.

Giovanni, molle e traballante, si chinò su Matteo e con entrambe le mani gli sorresse la nuca.
«Non è niente... cerca di stare calmo... vedrai che andrà tutto bene... stanno già arrivando i soccorsi... loro sanno cosa fare. Ora però devi raccogliere tutte le energie e devi restare sveglio. È importantissimo che rimani sveglio! Capito? IMPORTANTISSIMO!».
Non si era mai trovato in una situazione del genere, nemmeno lontanamente; non sapeva se ciò che diceva fosse vero, giusto o sbagliato, stava semplicemente riportando delle frasi che aveva sentito alla televisione in scene di questo tipo.
Continuava a parlargli, intanto lo accarezzava e piangeva.

Matteo avvertiva il calore delle sue mani sul volto, mentre la voce gli arrivava solo a tratti, come il rumore del mare in

lontananza. Poi percepì un bruciore al fianco sinistro, gli venne istintivo sfiorarsi con le dita, fino a sentire una sostanza sciropposa e tiepida colargli sulla pelle.
Avrebbe voluto sussurrare qualcosa, qualunque cosa, ma per quanto ci provasse dalla sua bocca uscivano soltanto schizzi di sangue. Chiuse gli occhi per un momento e gli parve di prendere velocità e di stare per impattare contro qualcosa. Quando li riaprì vide i volti disperati e distanti di Giovanni e Vera, che si contorcevano in una serie di smorfie.
Ancora una manciata di secondi poi venne inondato da un insopportabile senso di nausea e perse i sensi, avvolto in un'oscurità fatta di vuoto.

Epilogo

La notizia dell'accaduto e del conseguente arresto di Paride Brigati fece un certo clamore, soprattutto a livello locale.
La polizia cercò di ricostruire in maniera dettagliata la drammatica sequenza dei fatti, e per farlo provò a risalire a colui che quella sera salì sul palco munito di registrazione audio. Nessuno però sembrava in grado di dare un nome a quel ragazzino, definito da tutti strano. Nessuno l'aveva mai notato fino a quel momento; era come se si fosse calato da qualche altro pianeta per fare quella cosa e poi vi avesse fatto ritorno.
Eva si confermò un'attrice, negò fino all'esaurimento nervoso qualsiasi collegamento con quel *babbo di minchia*, come lei stessa lo definì sputando veleno. Non sapeva spiegare come fosse entrato in possesso di quella registrazione e quale fosse il suo scopo.
Gli inquirenti, però, mostrarono aperto scetticismo circa la versione della ragazza, anche perché avevano appurato che il pomeriggio in cui avvenne la famosa telefonata sia Eva che Vera erano in casa. Così, dai e dai, alla fine Eva fu costretta a confessare e a rivelare l'identità misteriosa di Andrea. Raccontò con agghiacciante lucidità il suo astuto piano, ma non era in grado di fornire le motivazioni precise che l'avevano spinta a metterlo in pratica. Disse solo, in maniera generica, che voleva punire i suoi genitori.
La psicologa che assistette agli interrogatori rilevò un lieve disturbo della personalità, dovuto a un recondito bisogno d'amore soffocato in qualche strato della sua complessa psiche. Tuttavia lei e Andrea se la cavarono con una ramanzina e nulla più, visto che ciò che avevano fatto non costituiva di per sé alcun reato, se non quello di aver violato la privacy di Vera, che

ovviamente non aveva alcuna intenzione di sporgere denuncia contro la figlia. Per quanto il loro gesto fosse comunque riprovevole, la reazione criminale di Paride Brigati non poteva certo essere imputabile a loro.

Eva si finse enormemente dispiaciuta, rimase a casa da scuola per tutto il breve periodo residuo, poi pensò di cambiare aria almeno per un po'. Disse che aveva bisogno di riflettere, che le sarebbe servito a ritrovare se stessa, così si fece pagare da sua madre un ricco soggiorno studio a Berlino, con l'idea di andare al *Berghain*, che aveva letto su internet essere il locale di musica Techno più trasgressivo d'Europa. Nel frattempo le acque si sarebbero un po' calmate, poi una volta tornata a Piacenza avrebbe trovato il modo di sfruttare la situazione a suo favore: con un padre come Johnny P. le possibilità di fare successo erano infinite.

Andrea una volta uscito allo scoperto divenne un'icona nerd: una sorta di samurai metropolitano che aveva avuto il fegato di sfidare una frotta di fighetti modaioli. Smise di essere invisibile e di colpo si trovò contornato da amici che spuntavano come funghi da tutte le parti. Con alcuni di questi cominciò a frequentarsi e a uscire la sera, diminuendo drasticamente le ore solitarie davanti al computer, per la gioia di sua madre. La ricompensa pattuita, però, non la ricevette; per la verità nemmeno ci provò a presentarsi di nuovo sotto casa di Eva.

Qualche giorno dopo la festa, Giovanni e Vera si recarono all'ospedale a far visita a Matteo Carli. Finalmente non era più in terapia intensiva, gli avevano staccato un po' di tubi e flebo e non era più visibile solo attraverso il gelido filtro di un vetro. Le sue condizioni si erano stabilizzate, era fuori pericolo e aveva ripreso conoscenza. Se l'era cavata per miracolo: il proiettile era entrato e uscito all'altezza dell'addome, lacerando un'arteria renale.

Vera si affacciò in camera e fece cenno ad Alessandro, il compagno di Matteo, di uscire in corridoio. Ad attenderlo c'era Giovanni, ansioso di conoscere gli ultimi sviluppi. «Come sta?» gli chiese.
«I dottori dicono che bisognerebbe accendere un cero alla Madonna... Però...».
«Però?».
«Però il rene è compromesso. Dovrà fare la dialisi... per tutta la vita».
Quel *per tutta la vita* suonava come una condanna scritta e definitiva, quasi che Alessandro volesse almeno in parte sollecitare il senso di colpa del suo interlocutore. Immediatamente si pentì d'aver calcato quell'espressione, ma una parte di lui l'aveva voluto fare. Promise a se stesso che non sarebbe più accaduto.
«La dialisi» ripeté Giovanni affranto e con il magone. «Mi dispiace, mi dispiace tanto. Io non...».
Alessandro gli appoggiò una mano sulla spalla, era pallido e fiacco perché il sangue che ora scorreva nelle vene di Matteo era in buona parte suo.
«Non ce n'è bisogno... Non sei tu che hai premuto quel fottuto grilletto».
No ma è per colpa mia che si trovava lì... Sono io il responsabile! Io!
Lo pensò ma non ebbe l'ardire di asserirlo di fronte a una persona distrutta, che a stento riusciva a trattenere le lacrime.

Alla vista dell'amico, Matteo sorrise con gli occhi, aveva un'espressione eterea.
Giovanni si avvicinò al letto. «Ti ricordi tutto?» gli sussurrò con delicatezza.
Matteo annuì muovendo leggermente il capo.
Giovanni guardò Alessandro, come per chiedergli il permesso di proseguire, poi gli rivolse la domanda che continuava a ronzargli in testa da quella notte.

«Perché lo hai fatto? Potevi morire, c'è mancato proprio un pelo. In questi giorni mi sono domandato molte volte se io sarei stato capace di compiere un gesto coraggioso come il tuo. Be', me ne vergogno molto, ma credo proprio, anzi sono sicuro, che io non ci sarei mai riuscito. Invece tu non hai avuto nessuna esitazione. Se non fosse stato per te, adesso non sarei qui. Non saprò mai ringraziarti abbastanza».
Matteo aprì la bocca molto lentamente, aveva le labbra secche e le ghiandole salivari chiuse. Faceva una gran fatica a parlare.
«Raccontami di voi due» disse con un alito di voce.

Giovanni e Vera si alternarono in un lungo e particolareggiato racconto di come si erano conosciuti, di quanto si erano amati, di Eva, che era il motivo per il quale si erano perduti e che a distanza di così tanto tempo era lo stesso motivo che li aveva spinti a ritrovarsi.
Giovanni concluse con saggezza, dicendo che la loro vita era stata come un puzzle al quale mancava ancora una casella, e che ora che stavano di nuovo insieme questa casella era andata a posto e il puzzle era stato finalmente completato.
Vera non aggiunse nient'altro, le piaceva molto l'immagine del puzzle, anche se dentro di sé pensava che il suo non sarebbe mai potuto terminare, troppi pezzi erano andati distrutti e non era possibile trovarne altri della stessa forma e dimensione.
Matteo ascoltò con grande interesse, gli occhi gli luccicavano lasciando trasparire tutta la sua emozione. Alla fine raccolse le forze e fece un respiro profondissimo. «Non lo so, non so nemmeno io perché l'ho fatto. Quello che so, però, è che sono felice di averlo fatto».
In quello stesso istante entrò un'infermiera e in modo sbrigativo chiese a tutti di uscire, che doveva cambiare la medicazione.

Poco dopo Giovanni e Vera lasciarono l'ospedale.
Mano nella mano, in silenzio, camminavano sotto lo sguardo opaco e indifferente della città. Una zaffata di olio fritto

proveniente da una finestra aperta al pianterreno li investì. Era quasi l'ora di pranzo, l'aria era acquosa e faceva un caldo insopportabile.

A un tratto Vera ruppe il silenzio. «Matteo è speciale» disse. «Non faccio altro che pensare alle sue parole».

Giovanni annuì. «Sai a cosa stavo pensando io?».

Vera lo scrutò attentamente, cercando di leggergli l'anima. Alla fine si arrese. «Non ne ho idea».

«Che dopotutto le persone speciali arrivano sempre nel momento in cui uno le sta aspettando».

«Ah sì? E allora Matteo? Stava aspettando noi per poter finalmente morire ucciso da un pazzo?».

Giovanni corrugò leggermente le sopracciglia e cercò dentro di sé le parole appropriate.

«Non so spiegartelo, ma anche noi siamo delle persone speciali per Matteo. L'ho capito poco fa, in ospedale, da come gli brillavano gli occhi quando ci ha visto entrare».

«Sì, speciali per averlo portato quasi alla morte per un qualcosa che con lui non c'entrava proprio niente! Ma che dici!».

«No Vera. C'è di più. Lui mi ha protetto per l'affetto che provava per me. Era felice di avermi ritrovato, così come aveva presto capito che io stesso non avrei rischiato la vita *infrattandomi* con la moglie di un individuo pericoloso come Paride Brigati se non ci fosse stato un legame forte. Ti ricordi come è corso ad avvertirci nel garage?».

«E con questo?».

«Voglio dire che io e te siamo persone speciali per Matteo, perché lo abbiamo spinto a tirare fuori il lato più forte e più umano di sé. L'istinto gli ha urlato in faccia di buttarsi, di oltrepassare il limite... e l'istinto non mente mai. A scuola era un frignone, un cacasotto. Me lo avessero chiesto prima, avrei risposto che Matteo Carli in quella situazione sarebbe scappato o al massimo avrebbe gridato aiuto. Invece mi ha coperto con il suo corpo. Io e te siamo speciali per lui come lui lo è per noi. Io lo so, Matteo lo sa e anche Alessandro lo sa. E tu?».

«Io... so solamente che dopo ciò che ha fatto gli voglio molto bene! E so che anche se la mia vita non potrà mai essere del tutto serena, lui ha fatto sì che io potessi continuare ad annusare questi odori, a sentire il rumore di quei motorini, a continuare a vivere... e», si portò le mani ai capelli lisci e li raccolse in una lunga coda, poi avvicinò la bocca a quella di Giovanni e gli diede tanti piccoli baci, «a guardare negli occhi il padre di quella *stronza* di nostra figlia».

Resta in contatto con noi:
www.parallelo45edizioni.it

Stampa: Universal Book - settembre 2013 -